U0461816

本书由教育部人文社会科学研究青年基金项目资助出版
（项目名称："让·艾什诺兹小说中的都市书写研究"，
项目批准号：19YJC752004）

·艾什诺兹小说中的都市书写研究

戴秋霞　著

SUR L'ÉCRITURE URBAINE
DANS LES ROMANS DE JEAN ECHENOZ

WUHAN UNIVERSITY PRESS
武汉大学出版社

图书在版编目(CIP)数据

让·艾什诺兹小说中的都市书写研究/戴秋霞著.—武汉：武汉大学出版社,2023.5

ISBN 978-7-307-23631-8

Ⅰ.让…　Ⅱ.戴…　Ⅲ.让·艾什诺兹—小说研究　Ⅳ.I565.074

中国国家版本馆 CIP 数据核字(2023)第 065553 号

责任编辑:罗晓华　　　责任校对:李孟潇　　　版式设计:马　佳

出版发行:**武汉大学出版社**　　(430072　武昌　珞珈山)

（电子邮箱：cbs22@ whu.edu.cn　网址：www.wdp.com.cn）

印刷:武汉邮科印务有限公司

开本:720×1000　1/16　印张:15.5　字数:222 千字　插页:1

版次:2023 年 5 月第 1 版　　　2023 年 5 月第 1 次印刷

ISBN 978-7-307-23631-8　　　定价:49.00 元

前　言

当代法国著名作家让·艾什诺兹凭借其新颖的叙事技巧、不动声色又不乏幽默的叙事话语和对当代西方人的精神写照而受到众多文学研究者的青睐和普通读者的喜爱。本书以让·艾什诺兹的小说作品作为研究对象，围绕其小说中的都市书写，分六章展开研究：

第一章"日常生活空间的膨胀"考察小说中呈现出的都市日常生活空间内物的膨胀样态；第二章"社会心理空间的压缩"探讨物的膨胀对社会空间和心理空间造成的挤压；第三章"都市空间的文学绘图"考察作家文学世界中时间的失重和静止，并从空间的流动性、同质性和对空间的多模态感知论述都市空间的文学建构；第四章"都市个体的病态化表征"研究生活于其间的都市个体呈现出的病态化表征；第五章"都市书写的现实镜像"探讨作品中当代都市社会的现实映射，分析文本呈现出的都市生活的异化形态，并对其间弥漫分布的消费景观进行符码解析，揭示消费符号的内在运作机制；第六章"小说文本的艺术探魅"考察小说文本中都市书写的艺术处理：多样化的叙述视角和叙述声音，碎片化文本的内在肌理，虚实结合的张力场，叙事的电影化处理。

让·艾什诺兹的作品呈现了现代都市文明给现代西方人造成的物役困境，折射了人类彷徨孤独的心境，启迪人们找回迷失的自我，重建人类的精神家园。研究作品中呈现的现代西方都市现状，有助于我们对其中暴露的种种现实问题进行反思，并以此作为经济、社会健康持续发展的借鉴。如何避开西方都市发展中科技异化的窘境，实现人与自然、人与社会、人与人之间的和谐发展，这是需要我们思考和解决的问题。唯有如此，方能在可持续发展的健康道路上昂首前行。这正是本研究的现实意义之所在。

　　本研究从搜集资料到最终完成书稿，历时四年有余。感谢家人一直以来给予我的支持和鼓励。感谢我的先生对我工作的充分理解和全力支持，让我在日常教学工作之余能够有更多时间全心投入科研。在我沮丧焦虑之时，他的关心和鼓励总能让我尽快调整好心态，克服专著写作过程中的种种困难与艰辛。同时，也要感谢我可爱的女儿，她的天真无邪给我的生活带来许多阳光和欢笑，她的乖巧懂事也让我能够更加安心地开展科研工作。有了他们的陪伴，我才能无后顾之忧，在学术道路上信心十足地前行。

戴秋霞

2023 年 1 月于上海徐汇

目　　录

绪　　论

中世纪以来，光辉灿烂的法国文坛在各个历史时期都诞生了大量反映时代精神风貌的经典作品，各种文学运动、文学流派层出不穷。进入 20 世纪后，法国文坛更是异彩纷呈，作家们不落窠臼，大胆创新。在世界格局变动、科学技术迅速发展和哲学文化思潮的影响下，涌现了诸如超现实主义、意识流、存在主义、荒诞派戏剧、新小说、原样派(Tel Quel)等多种联盟性运动和写作群体，演绎了一出出争奇斗艳的文学胜景。

20 世纪末以来，后殖民主义、后现代主义、新历史主义等哲学文化思潮与后工业社会的消费文化和全球一体化环境相互交织，成为当代法国文学创作的沃土。在这一大背景下，明确的流派界限日趋模糊，作家更倾向于以个体而非群体的面貌开展文学创作，以自己特有的方式传递各自的文学思考，因而当今的法国文坛呈现出生态文学、传记文学、人文主义小说、新新小说等多种文学形式共存共荣的发展态势，这也在一定程度上顺应了当今时代的多元化价值取向。

让·艾什诺兹(Jean Echenoz)便在其中占据着不可撼动的一席之地。然而，"没有流派并不意味着没有不同的类型和风格"①。这段时期的小说依然可以借助不同的标签进行大致的类别划分，让·艾什诺兹的作品通常被划入"新新小说"的范畴，他被称为最低限度派作家。

提及新新小说，则要从其前身新小说谈起。新小说(le Nouveau Roman)是 20 世纪 50 年代崛起于法国的文学创作思潮，在思想上受到存在

---

① 吴岳添：《法国小说发展史》，杭州：浙江大学出版社，2004 年，第 498 页。

主义、弗洛伊德精神分析理论和胡塞尔的现象学等哲学理论的影响。20世纪以来，科学技术和经济的迅速发展以及与之相伴的精神危机为法国文学界认识世界、思考世界提供了新的角度和启示。新小说派作家对以巴尔扎克为代表的传统小说提出了质疑和挑战。他们认为，传统小说的时代已经过去，传统小说的表现形式和方法已无法满足现代读者对真实性的需求。新小说的主要代表阿兰·罗伯-格里耶（Alain Robbe-Grillet）认为，小说创作向读者展现的应当"是一种在现在的世界中的生活方式，是对明天世界的永恒的参加方式"①。文学的发展应当随着现实的变化而呈现出全新的面貌。由此，新小说应运而生。不过，新小说派的作家们无意创建一种明确的文学理论和创作规律，仅仅追求全新的文学探索。阿兰·罗伯-格里耶明确指出，新小说"没有编定任何的规则。从这一点上说，它并不是一个严格意义上的文学流派。我们最早明白到，在我们各自的作品——比如说，克洛德·西蒙的作品和我的作品——之间，存在着巨大的差别，而我们认为，这样很好"②。虽不是严格意义上的文学流派或创作群体，但新小说的代表作家们拥有共同的创作倾向和文学理念，在创作风格和叙事技巧探索上亦有诸多相似之处。

从创作立场来说，新小说派主张摒弃现实主义小说以人物为中心铺陈情节、透过人物的眼睛塑造世界的写作方法，倡导抛开传统小说观念的束缚，以冷静客观的语言再现物质世界，还世界以真实的面貌。并且，与以萨特为代表的存在主义文学相反，新小说作家反对文学创作的政治倾向性，主张远离社会政治现实，强调文学艺术的纯粹性。从艺术手法上看，新小说打破了情节叙述的整体性，剥夺了人物的中心地位，用多视角多时态的变化和丰富的语言表达形式探索，消弭了主体的中心意识。除了阿兰·罗伯-格里耶，娜塔莉·萨洛特（Nathalie Sarraute）、米歇尔·布托

---

① ［法］阿兰·罗伯-格里耶：《为了一种新小说》，余中先译，长沙：湖南文艺出版社，2011年，第184页。

② ［法］阿兰·罗伯-格里耶：《为了一种新小说》，余中先译，长沙：湖南文艺出版社，2011年，第157页。

(Michel Butor)、克洛德·西蒙（Claude Simon）等均是新小说的领军人物，他们的文学创作各有特色。阿兰·罗伯-格里耶摒弃人格化的描写，在小说中去除了中心人物，代之以冷静的叙述和繁复的描写，小说情节大大弱化。娜塔莉·萨洛特探寻心理意识的丰富性和复杂性，追求文学语言的各种潜能。米歇尔·布托注重探索不同的叙述方式，以小说《变》（*La Modification*）的叙述试验尤为出色。克洛德·西蒙"打破了传统小说情节连贯、塑造人物、心理描写等手法，将叙事完全打乱，并将画家的经验运用于小说中，对语言作了许多试验，在形式上比其他新小说作家走得更远"[①]。

20世纪70年代起，新小说日益衰落。80年代中期开始，又有一批年轻作家，同当年的新小说派作家一样，聚集在午夜出版社周围，再一次向传统小说发起挑战，被评论界称为新新小说派（le Nouveau Nouveau Roman）。他们对叙事技巧的运用和创新更为平和，倡导叙事的回归，但绝非单纯地回归经典现实主义的传统叙事，而是带着审慎的目光，在新小说的文学试验中重新融入叙事的愉悦。"'新新小说'在叙事上大多采用了不动声色的策略，小说家们在叙事语调、叙事手法和叙事态度上具有相似性，体现了对文本机理的关注，这使他们成为'新小说'文学试验的继承者。"[②]与此同时，他们又借助作品实践了小说的真正革新，"重新赋予虚构以文学地位，但同时又从其内部进行破坏，狡黠地玩弄花招，似乎为了显示此后小说机器的运作可以偏移多少"[③]。

新新小说的代表作家有让·艾什诺兹、让-菲利普·图森（Jean-Philippe Toussaint）、弗朗索瓦·邦（François Bon）、埃里克·舍维亚尔（Eric Chevillard）、克里斯蒂安·奥斯特（Christian Oster）和帕特里克·德维尔

---

① 郑克鲁：《法国文学史教程》，北京：北京大学出版社，2008年，第373页。

② 赵佳：《论法国"新新小说"不动声色的叙事策略》，载《浙江大学学报（人文社会科学版）》2019年第4期，第172页。

③ Bessard-Banquy O., *Le Roman Ludique：Jean Echenoz, Jean-Philippe Toussaint, Eric Chevillard*, Lille：Presses Universitaires du Septentrion, 2003, pp.13-14.

（Patrick Deville）等。让-菲利普·图森在《浴室》（*La Salle de Bain*）、《先生》（*Monsieur*）、《照相机》（*L'appareil-photo*）等作品中借助精准的语言，用马赛克式的碎片化书写和抑制情感的冷静叙事，在作品中还原了本真的日常生活，传递了自己的生命体验。弗朗索瓦·邦聚焦社会现实问题，借助写作展现了"后现代主义的内在性以及精神、情欲、认识系统的不确定性"[①]。埃里克·舍维亚尔善于运用反讽和戏仿，以跳跃的叙事话语、发散的叙事结构形成其独特的艺术风格，表达了对自我、社会以及人类命运的关注。克里斯蒂安·奥斯特在其代表作《我的大公寓》（*Mon Grand Appartement*）中，运用多重象征讲述游荡，以人物的积极姿态对抗现实的忧虑。帕特里克·德维尔在小说中融合历史、游历、传记等因素，聚焦世界，对人类历史进程展开深度思考。

让·艾什诺兹又被称为最低限度派作家。最低限度或曰极简主义（minimalisme），是20世纪60年代发轫于美国的一种前卫艺术风格，主张回归艺术本身，以最简洁的线条和形状进行艺术呈现，展示去人性化的艺术外观。让·艾什诺兹以全新的文学探索拓展了文学的疆域，以冷静审慎的语言客观地描绘现实世界，避免主观情感的注入，用多元的叙事角度还原现实世界的本真状态。从这个角度而言，他确实可以说是极简主义在文学领域的成功探索。不过作家本人对于自己被划归最低限度派并不完全认同。他在一次访谈中谈道："什么是最低限度派？如果是指巴洛克、夸张的对立面，那我完全同意。不过，我并不是朝着这个方向创作的。相反，我觉得有时我会在某些情境漫溢开来、放大细节，我不完全局限于朴实风格的彻底简洁。"[②]小说《我走了》中主人公费雷对艺术家夏尔·埃斯特雷拉

①　杜莉：《后现代主义与新新小说》，载《中山大学学报（社会科学版）》2001年第2期，第41页。

②　«Jean Echenoz："L'espace Construit le Personnage"»，entretien de Jean Echenoz réalisé à Paris le 17 novembre 2016 avec Mehdi Alizadeh, paru en annexe de sa thèse de doctorat *La Perception et la Représentation des Métropoles dans la Fiction Postmoderne：Paris, New York et Istanbul dans Au piano de Jean Echenoz, Cité de verre de Paul Auster et Le livre noir d'Orhan Pamuk*, Université de Limoges, 2017, p. 519.

和玛利-尼科尔·基马尔的嘲讽也表明了作家的立场:"还有夏尔·埃斯特雷拉,他四处安放冰糖和滑石粉的小堆(这一切不是有点儿缺颜色吗,费雷挑剔,难道不是吗?),玛利-尼科尔·基马尔,他放大昆虫咬出的伤口(你看不出用毛毛虫也能得到同样的玩意儿吗?费雷想象,用蛇也行吧?)……"(《我走了》①,第25页)我们可以推断,这些评论对最低限度文学同样适用。"让·艾什诺兹拒绝被贴上最低限度派作家的标签。"②

第一节 让·艾什诺兹研究综述

作为当代法国文坛最具影响力的作家之一,让·艾什诺兹(后简称艾什诺兹)收获了多个大大小小的文学奖项,以1983年的美第契奖和1999年的龚古尔奖为代表。他凭借鲜明的叙事风格和精雕细琢的细节描写,讲述自己对现今时代的认知和思索。其小说独特的语言魅力让他获得大批普通读者的喜爱和追捧。与此同时,艾什诺兹也受到众多文学研究者的青睐,其多样的叙事技巧和对现代个体境遇的深层思考已经并且继续吸引越来越多的研究目光。

一、作家其人其作

艾什诺兹的写作生涯开始得有些迟。1947年12月26日,艾什诺兹出生于法国沃克吕兹省的小城奥朗日,父亲是一位精神病科医生。童年时期,他一直在法国南部生活求学,直至1970年北上巴黎继续学业,此后便定居巴黎。艾什诺兹先后学习了社会学和临床心理学,③ 但对自童年起就

---

① [法]让·艾什诺兹:《我走了》,余中先译,长沙:湖南文艺出版社,2017年。
② Jérusalem C., *Je M'en Vais de Jean Echenoz*, Paris: Hatier, 2007, p.83.
③ 部分资料中介绍作家曾学习社会学和土木工程学,然而艾什诺兹先生在与笔者的通信中澄清了这一点,他表示自己曾学习社会学和临床心理学,但并未学习过土木工程学。

深植于心的文学梦想始终未曾放弃。在一次访谈中，在被问及为何写作时，艾什诺兹谈道："因为我总是想要这样做，从我的童年时代起，我就想这样做。因为我喜欢写作。因为没有任何别的能如此地刺激我，没有任何别的能使我如此激动，同样，也没有任何别的能如此地使我沮丧，使我焦虑。因为我的心永远在它那里，因为它永远是一种关注，一种关注和一种渴望。我生来就与它同在。"①几经犹豫彷徨之后，艾什诺兹终于在 32 岁那年发表了小说处女作《格林威治子午线》（*Le Méridien de Greenwich*，1979）。

艾什诺兹对写作的渴望和热爱与生俱来，就连在为自己写传略时，也延续了小说创作中不时显露的狡黠，一本正经地为自己虚构了另一段人生："让·艾什诺兹，1946 年 8 月 4 日出生于法国瓦朗谢纳市。在里尔学习有机化学，在梅兹学习低音提琴。游泳健将。"②这段传略足以以假乱真，也为作家的经历增添了一抹神秘和文学色彩。

艾什诺兹对文学的热爱也依赖于原生家庭的文学熏陶。父母有着共同的阅读爱好，博览群书，家中藏书不计其数。童年的书香环境令艾什诺兹在耳濡目染中对阅读和写作产生了浓厚的兴趣，在青少年时期就曾尝试过诗歌、书信体叙事作品、小说等多种体裁的写作，但仅是自娱的练笔之作，且多半无疾而终。此时的写作活动仍只是闲暇的爱好，直至站在而立之年的门槛前，艾什诺兹才真正认清写作于己的重要性，从此正式开始小说创作。1979 年，艾什诺兹发表第一部小说，作家生涯自此开启，并从此与他的生活和生命紧密联结在一起。

在艾什诺兹的作家生涯中，有一个人于他而言是伯乐，亦是挚友。因为他，艾什诺兹才得以实现作家的梦想，才有了这么多优秀作品的问世。此人便是午夜出版社的前任社长热罗姆·兰东（Jérôme Lindon，后文简称兰

---

① 出自艾什诺兹与布雷阿尔出版社的访谈《在作家的工作室中——与让·艾什诺兹的谈话》，收录于《我走了》中译本，第 251 页。

② Garcin J.［dir.］, *Dictionnaire des Ecrivains Contemporains de Langue Française*［par eux-même］, Paris：Editions des Mille et une Nuits, 2004, p.417.

东)先生。

第一部书稿完成后,艾什诺兹开始向出版商投寄稿件。即便自一开始就憧憬在午夜出版社发表作品,然而此出版社一贯的严肃高端形象令其望而却步,他跳过了午夜出版社,将书稿邮寄给其他出版社。一圈下来,艾什诺兹收到的是一封又一封拒绝信。他对自己已说:"事已至此,不妨给午夜出版社也寄一份吧,这样一来,我的退稿信收集就完备了。"①和他笔下人物在收集物品时常面临的困难和挫折境遇一样,艾什诺兹收集全套退稿信的愿望也落空了。兰东在收到稿件的次日,就致电艾什诺兹约定会面,并很快与他签订了一份出版合同。此后,艾什诺兹将全部作品交由午夜出版社出版,并与出版商兰东先生结下了深厚情谊。

2001 年 4 月,兰东去世,许多作家在媒体上先后公开哀悼,让人不解的是,这其中并没有艾什诺兹的声音。两个月后,艾什诺兹将一篇长文交予兰东之女、午夜出版社的继任社长伊莱娜·兰东(Irène Lindon)女士,以文为悼。他以细腻的笔触回忆了与兰东相识相处的点滴过往:"一切开始于下雪的一天,巴黎花街,1979 年 1 月 9 日……一切停止于一个灰暗的上午,在特鲁维尔的一条大街,2001 年 4 月 12 日星期四。"(《热罗姆·兰东》②,第 5 页、第 55 页)时间、地点、天气因素俱全,与他惯用的写法一样:首尾呼应。不同的是,开头是得知兰东打来电话对书稿表露兴趣的狂喜,结尾是获悉兰东去世消息后无可名状的悲痛,平淡克制的叙述中蕴涵着巨大的情感张力。后来,在伊莱娜·兰东的提议和兰东家人的支持下,这篇纪念长文得以公开发表(Jérôme Lindon,2001③)。

迄今为止,艾什诺兹已发表 15 部小说,以及《被占用的土地》(L'Occupation des Sols)、《中午十二点差五分》(Midi Moins Cinq)、《王后的

---

① 出自艾什诺兹与布雷阿尔出版社的访谈《在作家的工作室中——与让·艾什诺兹的谈话》,收录于《我走了》中译本,第 248 页。

② [法]让·艾什诺兹:《热罗姆·兰东》,陈莉、杜莉译,长沙:湖南文艺出版社,2017 年。

③ Echenoz J., Jérôme Lindon, Paris: Éditions de Minuit, 2001.

任性》(Caprice de la Reine)等叙事短篇作品数篇。与此同时，他还参与了《圣经》的翻译，并涉足影视领域，1982年和1985年先后参与电影剧本《玫瑰红与白》(Le Rose et le Blanc)和电视剧本《坐着的凶手》(Le Tueur Assis)的创作。1991年，艾什诺兹的小说《切罗基》(Cherokee)被搬上银幕。2006年，其另一部小说《一年》(Un An)被改编成电影，艾什诺兹还在其中出演了一个小角色。

艾什诺兹的文学成就主要集中在小说领域，他曾荣获多个文学奖项。小说处女作《格林威治子午线》获得当年的费奈翁奖(Prix Fénéon)，但销量十分惨淡，从商业角度说是一次失败。四年之后，第二部戏仿侦探小说的作品《切罗基》出版。这部小说创作过程之艰难几乎要让艾什诺兹放弃写作，他曾打电话给母亲说："我完成了这本书，然后我要休息了，实在太难了。"①然而，随后他凭借该小说摘得美第契奖(Prix Médicis)，便打消了这个念头，从此开始全身心投入写作。

1986年，艾什诺兹出版《出征马来亚》(L'Equipée Malaise)，戏仿了探险小说。1989年，借鉴间谍小说因素的《湖》(Lac)同时夺得当年的作家协会小说大奖(Grand prix du roman de la Société des gens de lettres)和首届欧洲文学大奖(Grand prix européen de littérature)。1992年发表的《我们仨》(Nous Trois)讲述了马赛大地震以及太空之旅，借助灾难、科幻小说的外衣思考天、地、人三者之间的关系。自1995年的小说《高大的金发女郎》(Les Grandes Blondes)起，艾什诺兹小说人物的典型境遇已逐渐清晰：居无定所，永不停歇地移动。1997年，又一部以女性为主人公的小说《一年》出版，讲述了女主人公薇克图娃将近一年的流浪生活。这部小说留下了许多未解之谜，很多读者在阅读后感到困惑。于是，作家又创作了另一部完全独立但与《一年》的故事线存在交叉的小说《我走了》(Je M'en Vais)，以此解开了前一部小说的谜题。艾什诺兹凭借《我走了》荣膺当年的龚古尔文学奖

---

①　出自艾什诺兹与布雷阿尔出版社的访谈《在作家的工作室中——与让·艾什诺兹的谈话》，收录于《我走了》中译本，第249页。

（Prix Goncourt）。

2003 年的《弹钢琴》（Au Piano）大胆尝试构建了人死后进入的另一个世界，一个带有鲜明的艾什诺兹印记的、别样的彼岸世界。之后艾什诺兹将目光转向传记，接连发表了三部传记体小说：《拉威尔》（Ravel，2006）、《跑》（Courir，2008）和《电光》（Des Eclairs，2010）。《拉威尔》被授予弗朗索瓦·莫里亚克奖（Prix François-Mauriac），小说以法国作曲家莫里斯·拉威尔（Maurice Ravel，1875—1937）作为主人公，集中描写其生命中的最后十年。《跑》叙述了奥运历史上的一位传奇人物——捷克斯洛伐克运动员艾米尔·扎托佩克（Emile Zatopek，1922—2000）的一生。该小说获得 2009 年的《电报》①读者奖（Prix des lecteurs du Télégramme）。《电光》的主人公格雷高尔的经历以美籍塞尔维亚裔发明家尼古拉·特斯拉（Nikola Tesla，1856—1943）为原型。这三部小说引入传记成分，又有别于普通的传记，添加了许多虚构的成分。三个主人公虽然有现实世界的原型，但俨然就是艾什诺兹文学世界里走出的人物，性格、举止与作家笔下的其他人物相仿，给人似曾相识的感觉。

2012 年发表的《14》不同于以往历史战争小说的沉重叙事，以"一战"为背景，描写一个女人等待两个男人的归来，作家以冷静超然的笔触思考战争与生命。2016 年的《女特派员》（Envoyée Spéciale）融入了间谍小说和历险小说的元素。女主人公康斯坦丝看似游手好闲，实则奔赴多地执行间谍任务，没有什么可以阻止她完成任务。她面临的唯一问题是，她的团队成员并不总能够很好地组织起来。康斯坦丝赴朝鲜执行任务，成功逃脱后又被韩国人俘获，最终回到法国。2020 年，艾什诺兹出版了小说《热拉尔·富勒玛尔的一生》（Vie de Gérard Fulmard）。在从事过多种职业且无一成功后，主人公热拉尔·富勒玛尔被招募成为某个政党的打手，从此陷入悲剧。艾什诺兹用高超的语言艺术一再颠覆读者的阅读期待，再次成功展示了小说写作新的可能性。

---

①　布列塔尼的地方性日报。

"让·艾什诺兹也许是当代小说家之中最懂得将环境、符号、语言这些我们时代的特点化为艺术的一个了。……让·艾什诺兹所开辟的领域，承载着我们周围的所有符号……一旦进入现场，读者就会在其中发现一台惊人的机器，一个真正的意义加速器。"①

艾什诺兹的小说中融入大量的物品描写和细节描述，于细微处生发出无限意义。他凭借对文字的敏感和创新意识，运用令人耳目一新的语言表述、天马行空的丰富想象以及驾轻就熟的先锋写作技巧，在字里行间的诙谐讽刺中引导读者以全新的目光审视世界，透过司空见惯的现代都市生活窥探其深层机理。艾什诺兹的小说作品受到许多法国读者的青睐，并且被翻译成多种文字，在多国都拥有了忠实的读者群。与此同时，他的作品也引起文学研究者的普遍关注，艾什诺兹作品研究已取得丰硕成果。

二、研究现状概述

从国外的研究情况来看，艾什诺兹作品研究的主阵地仍然在法国。截至目前，已正式出版艾什诺兹研究专著6部、以艾什诺兹作为研究对象之一的研究著作6部、艾什诺兹作品研究专刊1本、以专题研讨会为基础形成的论文集1部。另有多篇博士论文，其中6篇专门研究艾什诺兹的作品，15篇部分研究了艾什诺兹的作品。

就成果数量而言，研究可以分为两个阶段，分水岭是1999年，那年艾什诺兹凭借小说《我走了》荣膺龚古尔文学奖。前期阶段，对艾什诺兹的研究还未成气候。作家1979年发表的小说处女作《格林威治子午线》虽然摘得费奈翁奖，却并未引起足够的关注。直至1983年，第二部小说《切罗基》夺得美第契奖，他才一举成名，开始走进公众和研究者的视野，关于艾什诺兹的评论文章陆续见诸报端，但多数是对其新作的介绍评析，不够深入，且零散庞杂。这一阶段的成果主要包括评论文章60余篇，相关研究

---

① ［法］让-克洛德·勒布伦：《让·艾什诺兹》，邹琰译，长沙：湖南美术出版社，2004年，第7页。

著作 3 部(其中仅 1 部为研究专著),博士论文 3 篇(同样仅有 1 篇专门研究艾什诺兹)。

1999 年 11 月,艾什诺兹摘得龚古尔文学奖的桂冠,这奠定了其在当代法国文坛不可撼动的地位,也进一步推动了艾什诺兹研究的全面展开。迄今为止,除了报刊上的大量文章和访谈之外,这一阶段的研究成果主要包括 5 部专著,4 部以艾什诺兹作为研究对象之一的著作,1 本研究专刊和 1 部会议论文集,还有 18 篇相关博士论文,其中有 5 篇专门研究艾什诺兹。

从研究角度看,我们可以发现由叙事技巧至内容的逐步转向。艾什诺兹是作为新新小说的代表作家走进公众的文学视野的,因而对于其作品的前期研究自然着眼于作家的先锋叙事技巧和风格创新。研究艾什诺兹的首部专著由让-克洛德·勒布伦于 1992 年发表,直接以作家的姓名为题。著作篇幅不长,但首次系统研究了作家的现代写作技巧,可以视作艾什诺兹研究的正式开端,具有重要的里程碑意义。让-克洛德·勒布伦从作品中大量物品呈现的碎片状现实挖掘全新的影像和声音价值,并考察作品中的戏仿、偏移、低速摄影等现代技巧,探究作家如何通过颠覆传统写作技巧产生的间离效果提供重新审视世界、审视自我的视角。1998 年,法国西布列塔尼大学的若丝琳·勒伊赫-拉尔(Jocelyne Le Hir-Leal)撰写了首部专题博士论文《艾什诺兹小说中的讽刺》(*L'ironie dans les Romans de Jean Echenoz*),聚焦作家叙述中的幽默讽刺口吻以及对美学、文学、社会等价值的质疑,关注其对价值缺失的世界中的普通个体进行的重新审视。艾什诺兹的研究专家克里斯汀·耶卢萨兰(Christine Jérusalem)女士于 2000 年获得博士学位的研究论文标题为《含糊与碎片化:让·艾什诺兹作品中的消失美学》(*Equivoque et Fragmentation:L'esthétique de la Disparition dans l'Oeuvre de Jean Echenoz*)。该研究探讨了艾什诺兹作品中的各种二度写作及其体现的与其他文本、体裁之间的互文性,强调了艾什诺兹作品美学中碎片的重要性,考察其作品中服务于碎片化写作的电影技术的运用,由此引出现代社会中个体的虚空与身份的混乱,提出艾什诺兹作品的消失美学这一独特的研究角度。2004 年 11 月，耶卢萨兰与导师让-贝尔纳·弗雷（Jean-Bernard Vray）组织了第一届艾什诺兹作品国际研讨会，并出版论文集。会议论文从不同角度切入，对艾什诺兹的作品展开研究：幽默性、互文性，作品对于现实（尤其是对于城市）的呈现，作品与电影、绘画等其他艺术的关联，作品在国外的接受等。由此次研讨会我们可以看出，对艾什诺兹的研究角度逐渐由单一向多样化过渡，从对叙述技巧的重点关注开始向作品在国外的译介和接受、作品对现实的观照等其他角度进行转移。

2007 年，索菲·德拉蒙（Sophie Deramond）的博士论文《让·艾什诺兹叙事作品中空间的文化与结构意蕴》（Implications Culturelles et Structurelles de l'Espace dans l'Oeuvre Narrative de Jean Echenoz）主要着眼于作品的空间研究。2012 年，亚里桑德鲁·马泰（Alexandru Matei）出版专著《让·艾什诺兹与内在距离》（Jean Echenoz et la Distance Intérieure），对作品的城市空间、岛屿空间、室内空间等空间类别进行考察，研究由空间折射出的焦虑和方向缺失，关注作品中体现的伦理转向。2018 年出版的专著《让·艾什诺兹和弗朗索瓦·邦：介入的现实主义》（Jean Echenoz et François Bon：Un Réalisme Engagé）探讨了两位作家作品中时空参照的呈现以及对社会现实的介入。

艾什诺兹的写作既有文学叙事技巧的创新和文学可能形式的探索，亦有向传统叙事的回归，在不动声色的声音背后是对当今时代和人类文明的人文关注。因而随着艾什诺兹研究的拓展和深入，研究者的目光也由作品形式上的戏仿、偏移、讽刺等特色转向人文关注的深层挖掘。

国内迄今已翻译出版艾什诺兹作品集 15 部，数量相当可观，这不仅得益于作家本身的高产，更归功于陈侗与鲁毅工作室策划的"午夜文丛"项目，使得更多的国内读者能够有机会接触并了解这位当代法国作家。目前国内的艾什诺兹研究仍处于起步阶段，包括艾什诺兹研究译著 1 部，国内学者用法语撰写并在国内出版的研究专著 1 部，相关博士论文 1 篇，硕士论文 7 篇，期刊论文十余篇。

期刊论文的研究角度较为多样化，从传记文学、副文学、文学借鉴的角度到符号化写作、不确定性和主题分析，从反讽叙事、电影叙事技巧的捕捉到地理叙事、时空维度的探讨和现实意义的追问，皆有涉及。2015 年出版了安蔚的法语著作《艾什诺兹小说写作与法国社会观察》（*L'écriture Romanesque de Jean Echenoz — entre Continuité et Discontinuité*），通过考察其小说的文本形式和叙述手段上反映出的断裂，以及在人物、情节、叙述者角度体现出的连续，提出作家"断中有续"的写作特征，分析了小说中呈现的后现代生存境遇。国内文学界已表现出对艾什诺兹作品的研究兴趣，且关注点呈现出多样化态势，这无疑将有助于艾什诺兹研究的全面拓展。在越来越多国内读者青睐其作品的助力下，在法国如日中天的艾什诺兹研究局面的带动下，国内的艾什诺兹研究必定会日趋成熟和兴盛。

第二节　选题考量及主要内容

本书选择让·艾什诺兹的小说文本作为研究课题，主要基于两方面的考量：其一，艾什诺兹小说的文学地位；其二，小说研究的现实价值和意义。

首先，艾什诺兹在当代法国文坛具有不可撼动的地位。他称得上一位多产作家，创作数量颇丰，且收获大大小小奖项十余个，以 1983 年的美第契奖和 1999 年的龚古尔文学奖最具代表性。诚然，与卢梭、巴尔扎克、普鲁斯特等法国文坛的经典大家相比，艾什诺兹的作品还很"年轻"，但正因为"年轻"，才具有旺盛的文学生命力，也有在经过一定时间的洗礼后成为经典的可能。之前有学者将艾什诺兹列为当代法国文坛最受关注的三位作家之一①，足见其作品的影响力。

其次，艾什诺兹力图在文学世界里再现整个现今时代，借小说细致描绘了当代都市日常生活的全景图，其作品中蕴涵了这一时代的缩影，一定程度上具有史料参考价值。其作品以放大镜般的叙述眼光还原了现代都市

---

① Desplanques E., «Ces Ecrivains Qui Séduisent l'Université», *Magazine Littéraire*, 2005（441），p. 8. 另两位被提到的作家是皮埃尔·米雄（Pierre Michon）和帕斯卡·吉尼亚（Pascal Quignard）。

日常生活的方方面面，这就使得读者从中抽离出来，以局外人的眼光重新审视现代世界，聚焦当下，对其间反映的时代风貌和暴露的问题进行反思，因而其作品具有重要的现实意义和研究价值。

基于上述考量，我们着力关注艾什诺兹作品的内容层面，系统考察小说文本中的当代都市书写，并希望借此抛砖引玉，推动国内艾什诺兹研究的进一步拓展和深入。

本书主要分六章展开研究。第一章"日常生活空间的膨胀"借助视觉工具手段遍览现代日常生活的细枝末节，周遭司空见惯的一切物品皆被记录其中，甚至隐匿于都市生活背后的各种阴暗面都被曝光呈现。科学技术文明的发展瞬息万变，为现代人带来了交通工具的倍速增加，各种现代交通工具层出不穷，为空间中的移动提供了多样化条件。大众传播媒介的迅速发展大大提升了信息传递的效率，进而出现媒介信息量的骤增。都市日常生活空间呈现出物的膨胀样态。

第二章"社会心理空间的压缩"探讨了现代都市空间中物的膨胀对社会空间和心理空间造成的挤压。现代个体的沟通技能日渐衰退，人际交往出现障碍甚至缺失，由此导致社会连接的断裂。个体心理空间的压缩在文本中具体表现为极省的心理刻画，人物的描写以行动为主，没有过多的话语，内心活动更是寥寥无几。

第三章"都市空间的文学绘图"由文学地理学、时空体叙事理论引入，对都市空间展开研究，考察艾什诺兹文学世界中时间的失重和静止，并从空间的流动性、同质性和对空间的多模态感知论述都市空间的文学建构。

第四章"都市个体的病态化表征"研究生活于物质空间膨胀、社会心理空间受到挤压的现代都市空间内个体呈现出的病态化表征。小说人物具备去个性化、主体身份的不确定性等特征，饱受各种身体和心理缺陷的困扰，并且在消费异化的物役危机中，人物生命机体的机械化倾向日益显现。我们还将聚焦作家笔下的女性人物，探究女性书写的欲望困囿。

第五章"都市书写的现实镜像"探讨了艾什诺兹作品中当代都市社会的现实映射，分析小说文本中呈现出的都市生活的异化形态，并对其间弥漫分布的消费景观进行符码解析，揭示消费符号的内在运作机制。

第六章"小说文本的艺术探魅"考察小说文本中都市书写的艺术处理。作家通过多样化的叙述视角和复调的叙述声音实现叙事的间离效果和叙事线的交叉。小说中碎片化表象呈现的断裂借由文本诸种形式上或显或隐的连接得以弥补。我们以《高大的金发女郎》中的恶魔性因素、《弹钢琴》中的彼世描绘和传记体小说中真实与虚构元素的融合为例，探究作品中营造的虚实结合的张力场，并分析作品如何借电影技术的运用成功构建了亦真亦幻的文学影像世界。

第一章　日常生活空间的膨胀

阅读艾什诺兹的小说作品时，我们无时无刻不感受到日常生活空间中物品的极速膨胀带来的压迫感。"在一个视觉文化日益发达的当下时代，视觉化思维显然是作家不可避免的时代印记。"①小说文字如镜头般记录下人物目光所及的每一处细枝末节，引导读者一次次搁置对于情节轴线和人物行动的关注，跟随叙述者的目光，身陷周遭纷繁物品的包围中。近乎极致的细节描写将物品推到了读者视野的中心，人物的主体地位岌岌可危。

这让人联想到两位作家：阿兰·罗伯-格里耶和乔治·佩雷克（Georges Perec）。艾什诺兹对物品的钟情最初源自阿兰·罗伯-格里耶。他在一次访谈中提到，18 岁阅读阿兰·罗伯-格里耶的作品《橡皮》时深受启发，发现原来在写作中也可以以这样的方式来涉及物品。"我十分钟意与物品之间的一种关系，即像对待人物一样对待物品。"②阿兰·罗伯-格里耶主张在作品中运用非人格化的语言，客观、准确地描写现实的物质世界，还世界以本真的面貌。在其代表作《橡皮》里，"不是人物支配情景，而是从物看到人，因为罗伯-格里耶认为人是在物质世界包围中，时刻受其影响"③。人物和情节的重要性大大削弱。艾什诺兹继承了其作品中对于物品的关注。

---

① 孙圣英：《继承与创新之间的平衡美学——法国当代作家让·艾什诺兹作品研究》，载《外国文学》2017 年第 6 期，第 19 页。

② Huy M. T., «Entretien avec Jean Echenoz», *Magazine Littéraire* n° 459, décembre 2006, p. 123.

③ ［法］阿兰·罗伯-格里耶：《橡皮》，林秀清译，南京：译林出版社，2007 年，译序第 5 页。

"他感兴趣的是当代生活'背景',如具体物品、城市居住区、郊区居民点、市郊夜生活和高速公路。它们使小说呈现出特有的色调,这种对物的关注态度与新小说一脉相承。"①但与前辈作家在物品描写中注重方位的准确描述和空间的秩序感不同,艾什诺兹在描写时将视线范围内的一切物品无差别地加以呈现,这种表面的凌乱感恰恰能更加彻底地还原本真的物品存在样态。并且在赋予物品以特殊地位的同时,艾什诺兹也兼顾了向传统叙述的适度回归和小说情节的可读性。

乔治·佩雷克颠覆了把小说界定为时间艺术的传统观念,在小说中将空间的运用发挥到极致,"由空间格局描写生发出叙事,由空间叙事延展出时间,通过空间和时间的有机结合重塑鲜活的现实生活图景"②。在其代表作《生活的使用说明书》中,细节描写占据了主导地位。作家对室内格局陈设及数以千计的物品进行了详尽的细节描写,建构了一幢公寓大楼的多层空间,并由此展现社会各阶层人物的生活百态。"具有长期资料员从业经验的佩雷克充分发挥自己的优势,动用了包括考古学、历史学、语言学、化学、心理学、生物学、地理学、艺术史、社会学、经济学甚至数学等在内的众多学科的知识话语,在作品中体现出一种意趣盎然而又极度庞杂繁芜的风格。整个文本仿佛是细节的海洋、知识的万花筒、语言和词语盛大的狂欢。"③当然,与阿兰·罗伯-格里耶相比,乔治·佩雷克在描写中并不追求方位的精准度。在公寓空间的建构中,他引入拼图、填字游戏、迷宫等文学意象丰富小说的空间结构特征,尤其是借用画中画这一西方艺术中的"纹心结构"(mise en abyme)强化了空间的立体感。乔治·佩雷克借详尽的细节描写建构多层立体的文学空间,与之相反,艾什诺兹小说中纷繁的细节描写更像是信手拈来的一张张照片、一段段影像,没有刻意建构

---

① 杨国政、秦海鹰主编:《当代外国文学纪事(法国卷)》,北京:北京大学出版社,2020年,第151页。

② 戴秋霞:《佩雷克〈生活的使用说明书〉空间叙事解读》,收录于史忠义、栾栋主编,《人文新视野(第12辑)》,沈阳:辽宁人民出版社,2018年,第90页。

③ 龚觅:《佩雷克研究》,上海:上海外语教育出版社,2008年,第214-215页。

的立体空间，只有更加接近真实的碎片拼凑。

当然，表面的碎片拼凑并不意味着杂乱无章，我们可以借用小说中的两个细节来喻指作家的写作。《格林威治子午线》中的阿尔贝注意到大厅内地毯上的图案"突出表现了一些古怪的、既无内在联系又无外在逻辑的细节"①，然而当他从二楼的楼梯平台向下俯视时，这些图案则重组为一个整体：古代东方的一艘大船。"在贴近地面之处，那些看似昏暗不清的东西，一旦站在哈斯办公楼的稍高之处俯瞰，它们就会被一种新的逻辑之光照亮了。"（《格林威治子午线》，第272页。）艾什诺兹的小说亦然。局部看来繁多杂乱的物品从文本整体上看则浑然一体，作家将散乱的细节巧妙融合在一起，填补文本中各条裂缝的高超技艺正如《我走了》中医生为主人公费雷实施心脏手术后缝合伤口的精湛手艺。②

"作家是'历史的拾荒者'（本雅明语），在作品中收集被遗弃的物品，使它们有机会成为情感的印记，或者更简单地说，人类存在的印记。"③艾什诺兹正是这样一个不折不扣的"历史拾荒者"，他将现代都市表面的平庸化为人类存在的标记，"断壁残垣可以被视作现代圣物，平淡无奇的表面也能显示出传奇的隐迹纸本"④。

第一节　镜头记录式的细节铺展

艾什诺兹将现代日常生活中各式纷繁的物品纳入小说，为读者提供了一份现代日常物品清单。艾什诺兹将通常作为文学背景的碎片化日常生活

① ［法］让·艾什诺兹：《格林威治子午线》，苏文平译，长沙：湖南美术出版社，2004年，第262页。

② 参见 Glaudes P. & Meter H.（éds），*Le Sens de l'Evénement dans la Littérature Française des XIXe et XXe Siècles*，Bern：Editions Scientifiques Internationales，2008，p. 293.

③ Jérusalem C.，《Géographies de Jean Echenoz》，https：//remue. net/Christine-Jerusalem%E2%8E%9C-Geographies-de-Jean-Echenoz，2021-01-03.

④ Jérusalem C.，《Géographies de Jean Echenoz》，https：//remue. net/Christine-Jerusalem%E2%8E%9C-Geographies-de-Jean-Echenoz，2021-01-03.

推至读者的视线中心，赋予这一平庸的场域以特殊地位。"一方面，他将细节融入视觉装置，颠覆了传统视角，放大了微小的物品；另一方面，借助微不足道的平庸符号，作家并非意欲创造一种'真实效果'，而是要突出其传奇性和不协调性。"①让-克洛德·勒布伦将艾什诺兹比作"被抛到世纪末的城市和郊区地带的克洛德·列维-斯特劳斯"，在每部小说的"人类学巡回考察"后总是带回一些日常用品来证明一种文明，而他所研究的土著人则是崇拜现代日常物品的"发达工业社会的公民"。②

依照物品的不同功用，我们归纳出艾什诺兹小说中四类主要的日常生活物品：家具陈设、生活用品、食物类、工具类。此处我们重点围绕前三类物品进行考察，工具类物品将单独在下一节中详细展开论述。

艾什诺兹小说中提及了家居环境和公共环境内的家具陈设，包含了家具(床、桌、椅、柜、书架、沙发等)、装修(地毯、墙纸、壁炉、窗子、窗帘、镜子、灯具等)、盥洗设备(洗漱池、浴缸、莲蓬头等)、厨具(平底锅、燃气灶等)和装饰摆设(装饰画、乐器、植物、小摆设等)等类别。

家具陈设可以反映其所有者，或者出入某公共环境的人物的收入、身份与社会地位。部分有产阶级偏好经典的复古风格，例如《出征马来亚》中的尼科尔，其私人住宅内的"客厅里布置着古老的家具的复制品，有少量真正的老家具"(《出征马来亚》③，第 255 页)。《湖》中的苏茜和奥斯瓦尔德为新居购置的家具均为 20 世纪前期风格："一把模仿马歇·布劳耶式样的扶手椅，一个尤金·申恩的架子，或者一张勒内·普鲁的书桌，一盏爱

---

① Jérusalem C., *Jean Echenoz: Géographies du Vide*. Saint-Etienne: Publications de l'Université de Saint-Etienne, 2005, p. 196.

② [法]让-克洛德·勒布伦：《让·艾什诺兹》，邹琰译，长沙：湖南美术出版社，2004 年，第 11 页。

③ [法]让·艾什诺兹：《高大的金发女郎：让·艾什诺兹作品选》，车槿山、赵家鹤、安少康译，长沙：湖南文艺出版社，1999 年。下文所引小说《切罗基》《出征马来亚》和《高大的金发女郎》的文字均出自此译本，将直接在引文后的括号内标注小说名和页码。

德华-维尔弗里德·布尔盖版本的灯，这很合克莱尔夫妇的口味。"①鲍德里亚在《物体系》中指出："物品身上的过去或是异国情调其实是有社会向度的：[它们代表]文化和收入。"②对于古董家具或复古风格家具的青睐基于一种文化的怀旧情怀，也被有产阶级视为体现自身身份和地位的象征，以满足"自我认同和社会认同的需要"③。

　　安逸的家居环境内不可或缺的一件家具是扶手椅。柔软舒适的扶手椅能够令人安心、平静和放松。《格林威治子午线》中的普拉东在遭到巴克和拉夫的绑架后，一开始拒不合作，而后僵局被打破。"也许是扶手椅子的缘故，他们的谈话有所进展。"(《格林威治子午线》，第 118 页)《出征马来亚》中的保尔在家时经常坐在一把红色扶手椅内。伊莉莎白的离去令他的生活蒙上阴影，扶手椅如同避风港，保尔希冀从中获得力量去对抗心中对伊莉莎白的思念。《我走了》中的主人公费雷在离开与妻子共同生活的居所，而后被情妇萝兰丝赶出家门、暂住于工作室被冻醒后，终于决定租一套公寓，"当他安坐在一把崭新锃亮的扶手椅中，一杯酒在手，不时斜一眼瞅一下电视，终于感觉到自己是在自己家中"(《我走了》，第 28 页)。扶手椅给人安定的感觉，让居无定所的主人公得到心灵上的慰藉。

　　在艾什诺兹的小说中，墙壁的装饰画有油画、版画、水粉画、彩色招贴画、海报等不同类型。有时，装饰画甚至无须自行出现，借助其在墙壁留下的印记即可证实其过去的存在。《湖》中塞克上校的寓所内，墙上的画像虽被揭去，但仍留有固定画像的图钉。《出征马来亚》中，伊莉莎白离开保尔后，尽管佩雷夫人在打扫保尔的公寓时竭力抹去伊莉莎白的痕迹，但仍有一处疏忽泄露了她的缺席："在墙上，一些清晰的四边形使人断定她

① [法]让·艾什诺兹：《湖》，余中先译，长沙：湖南文艺出版社，2017 年，第 27-28 页。
② [法]让·鲍德里亚：《物体系》，林志明译，上海：上海人民出版社，2019 年，第 165 页。
③ 张天勇：《社会符号化——马克思主义视阈中的鲍德里亚后期思想研究》，北京：人民出版社，2008 年，第 115 页。

未曾留下来的一些画。"(《出征马来亚》，第228页。）除却传统的装饰功能，画亦可成为间谍小说中暗中传递信号的工具。例如《湖》中居住于湖区的公园皇宫饭店的间谍穆艾兹-埃翁将自己创作的描绘饭店景致的水彩画与其他住客的画作陈列在一起，以此种方式多次向肖班隐秘地传送信息和指令。暗藏玄机的画作承载了推动情节发展的功能。

同样具有装饰作用的摆设在艾什诺兹的小说中也随处可见，譬如《出征马来亚》中出现的水晶玫瑰、玻璃纱制成的鹿、玻璃鱼缸、鼻烟盒，《高大的金发女郎》中的彩色抽象雕塑，《拉威尔》①中的八音盒、发条玩具、金丝玻璃的郁金香、花瓣能转动的玫瑰、奥地利的彩色水晶盒、花边陶瓷的土耳其长沙发微缩模型等。这些摆设只具有纯粹的装饰、消遣功能，并非生活必需品，然而已经融入了现代日常生活。事实上，人们并不消耗这些物品，实际消费的是从中体现出的生活品质和生活情调。因而艾什诺兹也借助刻意安排的室内陈设为居住者营造虚假的生活表象。在《跑》中，面对捷克斯洛伐克国内紧张的政治氛围，一名外国记者克服重重困难，终于获许采访艾米尔，但采访那天并没有见到艾米尔本人，而是参观了他的住所。房间内的墙上挂着一把吉他，书架上摆满了书和小摆设，还有一盏世界地图形状的灯。安全部的工作人员为记者的到访精心安排了这样的家居环境。乐器的出现提供了一种可能性，即闲来无事的自娱自乐和生活的轻松悠闲；丰富的书籍象征充足的精神食粮以及对不同思想和文化的兼收并蓄；各种小摆设透露着生活的品位和考究；而灯具刻意选择世界地图的形状，意在提供一种开放的假象，掩藏捷克斯洛伐克当时的锁国状况。

与舒适、高雅的家具陈设形成鲜明对照的，是拮据境况下简单、低廉的陈设。《出征马来亚》中，风水先生布克·贝-莱尔的屋内找不到真正的木头椅子或有分量的家具。"室内家具由相当老的野营器材组成，有着那种回收物资的气味：一张折叠床，几把在管子上绷着条纹褪色的结实的布做成的椅子……一张蓝色塑料纤维桌……一个垫在镀镉钢上的双灶丁烷炉

---

① ［法］让·艾什诺兹：《拉威尔》，余中先译，长沙：湖南文艺出版社，2017年。

具，一个罩着尼龙绢网的食品橱。"（《出征马来亚》，第245页）更为糟糕的则是脏乱破旧的寓所环境。《我走了》中本加特内尔借以窥视墓地的那个单套间内光线昏暗，有质地可疑的软垫长凳、破口的桌子、积满油腻腻灰尘的僵硬的窗纱，还有发黏的窗帘布。《切罗基》中乔治从窗口见到詹妮·韦尔特曼的那间屋内"一个床头柜没有抽屉……还有一个硕大的皮沙发，裂缝中露出了压在弹簧上的木棉和鬃毛，一只脚被一块砖头代替了"（《切罗基》，第123页）。皮沙发或皮椅子是平民家居环境中常见的构成要素。"皮椅子，今天的人没钱去买四门轿车里一排排皮制横座，但在他的'起居室'中不可能没有一个。"①在起居室安置一张皮椅，成为某种心理补偿。有时，作家借肮脏混乱的寓所环境呼应居住者的情绪状态或烘托其所处的逆境。《切罗基》中的雷蒙·德加是个愚蠢、瘦小的老头，上了年纪却依然在为生计奔波，加上妻子的出轨和人间蒸发，他根本无暇顾及住所环境，屋里的一切"都显出贫穷、混乱、破产的样子"（《切罗基》，第45页）。

平价旅馆的环境和陈设同样令人泄气，有简陋的"只能睡一个人的铁床"（《弹钢琴》②，第161页），有品质低劣的软床，"显现出一个弯曲成吊床样的床绷"（《我走了》，第156页）。至于座椅，通常是"塑料椅子"（《弹钢琴》，第146页）、"不带扶手的椅子"或是"硬邦邦的人造革扶手椅"（《高大的金发女郎》，第553页）。有时甚至"没有齐全的盥洗设备"，只有"一只简单的莲蓬头嫁接在一个粗糙的可活动的塑料装置上"（《高大的金发女郎》，第438页）。平价旅馆仅可以满足最基本的住宿需求，无法提供更多便利的设施和舒适美观的环境。

生存环境最为恶劣的则是无家可归的流浪者。小说《一年》对女主人公薇克图娃的流浪生活进行了详尽叙述，并描写了与其有交集的数个无家可归者不同的流浪生活。作家笔下的这一人物群体中，以《出征马来亚》中的

---

① ［法］让-克洛德·勒布伦：《让·艾什诺兹》，邹琰译，长沙：湖南美术出版社，2004年，第74页。

② ［法］让·艾什诺兹：《弹钢琴》，余中先译，长沙：湖南文艺出版社，2017年。

夏尔·蓬迪亚克最为令人印象深刻。虽无固定居所，他却可以充分发挥创造性，改变物品原本的用途，最大限度地利用物品为生活提供便利。他有时在公园露宿，以地为床，有时睡在桥头，"躺在用小笼做的一个椭圆形的汽车后部行李箱内，上面蒙了块被干泥巴和柏油划得一道一道的绿色塑料篷布"，有时又寄宿于博物馆内，以一个鼓起的长沙发作为卧具，"紧紧抓住那个扶手，同时把他的脚卡在别的扶手底下"，以防从沙发上滑落（《出征马来亚》，第225页、第249页）。夏尔日复一日地动用创造力和想象力为自己寻找栖身之所，长期处于苦行僧式的生活状态，以至于偶然回归正常生活时他却难以适应。来尼科尔的住所赴约时，睡在床上的夏尔半夜被恶梦惊醒，"几秒钟里他对身体所处的这个柔软微湿的表面感到不安"（《出征马来亚》，第280页）。流浪生活早已让他的身体适应了艰苦的休息环境，柔软的床铺反而会令其难以安睡。在创造性的生活体验中，夏尔抛开了物品约定俗成的用途，探索出全新的都市生活方式。

第二类是生活用品。艾什诺兹的小说囊括了现代都市生活环境中的大量物品。从外套、内衣、手套、袜子等衣物到梳子、香水、牙刷、剃须刀等洗漱梳妆用具，从香烟、打火机、烟灰缸到钥匙、旅行箱等，作家将所有可以想到的生活用品都融入了自己的小说。

这些物品看似平庸，然而作用不容小觑，现代人"唯有通过周围的物品和其自身的品位得以表现"[1]。人与物紧密相连，并通过物相互区别。让-克洛德·勒布伦指出，艾什诺兹小说中多次出现的罗登大衣"炫耀服装上的所有宽裕和舒适，像是当前中等阶级的集体符号"，而派克大衣则是"贫穷的财力有限的人统一的新休闲服"[2]。香烟作为生活中的常见物品，也可以成为标志权力和地位的符号。《湖》中的马里兰身边常备黄颜色包装的马里兰味道的高卢女人牌香烟，这种烟在市面上已非常罕见，只有他仍

---

[1]　Schoots F., «*Passer en Douce à la Douane*»: *L'Ecriture Minimaliste de Minuit*: *Deville, Echenoz, Redonnet et Toussaint*, Amsterdam/Atlanta: Rodopi, 1997, p. 65.

[2]　[法]让-克洛德·勒布伦：《让·艾什诺兹》，邹琰译，长沙，湖南美术出版社，2004年，第74页、第75页。

在抽这种烟，烟草专卖局为其特殊需要继续供应黄颜色高卢女人牌香烟。
这般特殊待遇足以体现马里兰的权力与地位。

　　人们通过衣着、用品和佩饰等外在物品为自己找寻定位，对阶级地
位、民族身份、性别身份等存在固定的符号化认知。这在《我们仨》的一个
场景中表现得尤为突出。载人航天飞船出发前夕，参与航天飞行的成员接
受媒体采访，在摄影机前拍照时，按照各自的方式摆出宇航员的造型：
"贝贡艾斯像是俄罗斯人，咧开大嘴微笑，外衣里面是紧身针织毛衣，针
眼很大，笑容中透着健康，而我，我的打扮则显得更美国化，更随和，更
轻松，穿着 T 恤，笑容同样不少，同样健康，但外衣穿得更整洁。"（《我们
仨》①，第 169 页。）俄罗斯式的健康阳光，美国式的轻松休闲，这些模板式
群体形象的呈现源于对特定国家和民族的固定认知。而作为机组唯一一名
女性成员的白朗什大夫此时问道："我还有时间补一点口红吗?"（《我们
仨》，第 169 页。）化妆用品成为女性气质的象征，赋予女性更加靓丽的外
表并提升其自信。白朗什借助口红彰显自己的性别身份，自我认同感的增
强与化妆用品紧密相连。

　　生活用品在某些情境下可以营造虚假的身份幻象。勒布伦例举了早晨
地铁里须后水的味道，指出这味道里蕴涵的大众虚假的奢侈。须后水是香
水的替代品，而香水为某些社会阶层所专有，"这些社会阶层的人们是不
会早上在地铁的车厢里看到的"②。用须后水的人渴望拥有虚假的奢侈，但
现实中仍需起早贪黑为生计奔波。试图构建的身份假象在与周遭现实环境
的碰撞中支离破碎。然而，尽管构建身份假象未果，须后水仍然具备与香
水相同的一种效用，即将自己的存在强加于他人。艾什诺兹的小说中也多
次描写香水，将这一效用推向极致的当数《我走了》中蓓琅瑞尔的香水。这
种香水气味浓烈至极，"把你充满，把你熏倒，把你迷惑，把你窒息"（《我

---

　　① ［法］让·艾什诺兹：《我们仨》，余中先译，长沙：湖南文艺出版社，2017
年。

　　② ［法］让-克洛德·勒布伦：《让·艾什诺兹》，邹琰译，长沙：湖南美术出版
社，2004 年，第 73 页。

走了》，第 69 页）。每次蓓琅瑞尔离开后，费雷都要花大量时间洗澡、换洗床单衣物、开窗换气。这种炫耀身体、强调自身存在的物品强迫性地施加于他人，已然成为一种梦魇，"气味会一连好几个小时地赖在公寓中，迟迟不愿散去"，蓓琅瑞尔打来电话时"香味甚至顺着电话线溜过来，重新侵入他的套间"。即便这位邻居不在费雷家出现，香水味仍旧会"从钥匙孔中，从过道门的缝隙中传了出来，一直追着他，冲进他的家"（《我走了》，第 69-70 页）。作家对香水进行了拟人化处理，其侵略性存在让人避之唯恐不及，以至于在两人分开数月后，当又一次在街上闻到了这种可怕的香水味，费雷甚至顾不上确认是否是蓓琅瑞尔，转身逃之夭夭。

　　旅行箱和钥匙也与艾什诺兹的小说人物紧密相连。旅行箱是文学作品中旅行者的常备物品。① 作家笔下的人物总是一刻不停地离开此处、去往他处，旅行箱自然不可或缺，其存在寓指人物漂泊不定的生活状态。与旅行箱相反，钥匙可以打开固定住所的大门，是安定生活的象征。在小说《我走了》的开头，费雷决定离开家，离开妻子苏珊娜，"把他的钥匙扔在门厅的托座上。然后，他系上大衣的扣子，出了门，同时轻轻地带上小楼房的门"（《我走了》，第 7 页）。留下钥匙、关上家门，意味着对过往生活的告别。费雷下定决心摆脱长久以来一成不变的平淡生活，去寻找全新的未来。他留下一切，只带走一个"装着洗漱用具和换洗衣服的小箱子"（《我走了》，第 8 页），就此开启漂泊的新生活。旅行箱和钥匙两样物品同时出现，一取一舍间实现了生活状态的改变。

　　形形色色的生活用品还为人类生活带来了次生物品——使用后的废弃物品。生活垃圾的场景在小说中随处可见。《切罗基》中，两栋楼之间"散乱地堆放着垃圾箱、破旧的玩具、死去的绿色植物、一台开裂的电视机和一只寡居的自行车轮子"；停车场内"遍地都是小垃圾，有烟灰缸里的东西、橙子皮和鸡蛋皮、压成变形煎饼的金属罐"（《切罗基》，第 81 页、第

---

① 　Voir Brunel P., *Glissement du Roman Français au XXe siècle*, Paris：Klincksieck，2001，p. 283.

110 页）。《出征马来亚》中，池塘的水面上"漂浮着一些泡沫聚苯乙烯、空瓶子"，是"无数旧东西的陆地"（《出征马来亚》，第 288 页）。现代生活垃圾的来源主要有三种：第一是大量的物品包装，如空啤酒罐（《切罗基》，第 32 页）、矿泉水瓶、罐头盒子、药片管子、香烟盒子、果酱瓶子等各种空包装（《格林威治子午线》，第 61 页、第 103 页、第 130 页）。第二是为生活提供便利的各色一次性用品，如《切罗基》中提到的一次性打火机、一次性剃须刀（《切罗基》，第 32 页、第 162 页）和《我走了》中出现的一次性纸巾等（《我走了》，第 10 页）。一次性用品在便利性上的优势显而易见，但使用完毕即被丢弃的特点也带来了数量惊人的垃圾。第三，没有物尽其用的浪费行为也带来了数量可观的垃圾。《一年》的女主人公薇克图娃在流浪期间，会在回收站寻找物资："比如别人扔掉的半新不旧的鞋子，时不时也能赶上全新的，尽管尺码不一定合适；比如别人扔掉的遥控器里几乎完全没用过的电池。"（《一年》[1]，第 89-90 页）现代生活的空间中充斥着各种垃圾，它们将空间占为己有，似乎成为这个时代"存在的唯一显著标志"[2]，人类生存生活的空间不断受到挤压，几乎要被自己制造的数量骇人的垃圾所吞没。

生活用品可以传递使用者的阶级地位、民族身份、性别身份等相关信息，或是其身份追求和认同期待。人类对自身的身份定位与使用的生活物品不可分割，并且在无形中逐渐习惯物品泛滥的现代生活，产生强烈的依赖心理，以至于当由此带来的现代生活垃圾悄无声息地蔓延开来并将人类围困其中时，后者依旧茫然无知。

再看艾什诺兹小说中的食物。小说中多次出现具有止渴、解忧、社交功能的酒和符合快节奏、高效率的现代生活的三明治等食物。不过，作家并非简单地罗列各种食物名称，而是有选择性地提及了两类食物：异域食物和特殊空间的食物。

---

① [法]让·艾什诺兹：《一年》，吕艳霞译，长沙：湖南文艺出版社，2017 年。

② [法]让-克洛德·勒布伦：《让·艾什诺兹》，邹琰译，长沙：湖南美术出版社，2004 年，第 74 页。

　　小说人物在世界各地四处奔走，自然会接触到五花八门的异域食物，有东南亚"拌着红色调味汁的""青灰色的面条，顺着一片有毒的泥浆浮起的死鱼"（《出征马来亚》，第264页），有北极地区"起泡的海豹肉酱"和"小鲸的肉排"（《我走了》，第90页），以及拉威尔无法忍受的美国食物等。当然，随着当今各国文化的交流和融合，异域食物并没有受到地域的限制。《弹钢琴》的主人公马克斯出门去附近的餐馆吃午饭："这个街区的种族混杂雨后春笋般地催生出了一系列餐馆，世界各地的风味，非洲的、老挝的、黎巴嫩的、印度的、葡萄牙的、巴尔干的和中国的，应有尽有。同样也有一家正宗的日本餐馆……"（《弹钢琴》，第31页）种族和文化的深度融合让现代人足不出户也能品尝各国食物，异域食物的新鲜感和神秘感大大降低。

　　特殊空间的食物主要包括在轮船、孤岛、太空以及"彼世"的食物。远洋货轮，如《出征马来亚》中的布斯特洛菲东号，由于长时间在海上航行，受时空所限，船上只能储备数量有限、品种单一的不新鲜的食物。在《格林威治子午线》中，拜伦·凯恩、阿博加斯特、塞尔默等人在子午线穿越的那个孤岛生活时，除了食用当地的水果，其余食物都是从文明世界带去的酸菜、牛肉、菜豆等各种罐头。《我们仨》中的宇航员们在没有氧气的失重空间内所吃的食物与普通食物基本无异，只是都经过了特殊处理。《弹钢琴》中马克斯在死后所到的那个"中心"并不具备应有的神秘色彩，那里的食物与现实世界的食物并无差别，且除了寻常的法国食物外，同样也有各种异国水果。在本不相干的诸多特殊空间内，食物都存在相似性，人物无法感受到特殊空间与自己周遭生活环境的差异。海轮和孤岛上的罐头食品在家中的冰箱内同样可以找到，在太空里也能品尝饭后的甜点和咖啡，甚至在人死后要去的那个"中心"也准备了与法国餐厅相同的食物。即使进入新的生活环境，人物也无法彻底摆脱过去，至少在食物方面始终存有一份抹不去的熟悉感。

　　如上类别的物品在艾什诺兹的小说中数量庞大，然而通过仔细观察不难发现，作家在描写物品时仅限于提及名称。"严格来说，它们（物品）甚至并未被描写：要提及一样物品，有时其品牌或颜色足以。在艾什诺兹的作品中，我们看到一些'伪描写'，它们解释物品而非描写物品。"①艾什诺兹并未关注物品的形态、功用等自身属性，而是主要将叙述聚焦于名称、品牌等外部属性，从而将之符号化。对符号所指②的迅速捕捉取代了真正的用心观察，成为认识物品的主导方式。

这不禁让人联想到圣-埃克苏佩里③的童话《小王子》（*Le Petit Prince*）中讲述的孩子和大人们在认识新事物时方式的不同："如果你对大人们说：'我看见一幢玫瑰色砖墙的房子，窗前长满了天竺葵，屋顶栖息着鸽子……'他们却始终无法想象这幢房子。你必须对他们这么说：'我看见一幢十万法郎的房子。'于是他们就会惊呼：'多美啊！'"④大人们和孩子认识事物、看待事物的方式之所以存在差异，正是因为大人们对事物背后蕴藏的社会符号价值过分看重，以至于忽略了对事物本身的关注，用心观察事物、认识事物的能力逐渐退化直至丧失。而艾什诺兹在描写物品时借用了小说人物的眼光，或者说现代西方都市社会中普遍存在的审视眼光，将对物品的观察和描写进行了外化、空洞化的处理。

当然，这只是造成伪描写的原因之一。第二个不可忽视的原因在于，现代技术的进步带来了许多改变生活的现代发明，但同时也催生了大量伪

---

① Schoots F., « *Passer en Douce à la Douane* »: *L'Ecriture Minimaliste de Minuit*: *Deville, Echenoz, Redonnet et Toussaint*, Amsterdam/Atlanta: Rodopi, 1997, p. 56.

② 索绪尔（Ferdinand de Saussure, 1857—1913）在《普通语言学教程》中指出，语言符号连接的不是事物和名称，而是概念和音响形象，这两个要素紧密相连且彼此呼应。索绪尔用所指（signifié）和能指（signifiant）分别代替概念和音响形象，而二者的结合则是符号（signe）。

③ 安托瓦尼·德·圣-埃克苏佩里（Antoine de Saint-Exupéry, 1900—1944）：法国作家，飞行员，擅长描写飞行员生活，代表作品有《南方邮航》（*Courrier Sud*）、《夜航》（*Vol de Nuit*）、《人的大地》（*Terre des Hommes*）、《小王子》等。

④ ［法］安托瓦尼·德·圣-埃克苏佩里：《小王子》，王以培译，北京：社会科学文献出版社，2010年，第21页。

功能性的"玩意儿"(machin)①的诞生。《拉威尔》中多次提及类似这样的玩意儿："一个中国人木偶会按你的要求吐舌头，一只只有弹子球大小的机械黄莺会按照人们的希望扇动翅膀唱歌，一艘帆船会在硬纸板的波浪中自由自在地游荡。"(《拉威尔》，第 55 页。)在现今时代，符合"玩意儿"这一空洞概念的物品的数量是惊人的。它们的繁衍伴随着现代人对技术文明的追捧和信仰：满足各种细化需要的任何物品都可以被创造和生产出来，甚至先于需要而产生。"很明显地，在一个未命名事物(或者即使用新创词，或用句子改写的方式，都有命名上的困难)不断增衍的文明中，和一个物品的细节皆被知晓和命名的文明相比，前者对神话逻辑的抵抗力要弱得多。"②人类对现代技术的这一迷思造就了现代物品绝对功能性的神话：物品本身的功能和用途或许只有一个，但其在心智上发挥的功能性可以无限丰富："它们是绝对地有用，亦是绝对地无用，这时它的服务对象其实是：它'总会有用'[这句话本身]。"③这带来了大量"玩意儿"的无限繁殖堆积，而其难以命名和真实功能缺失的特性也是作家对物品采取伪描写处理的一个缘由。

　　第三个原因在于，小说人物关注周遭物品并非因为对外部世界抱有好奇和探究的兴趣，而通常是出于无所事事或是对陌生环境的谨慎审视。由于人物的无所事事而将注意力转向周遭物品的例子在艾什诺兹的小说中并不少见。《切罗基》中，"弗雷德在罗马街的乐器商店橱窗前消磨了剩余的一刻钟时间。这儿有管乐、弦乐、打击乐以及像工具般从大到小排列的全套萨克管，尽头还有一架钢琴，是韩国制造的小三角钢琴……"(《切罗基》，第 27 页)。在去美洲的漫长途中，拉威尔在法兰西号客轮上受到疲

---

　　① 鲍德里亚借用此概念来意指物品功能的空洞化。所有的玩意儿都有一定的操作性，但人们不知如何为其命名，且其功能性模糊不清，确切地说是一种处于意识中的想象的功能性。

　　② [法]让·鲍德里亚：《物体系》，林志明译，上海：上海人民出版社，2019年，第 129 页。

　　③ [法]让·鲍德里亚：《物体系》，林志明译，上海：上海人民出版社，2019年，第 132 页。

惫和失眠的双重侵袭："他只得从床上爬起来，在套间里来回踱步，注视它的种种细节，却又毫无成果，最终，他下定决心，翻腾一下他的行李箱，以确信自己什么都没忘记带。没有，什么都没忘。除了一个蓝色的小手提箱塞满了高卢女人牌香烟之外，其他箱子都装了不少东西，例如六十件衬衫，二十双鞋，七十五条领带，二十五件睡衣……"(《拉威尔》，第22页)人物在无所事事中细数视线范围内的各式物品，犹如罗列清单一般。而有时，这种观察也可能是出于谨慎而对身边的陌生环境进行审视。《一年》中的薇克图娃在开始逃亡生涯后，首先在圣让德吕兹的海边租了一套房子，"女房东离开以后，留下薇克图娃一个人站在房子面前，她注视着这栋房子仿佛在注视某个人，带着些许不信任，随时准备自我防卫……"(《一年》，第20页。)随后薇克图娃便开始仔细观察这栋房子，从空衣橱抽屉内弃置不用的照相簿、无标签的钥匙、缺了长针的手表等残缺物品，到桌上的空烛台和小雕像，从壁橱里的旧糖衣果仁盒，到墙上的肖像画，再到浴室里光秃秃的牙刷和用剩的肥皂。薇克图娃带着戒备的目光，将视线所及的屋内物品一一审视，恐有潜在威胁的存在。无论是无所事事，抑或谨慎小心，小说人物观察物品的目的仅止于消磨时间或排除威胁，皆无意关注物品本身，因而也无法对其进行深入细致的描写。

在涉及物品描写时，作家笔下的人物时常借助视觉工具的运用，如眼镜、放大镜、望远镜、摄像机、照相机、监视器等。除却种种显见的视觉工具，作家还借描写引入了一种非直观的工具：聚光灯。艾什诺兹将目光投向巴黎这座城市的地下空间，叙述犹如聚光灯一般将城市不为人所关注的阴暗空间加以曝光呈现。以《出征马来亚》和《弹钢琴》两部小说为代表。在《出征马来亚》中，流浪者夏尔"展示了一个不为人所知的，由地铁隧道和排水沟渠连接的神秘诡异的地下巴黎，如同一个独立的迷幻的王国"[1]。夏尔"习惯去圣马丁运河，看望维达尔及他那些吃人肉者"(《出征马来

---

① 安蔚：《论法国当代作家艾什诺兹小说独特的地理叙事风格》，载《齐齐哈尔大学学报》(哲社版)2012年第4期，第47-48页。

亚》，第 226 页）的流浪者朋友。阴暗污浊的地下河道和栖身于此的吃人肉的流浪者为这一地下王国平添了一抹神话色彩，读者经由夏尔见识到了奇异陌生的地下巴黎。在《弹钢琴》中，马克斯恍惚间似乎在地铁站看见了他寻找三十年的罗丝，他沿着地铁线奋力追赶，由此引出对地下交通线路的描写，展示出平常无从得见的地下城市交通空间面貌。

　　克里斯汀·耶卢萨兰在研究中指出，艾什诺兹笔下的小说人物多患有视力缺陷，诸如《格林威治子午线》中的盲人杀手鲁塞尔、《湖》中患斜视的贝尔逊医生、《一年》中深度近视的路易-菲利普、《我们仨》中患散光的梅耶等。人物意欲看清的主观愿望和无法看得分明的客观现实之间产生了矛盾。人物往往戴着度数很高的眼镜，厚厚的镜片使得视线发生扭曲。然而，这一变形的目光可以通过视觉工具得以纠正。望远镜、摄像机、照相机等视觉工具的介入在人与世界之间设立起一个额外的屏幕，并抹去一切形式的情感。由于缺少互动，摄像机令窥视者陷入孤独的境地；而与此同时，摄像机也提供了一个不带个人色彩的客观视线。[①] 耶卢萨兰洞幽察微，准确地捕捉到艾什诺兹小说人物中存在的视力缺陷现象及视觉工具提供的弥补手段。倘若就此继续深挖，人物的视力缺陷与视觉工具的代偿之间有无因果联系？视觉工具的功能是否仅仅局限于在视力受限前提下发挥弥补作用？

　　保罗·维利里奥在《视觉机器》中谈及，"当我们以为配备了能看清、看全宇宙未见之物的手段时，我们便处于已经丧失了我们具有最低想象能力的地步。作为视觉假肢的模型，望远镜将一个我们视力所不能及的世界的图像投射过来，因此这是让我们在世界中移动的另一种方式。知觉的后勤学（*logistique de la perception*）开启了一种我们的目光所不熟悉的移情，创造出一种远和近的相互混淆，一种加速现象，这种现象将消除我们对距离

---

　　① 克里斯汀·耶卢萨兰的相关分析详见 Jérusalem C., *Jean Echenoz: Géographies du Vide*, Saint-Etienne: Publications de l'Université de Saint-Etienne, coll. «Travaux-CIEREC», 2005, pp. 182-186.

和维度的认识"①。艾什诺兹小说人物借助视觉工具实现了又一种特殊形式的空间位移。也正因为视觉工具能够凭借加速消除距离，实现空间的瞬间转换，看清视力所不能及的世界，人们在现实生活中日益倚赖于种种视觉的假肢，看清看尽未见之物，这又带来了自身视觉能力的退化，加剧了视力缺陷的现象。因而小说人物的视力缺陷和视觉工具的弥补作用可以说互为因果。与此同时，作为人类思维活动重要表征之一的想象能力在无形中逐渐退化，内心世界的空白和人类生命机体的机械化倾向均是人类想象力衰减的表现，我们留待后文逐一展开论述。

第二节　现代工具的倍速堆积

日常生活空间中物品充斥的现象还反映在数量庞大的现代工具的疾速增长。艾什诺兹小说中的现代工具涵盖了交通工具、通信工具、家用电器等现代日常工具。

"小说中不乏各种运输工具：航道、河道或海道，地铁线或列车线，环城大道，林荫大道，它们发挥了悬索桥的作用，连接不协调的各点。区域被看作网络的动态模式，确保叙事作品中叙述的进行。"②艾什诺兹在小说中引入大量交通工具，最为常见的有汽车、飞机、轮船、火车、地铁等。此外，还包括一些在特定地区使用的特殊交通工具，如《格林威治子午线》中孤岛上的摩托艇，《我走了》中北极地区常见的破冰船和双胞水獭艇，《弹钢琴》中南美洲的水上飞机、机动独木舟等。作者还引入在亚洲国家随处可见的自行车。作为一种轻便、廉价的交通工具，《出征马来亚》中的夏尔和《一年》中的薇克图娃这两个无家可归者也曾经选择自行车作为交通工具，反映了其窘迫的经济状况。在《跑》中，与标题体现的动态意象相

---

①　[法]保罗·维利里奥：《视觉机器》，张新木、魏舒译，南京：南京大学出版社，2014年，第10-11页。

②　Jérusalem, C., *Jean Echenoz*, Adpf Ministère des Affaires Étrangères, 2006, p. 47.

呼应，小说开端和结尾处都集中出现了特定时空范畴内的诸多特殊交通工具：小说开头，德国人进入摩拉维亚借助的交通工具既有马、摩托、汽车、卡车、敞篷四轮马车、奥驰901和梅赛德斯170，也有半履带式小型车、虎型装甲坦克、黑豹坦克和台风战斗机；小说结尾，苏联人开着飞机、坐着坦克进驻捷克斯洛伐克。

诸种交通工具中，汽车的数量最为庞大，且品类繁多。从归属权来看，有私家车、公共汽车、出租车等。按性质、用途划分，有轿车、客车、货车、卡车、旅行车、吉普车等。而在神秘虚幻的另一个世界——"中心"，作家更是幻想出一种新型工程服务车："它介乎于迷你摩卡和人们在高尔夫球场上能看到的那种小车子，是一种小型的无篷越野车，尽管简单，却相当精致。"（《弹钢琴》，第115页。）

汽车通过商标相互区别，以换喻的方式指代其所有者。《我们仨》中的吕西·白朗什驾驶一辆梅赛德斯（Mercedes）。《湖》中的韦伯和保镖分别驾驶标致（Peugeot）和雷诺（Renault）汽车。廉价汽车的设备通常十分简陋。《一年》中的薇克图娃在搭便车时曾坐上一位神甫的车，那是一辆"没有额外功能，没有收音机或别的什么，只剩下开动功能的R5汽车"（《一年》，第64页）。在小说《我走了》中，费雷的汽车"由于没有无线电调节系统，他不得不每开上一百公里路，就调整一下电台的波段，以求一个勉强的收听效果"（《我走了》，第218页）。

艾什诺兹在小说中也提及一些高端名车。拉威尔在路上见到不少汽车，"其中有一些豪华的型号，如潘哈尔-勒瓦索或者罗森加尔……他们甚至还发现了一辆长长的萨尔姆森-VAL3型车，双色的，流线型"（《拉威尔》，第14页）。作家在《湖》中也提到，一些豪华汽车的制造企业长久驻扎在香榭丽舍大街，在展厅中陈列最新款的车型，然而"那些有相当时间来这里避雨，绕着它们转悠的人，是无法为自己提供这些的"（《湖》，第16页）。作家细腻地描写了这些参观者小心翼翼的举动："人们静静地转悠，不怎么敢伸手去碰，如果他们是两三个人一起来的，他们就低声比较着层状挡风玻璃底下的视线；隐约打开一道大胆的车门，然后，他们却不敢把它再关上。"(《湖》，第16-17页)囊中羞涩的普通民众唯有在展厅内才能与这些可望而不可即的名贵车近距离接触，即便在此时，他们仍然谨小慎微，不敢造次，仅仅满足于欣赏工作人员关上车门的一记啪声产生出的"一种完美的和弦，宏大，柔滑，如同一个萨克斯风全新高音谱号回响在虚空中"(《湖》，第17页)，带着羞怯在对声响的品味中憧憬上层生活，实现心理上的补偿和满足。

对于艾什诺兹的小说人物而言，汽车也证实了鲍德里亚的假设。鲍德里亚认为，汽车与速度的动态综合，"正好是家庭静态的和不动产的满足的反题"①。在速度中，人物见证了想象中的移动奇迹，一种不费气力的动态，由于汽车而感受到欣喜。"速度的效果在于，融合了时空综合体，它把世界化成二度空间、化成一个影像，它把世界的立体感和流变都免除了，使它获得崇高的静止和观想境界……这种在世界界线之外或世界界线之内的安全感，正是汽车经验中欣喜的来源，而这个经验绝非来自活动作用的筋肉：这是一种被动的满足，其布景则不停地改变。"②

《切罗基》中，乔治在高速公路上行驶时，"另外也有几辆私人汽车，开着它们全速行驶的是那些孤独而绝望的醉汉"(《切罗基》，第154页)。汽车是可移动的住所，能够营造经由速度占据空间的幻觉。这些醉汉正是渴望借助汽车的全速行驶来得到虚幻的欣喜、满足和安全感，摆脱内心深处的孤独与绝望。《我们仨》中的梅耶在驾车时顺便整理杂物盒内的物品，无意间看见前妻多年前遗留在那里的一条手链，"梅耶突然心中一冷，立即把它关上，同时猛地一加速。来一点速度，好嘞，为了换一换脑子"(《我们仨》，第20页)。手链犹如藏在暗处的开关，梅耶因为无意的触碰开启了回忆，关于前妻的点滴记忆瞬间涌上心头，他只得寄希望于汽车的加速，在空间布景的迅速变换中逃离不愿面对的过往，将这些念头远远

---

① ［法］让·鲍德里亚：《物体系》，林志明译，上海：上海人民出版社，2019年，第72页。

② ［法］让·鲍德里亚：《物体系》，林志明译，上海：上海人民出版社，2019年，第71-72页。

甩开。

　　与汽车一样，飞机、火车、地铁等高速行驶的交通工具也可以满足人物通过速度占据空间的需要。人物在使用交通工具时尽可能地让自身处于全速位移的状态，这已然成为小说人物的一种怪癖，以至于看到交通工具速度缓慢时，人物会感觉难以忍受：

　　　　飞机在它的大轮子上转弯，它那缓慢的动作和它那庞大的身躯极不相称。塞尔默承认，这种迟缓而固执的忍耐感觉，是与浪费时间的茫然之感联系在一起的。(《格林威治子午线》，第112页。)

　　这段文字描写了飞机起飞的场景。飞机缓慢的动作将时间的漫长成倍放大，催生出强烈的虚空茫然的感觉，让人物越发明显地体会到时间的难熬。而交通工具的高速行驶恰恰可以暂时掩盖时间进程的缓慢，为人物在位移中忽略近乎静止的时间提供了可能。

　　在涉及交通工具的小说文字中，我们发现，其出场时常伴随着故障。《切罗基》中，贝内代蒂的汽车在行进中十分缓慢和费劲，他在坚持到目的地后下车检查，"看着从引擎盖的裂缝里冒出的一丝青烟"(《切罗基》，第190页)。在《出征马来亚》中，布斯特洛菲东号轮船在航行越过赤道后，也出现一些问题，"那艘船显出疲乏的迹象，三天前在机房出现了一个船身吃水线下的漏水洞，接着前一天夜里由于油冷却器故障引发了火灾苗子"(《出征马来亚》，第319页)，虽然火苗很快熄灭，未造成巨大损失，但仍需耗费一定时间修理。故障频出的交通工具"隐喻了人物的心境"①，可看作人物内心情绪的外向投射。小说人物同样被种种烦忧所困扰，内心疲惫不堪，需要反复的"修理"和调适。

　　交通工具的故障也为人物的自省提供了契机。《我们仨》中的梅耶在驾车时路遇清障车，正牵引着一辆标致家用车，车上满载着神情沮丧的孩

---

　　① Jérusalem, C., *Jean Echenoz*, Adpf Ministère des Affaires Étrangères, 2006, p. 48.

子。他开始猜测故障原因："有什么东西坏掉了吗？碳化器？点火器？"（《我们仨》，第22页）紧接着，梅耶甚至将自己的情绪和身体分离，"他的心情也变得低落"，在情绪上趋同于车上沮丧的孩子，而与此同时把自己的身体当作那辆故障车，感觉"他命运的清障车正拖着他那降了半旗的肉体和精神"，并借此进行自省："那么，到底是什么东西不对头？极度紧张？劳作过累？"（《我们仨》，第22页）人物在交通工具的故障和自身心境之间建立起联系，将思想从身体抽离出来，以审视客体的眼光来审视自身，由此引发的思考令梅耶倍感疲倦。"还有二十公里就到里昂了，这些思想减慢了活动，并在收费站停止了"（《我们仨》，第22页），人物又一次在汽车的速度和位移中摆脱内心烦闷的愁绪，逃避无从解答的难题。

　　然而，有时在交通工具的有限空间内，人物依旧无法摆脱孤独和厌倦的愁绪。《我走了》的主人公费雷在晚上乘坐地铁时，空荡荡的车厢中"只有十来个孤独的人，费雷在二十五分钟之前似乎就变成了他们的一员"（《我走了》，第7页）。在乘坐飞机时，费雷同样无可避免地感受着孤独的侵袭："在一个经受着二百个大气压的座舱中，人们确实感到前所未有的孤单。"（《我走了》，第12页）当人物的行动地点转移至北极，交通工具的改变也未能改善这一状况。醋栗号破冰船能够顺利压冰上行，破冰前行，却无力打破漂浮于人物内心的"孤独厌倦"的大浮冰。"这很有趣，空无而又崇高，但几天下来，就有一点枯燥了。"（《我走了》，第22页）船上的生活日复一日，一成不变。无穷无尽的白色背景遮蔽了空间的变换，寒冷让时间变得愈发漫长，人物在此处体会到的孤单乏味尤为强烈。

　　《出征马来亚》中的保尔对此感同身受。登上布斯特洛菲东号海轮，"从第二天起，保尔感到了二副继而船长曾提及的那种航海的无聊。很快地绕船转了一圈，那海洋永远是同样的……只有天空稍微提供些变化……这整个第二天，保尔都凝视着天空……"（《出征马来亚》，第354-355页）。漫长的航海途中，近乎静止的海天一色提供了永恒的蓝色布景，与北极的白色背景一样无穷无尽。置身其中的保尔百无聊赖，唯有长时间地凝视天空，不错过天空中云彩和色调的任何细微变化。长久地凝视天空引起身体上的疲劳不适，二副为保尔找寻药物时，小说中提及药品箱里备有阿司匹林、广谱抗菌素、绷带卷等医药用品，"反倒是没有一种用以治疗本可料想的职业病、晕海或思乡"（《出征马来亚》，第355页）。

由此我们发现，交通工具无法让人物彻底摆脱孤独和厌倦，甚至会让这种消极情绪无限制地膨胀蔓延，引发乘坐交通工具时的不适反应——乘晕症（cinétose）。长时间地航海会导致晕海或思乡的职业病，保尔如此，纳尔逊亦然。在短篇故事集《王后的任性》中，一则标题为《纳尔逊》的小故事里，主人公纳尔逊正是这样一位患有乘晕症的水手。自13岁第一次登上第三列战舰理性号开始，他就体会到这种不适。"对一名海员来说，这件事令人尴尬。他以为这种不适会过去，但是在三十年航海生涯中，他没有哪一天不是晕船晕得天昏地暗。"（《王后的任性》①，第3页）保尔在短时间内无法适应漫长的航海旅行，而纳尔逊却在三十年的职业生涯中都始终没能克服这种不适，乘晕症在人物身上表现出不可调适、无法适应的特性。

小说《我们仨》对乘晕症给予了明确关注。参加航天飞行的宇航员中有一位平民莫利诺，在他身上将实施一项关于乘晕症的试验计划："——关于乘晕症，布隆代尔重复道。就是因交通而痛苦。他将特别地用于生一场病，莫利诺，我很担心。你们可以，你们应该好好观察他。"（《我们仨》，第133页。）在航天飞行过程中，莫利诺"表现出一种像患了流行性感冒的嗜眠状态，并伴随有血管窦堵塞和恶心"，行为心理分析学家贝贡艾斯将其诊断为乘晕症的典型症状，并指出，这"都是因为缺失了方向感导致的"。（《我们仨》，第194页。）内心方向感的缺失催生出位移的需求，在不停移动、实现空间变换的需求得到暂时性满足的同时，人物无法通过交通工具重新定位内心方向，反而加剧了身体方向感的缺失，进而导致乘晕症症状的产生。关于乘晕症在小说人物行为以及文本表层叙述上的具体表现形式，我们将在"都市个体的病态化表征"这一章中继续进一步阐述。

---

① ［法］让·艾什诺兹：《王后的任性》，孙圣英译，长沙：湖南文艺出版社，2017年。

　　正如鲍德里亚在分析中得出的观点，"社会关系的瓦解和社会集体转向一种离散状态的过渡"，使得"个体原子被抛入荒谬的布朗运动"。① 布朗运动是指悬浮在液体或气体中的微粒受到分子不平衡的持续冲撞所做的永不停息的无规则运动，最早由英国植物学家布朗发现，由此得名。借助交通工具，艾什诺兹笔下的现代都市个体犹如陷入布朗运动的微小粒子，一刻不停地进行位移，且行动路线时常呈现出无规则的特征。人物在永不停歇的位移中，抵御内心的孤独厌倦，渴望重寻心灵的方向。

　　通信工具即借以传递信息的现代电信设备。我们可以简单列举一些艾什诺兹小说中出现的现代通信工具：《格林威治子午线》中有孤岛上用于收发电报的无线电台，《我们仨》中有宇航员们在太空见到的各种各样的卫星，《热拉尔·富勒玛尔的一生》②中出现了苹果平板电脑，《我走了》中有传真机、手机、机场职员随身携带的对讲机和 BP 机，还有费雷在索妮娅家中见到的"宝宝风"，那是个粉红色的收音机模样的东西，放置在婴儿床边，专门用于接收和传送婴儿可能发出的哭声。作家小说中最为常见的一种现代通信工具是电话。

　　艾什诺兹笔下的电话是"一个海螺形的、凿有许多小孔以利声音通过的"(《格林威治子午线》，第 8 页)胶木制品。在他的小说中，电话无处不在，随时随地通过电流将两个或远或近的独立空间相连接。"这种与外界的联系工具就像一个溢到了让·艾什诺兹书中的毛细血管网，给书提供信息，让它们与补给自己的'他处'保持联系"③。凭借观察事物的独到眼光，艾什诺兹将这一司空见惯的日常物品注入全新的文学内涵，让读者收获了意外的阅读愉悦。在艾什诺兹的小说中，电话不单单局限于发挥通信的功能，提供有助于推动情节发展的有效信息，而是一个更加复杂的文本

　　① [法]让-弗朗索瓦·利奥塔尔：《后现代状态：关于知识的报告》，车槿山译，南京：南京大学出版社，2011 年，第 61 页。

　　② Echenoz J., *Vie de Gérard Fulmard*, Paris：Editions de Minuit, 2020.

　　③ [法]让-克洛德·勒布伦：《让·艾什诺兹》，邹琰译，长沙：湖南美术出版社，2004 年，第 75 页。

要素。

艾什诺兹笔下的电话并非一样冰冷无生气的静物，而是被注入了生命力，变身为充满活力、富有灵性的精灵。作家时而将其拟人化（"他像拖着一个人质似的把电话拉回他的被单里"）（《格林威治子午线》，第126页），时而又把它塑造成一只失去主人的动物（"电话机躺在一个房间最阴暗的角落里，电话线连接到了墙上，就像夏天里，一条丧家狗被一条绳子拴在一根柱子上"）（《湖》，第29页）。它善于察言观色，处世小心谨慎，在人物交谈时会"很隐秘地响起来"，生怕打扰人物的谈话。（《湖》，第108页。）电话也有自己的情绪宣泄，当无人接听时，它会独自激动恼火："当苏茜回到自己房间后，电话铃在焦虑地响着。"（《湖》，第141页。）若是迟迟无人接听，电话就会变得狂躁不安，当有人走近时会越发急切地催促："靠近它的时候，它不再尖鸣，而是尖叫；它捶胸顿足，疯狂地、一阵接一阵地突然喊叫，似乎每一次都愈加危险地损害着它的平衡。"（《格林威治子午线》，第15页。）电话并非时刻都精力充沛，倘若长时间超负荷工作，也会疲惫倦怠："天晚了，苏茜不再打电话，让电话机稍事喘息……"（《湖》，第30页。）不过，一旦真正空闲下来，电话又会萎靡不振，"被关在静寂中如同在一次感冒中"，它不耐烦地"以它所有的数字恳求保尔拉它那根线"。（《出征马来亚》，第260页。）与人物不停位移的需要相仿，电话也有持续工作的渴求。

电话由冷冰冰的物品摇身一变，成为情绪多变、活力十足的生命，甚至比人物更加鲜活，似乎有了自我意识，不再完全受控于人，因而人物对电话抱有一种既期盼又畏惧的复杂情感。

电话铃声响起时会蛮横地占据狭小的有限空间，单方面地强制要求联系和交流，其声响之尖锐令人无法忽略它强势的存在："当十一二响尖锐的铃声回荡在狭窄的房间里时，维托·皮拉内塞脸上的肌肉抽搐了一下，他的脸随即凝固成了困惑的神色。电话专横地安顿下来，在对两个人来说显得过于狭小的单套间里占据了整个位子，铃声跨骑着锯开空间，被自己的回音连接成某种破折号——二十五下铃声响过时，维托已经明白是谁来的电话了。"(《湖》，第 5-6 页。)电话铃声响起，如同突然闯入的不速之客，堂而皇之地鸠占鹊巢，以不容商榷的姿态要求即时的交流，得不到回应绝不罢休。

艾什诺兹在小说中也曾明确评述电话的强势存在。当人们畏惧受到打扰，或是试图隐匿行踪、拒绝与外界联系时，就会对之产生抗拒。电话就像"一个必须接受的不速之客"，让人"感到不知所措"(《切罗基》，第 170页)，犹如一颗不知何时会被投入湖中的石子，随时都可能打破湖面的平静，人物却无从掌控，唯有被动接受。

然而，人物对电话的情感也并非一味抗拒，而是复杂且充满矛盾的，对其抗拒的同时却又不乏依赖。有时，人们会期盼电话铃声的响起，渴望听见电话那头的声音，因为电话线的另一头连接的或许是希望。费雷的画廊里"没有了哇啦哇啦的电话"(《我走了》，第 25 页)，则意味着兴旺时代的终结，画廊的生意每况愈下。电话铃声不再响起，则预示着被遗忘。电话可以建立自我与他者之间的联系，让人摆脱内心的孤独和空虚。本加特内尔在摆脱了昔日德拉艾的身份、策划窃取宝物的计划时，终日驾车在外游荡，避开所有人的视线，不过每天会按时给妻子打电话。"他与世界之间尚还存在的唯一联系"就是"每天一次打往巴黎的电话，减轻了他的孤独感"(《我走了》，第 187 页)。本加特内尔改头换面，意欲从过去的生活里消失，却又不甘于被从前的世界彻底遗忘，仍然通过与妻子的每日通话维系着与过去的联结，减缓日益增长的孤独感。

鲍勃在孤独来袭时也会想到拨打电话给朋友，"这些准朋友，在他的社交生活中充当着补自行车内胎的小块橡皮；当他的失望随着没有回答而上升时，因为那些人去贴到了别的轮胎上"(《出征马来亚》，第 238页)。由此可见，缺乏交流、内心孤寂是现代人的通病，人们只有在感觉孤独空虚时才会通过电话联系那些所谓的朋友，他们是人们缓解孤独的一剂药。有时，小说人物在百无聊赖时会对着电话发呆，并千方百计地寻找办法来打发时间。保罗在家中长时间地观察光线，当光线碰触到电话时，"电话铃声立刻响了起来，仿佛它是光线启动起来的"。挂上电话后，他根据光线移动的路程来推测通话的时间，并把电话放在光线预计会经过的地方。当光线再度照射电话时，电话铃声又一次响起。"保罗作出结论，这部机子真是光敏电话。"(《格林威治子午线》，第126-127页。)作家借电话感光的描写，进一步烘托了笔下人物百无聊赖的寻常状态和内心深深的孤独。

电话作为通信工具，已与现代都市个体的生活紧紧捆缚在一起，人物期盼挣脱这一强势存在的束缚，而与此同时又缺乏真正面对其永久缺席的勇气。这一进退两难的窘境正是归因于现代个体的自我封闭与挥之不去的孤独愁绪。那么家用电器在现代都市生活中又扮演何种角色呢？

艾什诺兹在描写室内环境的文字中数次列举现代化电器设备，如电视、冰箱、洗衣机、空调、吸尘器等。由于各种现代化电器设备的发明，机器力代替了人力，节省了大量时间和体力。人们喜不自胜，为人类的智慧惊叹不已，对这些现代电器设备趋之若鹜。然而，随着电器设备的迅速普及，由此造成的困扰也接踵而至。与对于电话的描写相仿，艾什诺兹在描写现代电器设备时亦倾向于采取赋生命化的文学处理。譬如接通电源开始工作的日光灯管就如同刚刚苏醒、意识逐渐恢复的生命个体："这只灯管，就跟我们一样，初醒时也觉得难受，轻咳一下，喀拉一声吐出一点光线，结巴似的间隔几秒钟，方才整个儿通明。"(《高大的金发女郎》，第481页。)《出征马来亚》中也有类似的生动描述。作家赋予运转中的洗衣机以生命，在"颤抖中轰鸣"的洗衣机"令人惊恐地原地跺着脚"，"如同一条被痛苦地捆绑着的活体解剖的牛"，内脏的高速旋转令它难以忍受，"以致它渴望以全部力量挣脱"。与野蛮的洗衣机截然相反的则是被驯服的冰箱，它在低音中保持平静的运转。艾什诺兹将厨房喻为"堆满了野蛮和驯服的机器的畜栏"，而"保尔这个穿越荒漠的孤独的放牛人监视着他代养的这些牲畜"。(《出征马来亚》，第275页。)层出不穷的现代电器设备能够满足人们不断细化的生活服务需求，将现代个体从烦琐的日常生活劳作中解脱出来，成为工业文明时代的新型牲畜，在提高生活效率的同时为现代个体提供了大量富余时间。富余时间的获取以牺牲原本在劳动中可以体验的充实

和平静为代价，在整日的空虚和无所事事中，人们不知所措。品类繁多的
电器设备构成了现代都市的荒漠，人们在现代日常生活中终日与各种没有
情感的冰冷机器打交道，忽略了人际间的交流，从而滋生出深深的孤独
感。面对日益庞大的电器群体，人类不知从何时起似乎成了都市生活空间
中的少数群体，其身影之渺小几乎要被现代都市的荒漠所吞没。作为现代
机器的发明者、使用者和受益者，现代人的日常生活已经在很大程度上依
赖，从而也受制于现代机器。艾什诺兹借由对家用电器的描写揭开了现代
社会中人类处境的一角。

在艾什诺兹的小说中，最受关注的家用电器当属电视和收音机。作为
现代生活的必需品，电视和收音机与人物生活紧密交织在一起。人物随时
随地都会打开电视和收音机，播放音乐欣赏、体育赛事、新闻播报、影视
作品、情感热线等各类节目。鲍勃去保尔家时，"晚上他们谈得很少，眼
睛注视着电视"（《出征马来亚》，第238页）。费雷在镭锭港的一户人家短
暂逗留时，主人邀请他留下过夜，"费雷实在不好意思拒绝，电灯投下一
丝柔和的光线，收音机中播放着托尼·贝内特的音乐"（《我走了》，第91
页）。甚至在混乱的枪战间隙，在短暂的寂静中，收音机里也会飘出索
尼·克拉克的乐曲："在几秒钟的时间里，大家都听着音乐。"（《切罗基》，
第201页。）

当然，艾什诺兹的小说人物不会久居在某个固定住所，他们更多的时
间处于不断位移的状态中。因此，车载电视和收音机也成为不可或缺的物
品。《我们仨》中的梅耶甚至在离开汽车时"从车厢中拿出了车载收音机"，
"拎在手中"，随身携带，人物潜意识中对收音机的倚赖可见一斑。（《我们
仨》，第51页。）

收音机为现代都市生活提供声音背景：《湖》中的肖班在洗澡时播放
收音机，"竖起耳朵去听收音机里各种各样的女歌手的歌"（《湖》，第72
页）；《一年》中的薇克图娃、卡斯特尔和布森在晚上开着收音机玩扑克
牌消遣，"听听音乐或者体育赛事的转播，也关注新闻报导"（《一年》，
第90页）。而《我走了》中的费雷在开车时"心不在焉地听着广播，而且

音量总是调得很小"(《我走了》，第 218 页)，以此为他脑中不断浮现的画面做背景声。收音机已渗透现代都市生活，与人们的日常生活交融在一起。

孤独烦闷的消极情绪如同瘟疫般在艾什诺兹的小说人物之间蔓延，长久的空虚和无所事事使得人物亟待找寻一种消磨时间的方式，而电视和收音机这两种最为寻常的家用电器则顺理成章地成为首选。《切罗基》中的乔治、《湖》中的肖班、《我走了》中的本加特内尔等多个人物皆依靠电视和收音机打发时间、排遣寂寞。肖班在湖滨公园酒店的房中，"打开电视机，看了大约三小时"(《湖》，第 127 页)。《高大的金发女郎》中，独居的格卢瓦尔在晚饭后边听收音机边刷碗，刷完碗就"关上收音机，打开电视"(《高大的金发女郎》，第 455 页)。由这一关一开的衔接动作，我们便可知晓，独居的格卢瓦尔除了借助电视和收音机排遣寂寞，别无他法。而自她从孟买回到巴黎，在乡下小住时，更加觉得百无聊赖，总是"心不在焉地待在电视机前混时间"，而且因为"闲得无聊，只好把越来越多的时间花在电视机前"(《高大的金发女郎》，第 579 页、第 581 页)。现代科技生活原本为现代都市个体赢得了充裕的可支配时间，又因人们的无所事事而再度被迫为其他电器物品占据和填满。电视和收音机于人物而言不再仅仅是闲暇时可有可无的消遣，而是成为填补都市生活空白的必需品。

在看电视时，某些小说人物还有一个特殊的嗜好，即打开电视时关闭音量，仅保留动态的影像画面。《我走了》中的薇克图娃最为典型。她搬来与费雷同住后，"大部分时间都待在一把扶手椅中看书，面对着一台开着的但却处于静音状态的电视机"(《我走了》，第 36 页)。《出征马来亚》中的托恩也是如此："一个极小的电视机放在地上，他将它接通未打开音量……"(《出征马来亚》，第 332 页。)这一行为源自一种矛盾心理：人物需要安静的个人空间，但同时又惧怕由此生出的孤寂感，因此关闭电视的音量，只利用迅速变换的电视画面营造虚假的热闹氛围，以减轻周遭环境的冷清。乔治和克罗克尼昂的行动则更具创意。他们对电视中播放的电影情节不感兴趣，"于是就关掉声音，重新拿起乐器，连拨带吹地弄出一种原始音乐来为模糊的画面伴奏"（《切罗基》，第 174 页）。他们通过为电视画面配乐来自娱自乐，由电视延伸出一种全新的消遣方式。

电视和收音机也成为人物情感流露的有限场域。艾什诺兹的笔下鲜有心理描写，人物对话也不多，且在交谈中甚少涉及内心真情实感的表露。然而电视和收音机却能唤起人物的情感共鸣。《湖》中的维托驾车跟踪肖班，在一处红绿灯前停留时，"玛蒂娜很喜欢唱的一首歌曲让维托的眼睛里突然涌上十滴眼泪，而在河的对岸，天还在下雨"（《湖》，第 15 页）。收音机里传出的歌曲让人物在毫无防备的情况下开启了记忆的闸门，脑海里涌现出自己努力想要忘却的玛蒂娜。掀起的情感波澜让人猝不及防，而此刻，与人物心情相应和的阴雨天气更进一步加剧了人物的伤感情绪。《高大的金发女郎》中的儒弗夫人整日沉迷于电视剧，总是独自坐在电视机前泪水涟涟，无暇顾及家务，屋子里一团糟。索然无味、一成不变的生活让人物失去热情，唯有在电视的虚拟剧情中寻找慰藉，填补情感的空白。现代个体的情感出现了虚化倾向，人物将所剩无几的情感表露交付给现代机器。

电视和收音机可以与小说情节之间产生关联，或是与故事线的进展互通，或是能适时地烘托人物心境。《弹钢琴》中，马克斯一天晚饭后与艾丽丝一同待在电视机前，观看一部名为《艺术家与模特儿》的电影，主演是迪恩·马丁。没过多久，马克斯遭袭遇害，死后来到"中心"，认识了护工迪诺，而此人生前正是迪恩·马丁。电视中播放的电影与小说情节之间实现了互动。收音机可以播放契合人物心情的音乐，烘托人物的心理状态，如蓬斯在汽车收音机里听到的"符合他那轻松的情绪的乐曲"（《出征马来亚》，第 336 页），梅耶在打开收音机时听到的符合当下气氛的钢琴独奏（《我们仨》，第 106 页）等。

相较于电视，收音机作为特定的文学符号，在小说文本中被赋予了更加丰富的文学内涵。收音机可以借助所播放歌曲的歌词填补某个特定场合中缺失的人物对话，以电波传递的声音代替在场人物的声音，弥补人物日趋弱化的交际能力。索菲·德拉蒙注意到《切罗基》中乔治和韦罗妮克的一次约会。① 韦罗妮克来到乔治的住所与他约会时，收音机正播放"假如我爱你……"的通俗情歌。收音机里传出的歌词情话代替了浓情蜜意的氛围下人物之间缺失的互诉衷肠。

收音机既能打破沉寂，又能凸显沉寂。弗雷德打开收音机，里面有一些人正围绕勃拉姆斯展开争论，喧闹的争吵声刹那间打破了沉重、寂静的空气。（《切罗基》，第 65 页。）收音机在此处适时地打破了令空气凝结、让人倍感压抑的沉寂。马克斯和贝里阿尔在街上行走，身边车来车往，"五花八门的音乐声从摇下了玻璃的车窗中飘出"（《弹钢琴》，第 191 页），填补了二人之间的沉默，并对先前的紧张气氛起到了缓和与润滑作用。但有时，收音机的出场却会适得其反，将寂静或沉默无限放大。保尔家中的半导体收音机噼啪作响，"但沉寂显得格外清晰"（《出征马来亚》，第 257 页）。收音机中嘈杂的声音更加凸显出房间内的沉寂，强烈的空虚感瞬间袭来，令人物避之唯恐不及。梅耶让素不相识的吕西搭便车，吕西却神情冷漠、一言不发，梅耶颇为恼火，"他过分神经质地打开了收音机，根本没有征求年轻女郎的意见，便搁浅在一个实用信息节目中了"，然后"又是过分神经质地"换了一个台，最后"实在过分神经质地关掉了收音机"。（《我们仨》，第 30 页。）梅耶试图借收音机生硬地打破寂静，却没有得到任何回应，电波里的声音消失在无尽的沉默中，令车内的气氛越发尴尬。收音机的介入产生了意料之外的反效果。

在特殊的政治氛围下，收音机也可以具有特定的符号意指。收音机接收不同频率的电波，听众收听不同地域、类型不一的电台节目，能够接触多元的文化理念、政治立场等，因而收听广播是民主和开放的符号。在捷克斯洛伐克国内严峻的政治形势下，"收听国外广播将招致严厉的惩罚"（《跑》②，第 65 页）。前面提到，为应对一名外国记者的登门采访，捷克

① Voir Deramond S., « Les Cercles Concentriques de l'Espace Décrit chez Jean Echenoz», Sophie Deramond ｜ Les cercles concentriques de l'espace décrit chez Jean (…)-remue.net，2021-08-09.

② [法]让·艾什诺兹：《跑》，余中先译，长沙：湖南文艺出版社，2017 年。

斯洛伐克当局为艾米尔精心布置了可供对外展示的完美居室环境，而在这些特意安排的室内陈设中，正包含了"一台庞大的收音机"（《跑》，第71页），虚拟了宽松的政治环境，营造了自由的生活假象。

艾什诺兹小说中还有一类特殊的收音机。奥利维埃·贝萨尔-邦基在研究中注意到，在小说《我们仨》中，梅耶的前妻薇克多丽娅出生于发明半导体收音机的那一天，这一设定意味着女性也是日常生活的一种音乐。梅耶与收音机的互动可以视作其在薇克多丽娅离开后填补空缺的下意识行为[①]：为了驱赶高速公路上的烦闷，"梅耶轻轻地唱起了歌，各种各样的片段，有时候还独自高声说话，使劲喊出广播节目中游戏的答案"（《我们仨》，第20页）。随后，梅耶的手触碰到薇克多丽娅数年前遗忘在杂物盒里的手链，旋即开启了记忆的闸门。梅耶因对前妻的难以忘怀而做出的下意识行为不止于此。梅耶下车后"从车厢中拿出了车载收音机"，"拎在手中"随身携带。（《我们仨》，第51页。）随身携带收音机，犹如与薇克多丽娅形影不离，这也是填补空缺的一种表现。收音机成为现代日常生活中不可或缺的声源之一，其影响之深远，以至于"人的声音也屈服于其运行模式"[②]。《高大的金发女郎》中，多纳蒂安娜坐在萨尔瓦多尔的车上时，"她那滔滔不绝的话语代替了汽车收音机"，"每钻进一条隧道她的声音随之变弱，越来越弱，她的话悬了起来直到从地下钻出为止——汽车收音机常有的现象"。（《高大的金发女郎》，第459页。）隧道内人声的消失如同收音机电波信号的中断，此处也将女性与收音机之间建立起关联，描写了现代都市生活空间中的这一特殊"收音机"。

围绕以电视和收音机为代表的家用电器，我们观察到这样一个社会现

---

①　详见 Bessard-Banquy O., *Le Roman Ludique：Jean Echenoz, Jean-Philippe Toussaint, Eric Chevillard*, Lille：Presses universitaires du Septentrion, coll. «Perspectives», 2003, p. 207.

②　Voir Deramond S., «Les Cercles Concentriques de l'Espace Décrit chez Jean Echenoz», Sophie Deramond ｜ Les cercles concentriques de l'espace décrit chez Jean (…)-remue. net, 2021-08-09.

象。20世纪，随着现代媒体的大量出现和迅速普及，现代人接收的信息量和娱乐方式得到了极大的丰富和改变。人们投以好奇的目光，带着欣喜和敬畏为之惊叹着迷，一得空就可以按自己的喜好选择收看收听五花八门的节目。久而久之，在闲暇时间与电视、收音机为伴便形成一种习惯和心理依赖，看电视、听收音机逐渐取代了茶余饭后的闲聊谈心。现代个体在不知不觉间封闭了自我，忽略了与他人的交流。由于电视、收音机传递信息的单向特性和互动缺场的固有弊端，人们内心的孤独感随之产生并日益强烈。现代个体愈是感到孤独空虚，便愈是花更多的时间在现代媒体上排遣寂寞，从而进一步加深个体之间的壁垒，导致互动交流更为匮乏，由此形成不可逆转的恶性循环，将自己一步步推向更为孤独的绝境深渊。正如《出征马来亚》中的保尔和鲍勃，后者时常来陪伴被伊莉莎白抛弃的保尔。二人虽为朋友，待在一起时却无话可说，宁可一同沉默地盯着电视，也不愿尝试沟通交流。虽然担心失恋后情绪低落的保尔，鲍勃也只能安静地陪伴左右，无法令其敞开心扉，助其解开心结。面对现代媒体对都市生活的全面侵袭，现代个体早已遗忘或者说丧失了沟通与交流的技能。二人之间在媒体时代应运而生的这种新型相处方式，不免让人联想到佩雷克的小说《生活的使用说明书》中的巴特尔布思和瓦莱纳。二人生活在同一幢公寓楼内，且巴特尔布思跟随瓦莱纳学习水彩画已有10年，即便相识已久，却并不相熟，除了上课以外，二人几乎没有交谈，交情之淡漠展现无遗。高密度的现代生活状态并未拉近人与人之间的距离，"孤立的个体对外界漠不关心，各自封闭在自己的小世界中，拒绝外界的烦扰，相互之间出现了难以逾越的交流障碍的鸿沟"①。这一悖论体现了现代生活的荒诞性。有研究者认为，"都市生活节奏高效快捷，支离破碎的现实镜像常常追求在转瞬即逝间的震惊效果"，个体追之不及，日渐趋于麻木，在主观上"不愿意积极应对现实差异的刺激"，竭力避免与他者产生交集，"都市经验的复杂性

---

① 戴秋霞：《佩雷克〈生活的使用说明书〉空间叙事解读》，收录于史忠义、栾栋主编，《人文新视野（第12辑）》，沈阳：辽宁人民出版社，2018年，第100页。

被大幅度降低了"，"这就是个体的人在都市生活中缘何时常感到迷茫彷徨、孤独寂寥的原因"。①

　　艾什诺兹的小说文字如同镜头般无一遗漏地记录下现代世界的日常用品，在现代都市的表面平庸下寻找时代印记和传奇性。现代都市空间的物品充斥现象尤以现代工具数量的倍速增长为显著特征。现代都市个体借由交通工具实现的位移意图摆脱孤独厌倦的消极情绪，而交通工具引发的乘晕症却又带来了孤独厌倦情绪的无限蔓延。这种消极情绪也使得现代都市个体面临既渴望摆脱现代通信工具，又缺乏将其彻底舍弃的勇气的两难境地。现代家用电器设备填补了现代空闲时间的一切空白，且相互交织构成了现代都市日常生活的背景声像，其令人眼花缭乱的画面和喧闹的声音为现代人营造了热闹的环境假象，帮助人们消磨无所事事的时间，排遣内心的孤独寂寞，但与此同时又加剧了人们的自我封闭和交流障碍，使得内心的孤独感更为强烈。"人人处于孤独之中，没有任何变化，封冻在空洞之中，这种空洞产生于瀑布般涌来的小物品、大众汽车和袖珍书。"②现代都市空间内物品的无限膨胀样态对现代个体的社会心理空间形成了全面的挤压和侵占。

---

　　①　董琦琦：《身体经验与城市印象的空间性研究》，载《外国文学》2013 年第 6 期，第 122 页。

　　②　[法]鲁尔·瓦纳格姆：《日常生活的革命》，张新木、戴秋霞、王也频译，南京：南京大学出版社，2008 年，第 8 页。

第二章　社会心理空间的压缩

西方关于空间问题的思考自古希腊时期就有之，到了 20 世纪后半期，这一问题已成为诸多人文社会科学领域关注和研究的焦点。20 世纪六七十年代出现的空间转向一反 19 世纪以来重视时间、忽视空间的哲学传统，将空间推至哲学社会科学研究前沿。

加斯东·巴什拉在《空间的诗学》中明确地界定了该书的研究范围："我想要研究的实际上是很简单的形象，那就是幸福空间的形象。在这个方向上，这些探索可以称作场所爱好（topophilie）。我的探索目标是确定所拥有的空间的人性价值，这一空间就是抵御敌对力量的空间，也是受人喜爱的空间。"①巴什拉通过对家宅、抽屉、箱子、柜子、鸟巢、贝壳、角落、缩影、圆等空间意象的静观，探究人性中的想象力量以及大小和内外空间的辩证性，书写空间的诗意。梅洛-庞蒂拒绝将空间视作抽象客观的几何空间，在《知觉现象学》一书中由身体概念出发，探寻空间背后的纵深含义。"列斐伏尔的'空间生产'、福柯的'另类空间'、布尔迪厄的'空间区隔'、吉登斯的'时空分延'、德波的'景观社会'、哈维的'时空压缩'、卡斯特尔的'流动空间'、索亚的'第三空间'等诸多理论，均从不同角度思考并阐释空间问题，空间已成为理解、分析和批判当代社会最重要的维度。"②空间研究的重要性得以确立。

---

① ［法］加斯东·巴什拉：《空间的诗学》，张逸婧译，上海：上海译文出版社，2013 年，引言第 27 页。
② 方英：《西方空间意义的发展脉络》，载《江西社会科学》2014 年第 2 期，第 35 页。

在人文社科领域的空间转向趋势下，文学的空间研究随之兴起。文学研究出现了"明确的跨学科研究，将建筑学、艺术史、地理学、城市研究和其他学科领域的见解应用于文学和文化研究"，与之相伴的还有文学研究方法的革新，"包括地理批评、地理诗学、文学地理学和面向空间的批评理论，所有这些都或多或少地在语言和文学研究的传统边界内运作"。①我们在此意欲从文学空间的类型切入，探索艾什诺兹如何将内在的人性思考通过文学空间加以外化传递。

方英在《文学叙事中的空间》一文中指出，"空间具有不同维度：物质的、精神的、身体的、知觉的、文化的、心理的、社会的，等等"，其中最主要也是最基本的三个维度是"物质维度、精神维度和社会维度"，并据此"将文学叙事中的空间分为物理空间、心理空间和社会空间三大类"。②物理空间以物质形态为基础，可以由知觉所感知。心理空间是物理空间投射于人的内心并经过主观处理的内在化空间。社会空间是物理空间和心理空间交集互动、各种社会性元素建构塑造的人际空间。艾什诺兹笔下的都市空间以巴黎为主，小说主人公多数由巴黎出发，去往世界各地。而这一现代都市"被高楼大厦和交通工具阻塞，它们压缩了视野，并且不断聚积，以至于隐没了自由空间"③。现代都市空间中物品的迅速累积使得物理空间得到空前的膨胀，对社会空间和心理空间形成前所未有的压迫，现代个体在物的包围和挤压下不断退缩，社会空间和心理空间的领域一再萎缩。

近代以来，西方文明极力推崇科学技术，热衷于对外部世界的探索与征服，忽略了心灵的丰盈，造成内心世界的枯竭。"心灵枯竭的人靠外在的物质虚饰自我的伟大，内心深处却因灵魂的缺席而饱尝孤独……严整的

---

① ［美］罗伯特·塔利：《文学空间研究：起源、发展和前景》，方英译，载《复旦学报（社会科学版）》2020 年第 6 期，第 123 页。

② 方英：《文学叙事中的空间》，载《宁波大学学报（人文科学版）》2016 年第 4 期，第 42 页。

③ Alizadeh M., *La Perception et la Représentation des Métropoles dans la Fiction Postmoderne*, Université de Limoges, thèse de doctorat, 2017, p. 68.

理性和绚丽的物体毫不理会人灵魂深处的东西，灵魂只能遭到粗暴的贬低。"①人与人之间难以实现有效沟通，缺乏真正的交流与理解，在交流的挫败中体味到更加深刻的孤独。

第一节 人际交往的缺失

在都市叙事展现的日常生活经验中，孤独与之紧密相连。这让人联想到 20 世纪 40 年代中国的都市文学。钱锺书先生在《围城》中就对现代都市人的存在困境进行了哲学思考。主人公方鸿渐迫于家庭压力与周氏订下婚约，后周氏患病早亡，他的一纸唁电感动了周氏的父亲周先生，周先生决定资助其出国留学。留学期间，他无心学业，并购买一纸假文凭应付家人。顶着博士头衔归国后来到上海，方鸿渐在周先生的银行任职。他受到同学苏文纨的青睐，却与其表妹唐晓芙一见钟情，这段感情无疾而终。他与孙柔嘉结婚后又因意见分歧导致感情破裂。一出出荒诞的闹剧织就了主人公孤独的人生之旅。第六章中方鸿渐在吃过韩学愈家的晚饭后，兴高采烈地去找赵辛楣却扫尽了兴，闷闷不乐地回到房中，生出无限感慨："天生人是教他们孤独的，一个个该各归各，老死不相往来。"②身处围城般困境中的现代人在彼此间的疏离和隔阂中，唯有独自面对孤独的内心世界。"钱锺书的深刻之处正在于他体察到了现代都市人的这种由理想失落、生活荒诞和人生孤独所组成的存在困境。这使 40 年代的都市叙事在某种意义上也获得了世界性的价值。"③

十里洋场的旧上海如此，灯红酒绿的巴黎亦然。自文明都市形态诞生伊始，孤独便如影随形。早在 19 世纪，巴尔扎克便在小说《高老头》中对

---

① 刘春芳：《〈星期六〉中的当代都市文化逻辑》，载《外国文学》2016 年第 6 期，第 146 页。

② 钱锺书：《围城》，北京：人民文学出版社，2021 年，第 202 页。

③ 陈继会等：《新都市小说与都市文化精神》，合肥：安徽教育出版社，2012年，第 36 页。

巴黎这座城市做过评述。在高老头咽气后，房客们围在一起议论纷纷，当辅导教师的房客便说道："别提高老头了行不行，让我们清净一些，我们谈他已经谈了一个小时了。巴黎这座美丽的城市有一个好处，就是可以让一个人自生自灭而没有人来理会。那就让我们好好利用这个文明社会的优越性吧。"①辅导教师所谓"文明社会的优越性"，正是孤独自处、相互疏离的都市生存样态，与方鸿渐口中的"各归各，老死不相往来"如出一辙。

不同的社会背景，同样的都市围城。孤独在艾什诺兹的小说中带有普及性质，小说人物也在人潮拥挤的都市空间内经历着生活的失意和荒诞，体味内心世界的孤独。人物素来形单影只、孤身一人。"孤独可以说是艾什诺兹笔下所有主人公的注脚……其实，这并不是小说家刻意追求的人物模式。对此，作家多少有些无奈地坦言，他虽然自己每次写作都想着换一换人物的形象，然而到头来写出的人物却一个比一个更孤独。"②孤独并非作家刻意设定的人物标签，而是现代都市人共同的精神特质。《女特派员》③中的托斯克和于贝尔都没什么朋友。《格林威治子午线》中的塞尔默"是一个完全孤独的人"，"总是独来独往"。(《格林威治子午线》，第48页。)《电光》中的格雷高尔"更喜欢一个人独处，独自生活，更喜欢一个人照镜子而不是去瞧别人"(《电光》④，第36页)。

然而，人物喜欢独处的生活状态，围居于自己的世界中，并不意味着习惯并享受由此带来的不可避免的孤独感。这种孤独感时常让人物困扰甚至恐惧。鲍勃在一家鞋店试了多双鞋，对是否合适并没有把握，但除了自己的脚又无法求助于他人，这时"孤独的感觉又一次吞没了他"(《出征马来亚》，第245页)。无法自己做出选择却又不能求助他人的情况再一次勾起

①　[法]巴尔扎克：《欧叶妮·格朗台 高老头》，王振孙译，上海：上海译文出版社，2003年，第420页。

②　安蔚：《论法国当代作家艾什诺兹小说独特的地理叙事风格》，载《齐齐哈尔大学学报》(哲社版)2012年第4期，第48页。

③　Echenoz J., *Envoyée Spéciale*, Paris：Editions de Minuit, 2016.

④　[法]让·艾什诺兹：《电光》，余中先译，长沙：湖南文艺出版社，2017年。

人物孤独无助的愁绪。《弹钢琴》中的贝里阿尔一度酗酒，陷入抑郁，并不断抱怨他的孤独。从惊心动魄的马赛大地震中侥幸生还的梅耶回到巴黎，"除了身上的那件脏夏衣，一无所有"（《我们仨》，第 100 页），他独自伫立街头，一动不动站了许久。对梅耶而言，"真正的灾难并非地震，而是要独自回去"①。较之亲眼目睹山崩地裂和生命消逝，独自回去给人带来的恐惧更甚。小说人物孤独愁绪之浓烈，连周遭环境也被感染，有《出征马来亚》中被废弃的孤独的旧水塔，有《弹钢琴》中公园内害怕孤独、总有女子陪伴于脚边的伟人塑像。

孤独在艾什诺兹的小说作品中蔓延，已成为现代都市空间中个体共有的一大困扰。在《切罗基》中，黎明时分在高速公路上驾驶私人汽车全速行驶的是孤独而绝望的醉汉。《弹钢琴》中，马克斯在乘坐地铁寻找罗丝时，车窗外是一些无所事事的女人，而车厢内则满是如马克斯一般的形单影只的家伙。而薇拉在买橘子时则遇到了与她境遇相同的店主：

　　——你好，先生，薇拉说。我要一些橘子，半公斤。

　　——你应该要一公斤，马格里布人建议，买一次不算太贵。

　　——我明白，薇拉说，不过我只一个人。

　　店主打了一个体现命运的手势。

　　——我也一样，他说道，我也是一个人。（《格林威治子午线》，第 161-162 页。）

这种孤身一人的生活状态和孤独无依的心境折射出现代都市背景下个体面临的最普遍的生存困境和最强烈的情感体验。现代都市生活的瞬息万变使得个体源源不断地受到外界刺激，持续处于紧绷的精神状态，普遍在意识上渴望通过心理疏离来获得个体的自由和平静，由此产生了孤独这一

---

① Schoots F., *«Passer en Douce à la Douane»*: *L'Ecriture Minimaliste de Minuit*: *Deville, Echenoz, Redonnet et Toussaint*, Amsterdam/Atlanta: Rodopi, 1997, p. 149.

内在指向的情感体验。这种内在的心理疏离也表现在人物对外界事物的漠不关心和情感淡漠。《格林威治子午线》中，保罗在被雇佣兵阿姆斯特朗·琼斯射杀后，身旁的凯恩、约瑟夫和特里斯塔诺并没有流露出明显的惊愕和悲伤，而随后露面的保罗的女友薇拉也未如众人期待般表现出"一种可怕的、歇斯底里的、犹如火山爆发的反应"，仅仅轻声哭泣了片刻。凯恩在此般情境下心里仍惦记着自己钟爱的拼图，"他没敢影射他的拼板游戏，这肯定不是时候"（《格林威治子午线》，第 186 页）。《一年》中的薇克图娃一早醒来，发现身旁的菲利克斯没有呼吸，便迅速离开，开始了逃亡。她未曾表现出该有的惊慌和哀伤，也无意找出菲利克斯的死因，人物反应之淡漠可见一斑。

对这种普遍的情感淡漠，人物也借评价动物表达了对自身状态的不满。乔治在克罗克尼昂为其准备的住处栖身时，大部分时间里都独自待在房间。当他看着窗外的鸽子时，"它们形成松散的群体，忙着转那些莫名其妙的圆圈，相互之间通常都漠不关心，处在一种令人讨厌的无所事事的状态中，乔治从没想到要这样批评其他动物"（《切罗基》，第 141 页）。自我与他者之间脆弱的关联，彼此间的漠不关心，无目的地奔走，令人窒息的无所事事，这种种不正是小说人物生活状态的真实写照吗？眼前所见即内心情感的外向投射，人物对自身的处境心存不满和厌恶。

法国当代社会学家阿兰·埃伦贝格（Alain Ehrenberg）在研究中指出当今西方社会出现的一种悖论。战后各种解放运动消除了诸多社会禁忌，个体看似获得了前所未有的广泛自由，能够按自己的意志彰显自我。然而，这种自由实则被局限在极其有限的框架内。"个体被命令承担自己的命运……竞争意识和对个人能力的量化标准使个体感到此前没有的压力……没有能力承担自己命运的人被视为无能者。"[1]在这样的背景下，个体出现了自闭和焦躁的两面性。埃伦贝格指出，这源于压抑和冲动两种心理学机

---

① 赵佳：《文化批评视野下法国当代小说中的反讽叙事研究》，杭州：浙江大学出版社，2019 年，第 22 页。

制的交互作用："它们是病态行为的两个方面，在压抑的情况下，行为是缺失的，在冲动中，行为不受控制。"①艾什诺兹的小说人物时常处于位移的状态，跑遍世界各地，但位移往往又缺乏目的性，为了出走而出走，只为避开逗留于一处的停滞状态。与此同时，人物又封闭在自我的世界中，拒绝与外部世界的交流和互动，内在关注胜过一切。由此带来两种分离，即个体"外在行为和内在性之间存在一定程度的分离"，且从外部世界抽离出来的个体，其"内在性和外部世界几乎分离"。② 当代个体成为自闭和焦躁两种情绪双向交织的矛盾体，不可避免地走入了当代西方都市困境。

孤独源起何处？主要源自精神的流离失所。家，是心灵的寄托，是避风的港湾，在身处逆境时给人慰藉和温暖的力量。艾什诺兹笔下的人物并没有真正意义上眷恋的家，就如《格林威治子午线》中的拜伦·凯恩，他"没有个人的锚地港湾"，"从来不曾有过家庭住址的概念"，巴黎彼特拉克街的住所对他而言"既熟悉又陌生，既亲密又疏远"，他甚至明确表示，"一旦待在家里，我马上就会变得难受。我总是这样的"。（《格林威治子午线》，第 239-240 页。）所谓的家只是暂时的栖身之所，无法让人物得到平静和慰藉，不过是又一个其意欲逃离之地。在不断的逃离和追寻中，心灵始终无处安放，这群精神的流浪者踏上的是一条前路未知的孤独旅程。

倘若说刚才讲的由身体独处、心理疏离带来的是主动的孤独，那么置身人群中却挥之不去的孤寂感则是一种被动的孤独，一种明明身处其中，却又感觉置身局外的隔阂感和无力感。马克斯到达伊基托斯没多久，便开始感到"腻烦"，"有些受不了在这偏僻小地方的孤独"。由于语言障碍，他"根本无法跟武器广场的任何人搭讪，无论是漂亮的姑娘，还是钓老鼠的年轻人"。（《弹钢琴》，第 157 页。）费雷初到海滨城镇圣塞瓦斯蒂安，常常

---

① Ehrenberg A., *La Fatigue d'Etre Soi*, *Dépression et Société*, Paris：Odile Jacord, 1998, p. 213. 转引自赵佳：《文化批评视野下法国当代小说中的反讽叙事研究》，杭州：浙江大学出版社，2019 年，第 23 页。

② 赵佳：《从艾什诺兹和图森小说看当代主体的两面性》，载《外国文学研究》2014 年第 1 期，第 97 页。

去一些"十分热闹的小馆子"，但很快就感到厌倦："到最后，他在港口附近选定了一家没什么名气的小餐馆，那里的孤独气氛毕竟不那么浓烈。"（《我走了》，第207页。）越发热闹的餐馆里，孤独的气氛更甚。正如茨威格在《一个陌生女人的来信》中所言："再也没有什么东西比在人群之中感到孤独更可怕的了。"①在人群的喧闹中，内心的孤独被急剧放大，人物对孤独的感受亦更加深切。

对自己命运和生活的无力掌控也让人物不可避免地生出孤独无助的感觉。塞尔默在因厌倦辞去联合国议员的工作后，在南美遇到三个美国官员并枪杀了他们。他自认为此事无人知晓，而后却从卡里耶的口中得知自己竟是被刻意安排与这三个美国人同坐一辆车，并在不知情的情况下替其完成了除掉美国人的任务。塞尔默在博物馆偶遇"路过这里""闲着无事"（《格林威治子午线》，第50页）的拉丰，对这个举动奇特的巨人产生好奇并主动与之攀谈。而这场偶遇实则却是拉丰精心安排的。阿尔班刺杀目标的选择也充满随机性，他通过抓阄选定了安热洛·克洛普施托克-洛佩斯这个名字，看似绝对地顺从天意，却和塞尔默一样在毫不知情的情况下受卡里耶和拉丰支配。《切罗基》中的乔治也在毫无察觉的情况下按弗雷德的意愿行事。而后弗雷德向其挑明："至今为止你做了所有该做的事，你的角色演得好极了。甚至你那个短暂的出走也很完美，你转移了注意力，这正是我需要的。"（《切罗基》，第196页。）人物自以为主导自身的行动，掌握行事的主动权，却未曾料想背后有一只命运般的无形大手在暗中操控，自己如牵线木偶一样任人摆布。面对被揭开的真相，人物震惊愤怒、困惑不解，不知自己何时何地、以何种方式陷入其中，按照为其预先设定的目标行动。这种无法言明的宿命感让人体会到无奈、畏惧和孤独无助。

这种孤独的情感体验与人际关系的薄弱和缺失息息相关，个体面对外部世界传递出的信息是冷漠甚至敌意。薇克图娃对外界习惯保持一种疏离

---

① ［奥］斯蒂芬·茨威格：《一个陌生女人的来信》，高中甫译，北京：中央编译出版社，2010年，第120页。

和戒备的状态，臆想威胁的存在，菲利克斯先前就对此颇有微词。这使得她做过的几份工作都不长久，合同到期后均未能成功续签。薇克图娃没有关系亲密的家人或朋友，人际关系的缺失使得她在发现菲利克斯没有了呼吸后，没有向任何人寻求帮助和建议，就独自踏上了逃亡之路。而她的突然消失和一年时间的不知所踪并未激起任何波澜，他人的生活一切如常，薇克图娃这一个体的存在与否与周遭世界无甚关联。这种彼此疏离的人际状态在艾什诺兹小说中普遍存在，并且延伸至人死后会去的目的地之——宛如天堂的"公园"。在公园里，居住者的房屋之间相隔甚远，"人们尽可以和平地生活其中"，"不会彼此妨碍"，贝里阿尔称之为"一种令人愉悦的模式"。（《弹钢琴，第128页》。）淡薄的人际关系已成为现代个体普遍倾向选择的交际模式。但即便在居住者看似乐在其中的公园，也会存在因厌烦而感到害怕的困扰，贝里阿尔也承认，这"显然是个大问题"（《弹钢琴》，第130页）。无论是在天堂乐土般的公园还是在地狱般的城区地段，人物都逃不开对孤独和厌倦的恐惧，这成了现代都市个体注定无法摆脱的宿命。

人际关系的薄弱使得人物缺乏情感依靠，面临亲情、友情、爱情的三重缺失危机。小说人物鲜有亲情的牵绊，乔治是弗雷德的远房表哥，但二人并无联系，也很少碰面，"就像同极的磁铁一样保持着距离"（《切罗基》，第25页）。薇克图娃"没有家人，全都断绝了关系"（《一年》，第10页）。《拉威尔》中的拉威尔和《电光》中的格雷高尔始终过着一个人的独居生活。亲情往往被视作最坚固的情感，然而在艾什诺兹的小说人物身上，血缘的联系纽带被切断，人物成为孑然无依的孤立个体。

小说人物的目光更多地聚焦于自身，而非投射到他者，人物倾向于独处的生活状态，友情并非生活中的必备选项。在鲍勃眼里，朋友"充当着补自行车内胎的小块橡皮"（《出征马来亚》，第238页），只有在需要时才被想起。《一年》中薇克图娃的房东在离婚后一直独自生活："我才是，她说，我自己最好的朋友。"（《一年》，第18页。）人物对他人充满戒备，唯独自己才是能够信任依赖的对象。与自己做朋友的不止房东一人。无独有偶，苏茜幼时也与自己交了朋友，她"为自己身体的各个器官起了名字：她的胃叫西门，她的肝叫犹大，她的肺叫彼得和约翰"（《湖》，第79页）。人物并无精神障碍，表面癫狂的举动下是友情缺位的空虚。由于没有真正的朋友，人物唯有与自己相依相伴。

琴瑟和鸣的男欢女爱之情对人物而言同样是可望而不可即的奢侈品。小说人物博卡拉就曾对爱情发表过自己的看法："爱情，你瞧，他向他解释说，它很像巴黎下的雪。当它从天而降时，着实好看，接着就化掉了。要么变成烂泥，要么结成冰块，快看哪，烦心的时候可比开心的时候多。"（《高大的金发女郎》，第607页。）在博卡拉的眼中，这种情感转瞬即逝，给人带来的烦扰胜过快乐，而且总会以遗憾收场。在艾什诺兹的小说中，这应当是人物对爱情的一个普遍认知。小说内的一众人物大多孑然一身，或单身，或离异，即便时有伴侣，关系也难以长久维系。少数处在婚姻中的次要人物，如《切罗基》中的德加夫妇、《出征马来亚》中的儒凡夫妇、《高大的金发女郎》中的儒弗夫妇等，生活也并不幸福。亲情、友情、爱情的三重缺失让人际关系的网络几近分崩离析。

人际交往的缺失往往与人际交流的障碍并存。受到与外界疏离的主观意愿驱使，人物对交流活动心生抵触，追求交流的最低限度化。面对必需的交流，人物会找寻迂回的策略加以应对。对《一年》中的薇克图娃而言，人际交流是一种实实在在的负担，而她也有自己独特的应对方式："因为遇见人时要说话，她就用提问题的方式摆脱困境。别人回答的时候，她稍事休息并准备另一个问题。"（《一年》，第19页。）薇克图娃以不断抛出问题的方式释放出主动交流的虚假信号，然而对对方的回答却置若罔闻，只专注于下一个问题的构思。他者的交流信号传递落空，交流活动的构建失败。

在艾什诺兹的小说中，交流障碍更多地表现在异性之间的相处。男性在面对女性时不知该如何相处。《我走了》中的费雷因为心脏病发入院而邂逅了美艳动人的埃莱娜，尽管后者时常前来探望，但"费雷从见到她的第一秒钟起，就感觉到在他们之间事情是不会成的"（《我走了》，第152页）。

后来二人的相处总是表现出沟通的不顺畅，即便几经周折成为情侣，但当费雷买房准备结婚，一切看来顺理成章时，埃莱娜却婉拒。费雷不知该如何与埃莱娜相处，也无从了解埃莱娜的心思和态度转变的缘由。

当男性和女性人物的沟通交流在表面上看顺畅自然时，事实上也可能并非如此。最有代表性的例子就是《格林威治子午线》中保罗与薇拉的交流。二人时不时会互通电话，有时一天好几通，也会约会见面聊天，可以聊上许久。但在交流的过程中，一方总会心不在焉地听着，思绪转向别处，有时是薇拉，有时是保罗。作者将他们之间的对话形容成"一次面临深渊的对话"，话语在"一些不牢靠的、悬于深渊两边之间的、用随时可能断裂的腐朽藤条做成的小桥"上往来，一不留神，某个词语便会"坠落于悬崖的深处"，面临谈崩的危险。(《格林威治子午线》，第 31 页。)形象的比喻将谈话维系的脆弱性展露无遗。而保罗和薇拉之间的交谈是否能够称之为真正意义上的对话，我们对此依然存疑："他们就这样谈了起来，每个人轮流发言，持续了几个小时。最后人们不再知道，他们自己也不再知道，他们是否一起交谈还是各说各的，他们是否互相融会在单一的话语里，或者，他们是否依然在其话语中互相对立，就像每天那样，他们各自孤独地面对世间其他的东西。"(《格林威治子午线》，第 32-33 页。)他们的发言先后交替，各自沉浸在自己的思绪中，话语犹如同一容器内的水和油，虽交织在一起，但无法融为一体。二者的交谈本质上不过是两段独白的复调式叠加，缺乏信息的交互，是一种虚假的人际交流。在对话的人际活动中，个体依旧独自面对世界，孤独一如平常。

人际交流的障碍与虚假性共同造成了人际交往的失败和缺失。一个个孤立的个体聚集于缺乏基本人际信赖的现代都市空间内，形成一种群体性孤独，这也折射出现代都市个体普遍面临的存在困境。

第二节　社会连接的断裂

在现代都市空间中，与人际交往的缺失相伴而生的是社会连接的断裂，二者相互影响，互为因果。社会连接的断裂折射出现代西方经济社会空间内的社会排斥现象。

针对社会排斥现象展开的研究成为构成当下西方社会政策研究的重要维度之一。第二次世界大战以后至 20 世纪 70 年代中期，西方国家经历了战后经济的迅速复苏，各项社会福利政策的制定也有效地缓解了社会冲突，维护了社会稳定。到了 70 年代后期，西欧经济结构和产业结构经历了深刻调整，社会阶层和社会利益关系产生了巨大变化，带来了一系列新的社会问题，浮现出新的贫困现象。在这一社会背景下，急需新的理论和方法来探讨和研究新出现的社会现象。由此，社会排斥理论应运而生。

社会排斥这一概念最先由法国经济学家勒内·勒努瓦（René Lenoir）于1974 年提出。他"发表题为《被排斥群体：法国的十分之一人口（Les Exclus：un Français sur Dix）》的论著，用'Les Exclus'（被排斥者）这个概念指那些没有被传统的社会保障体系所覆盖的人，比如单亲父母、残疾人、失业者等易受伤害人群"[1]。这一概念提出后，迅速引发了关注，随后"被排斥者"被用来指代法国社会的各类弱势群体，并成为研究新的贫困现象的一个重要概念。后来的十几年时间里，这一概念逐渐被其他欧盟国家所接受，并传播至欧盟以外的其他国家。

社会排斥主要用来探讨社会弱势群体窘迫的生活处境，主要涵盖五个维度：经济排斥、政治排斥、社会关系排斥、文化排斥和福利制度排斥。[2]经济排斥可细化为劳动力市场排斥、收入微薄和消费市场排斥三个具体指标。个体被排斥于劳动力市场之外，面临失业或不稳定的就业状况，进而导致个体或家庭收入低于贫困线。个人和家庭没有能力或仅能够有限度地购买生活必需的商品和服务，受到消费市场排斥。政治排斥指个人或群体被排斥于政治生活之外，未能正常参加选举或参与政治性、社区性组织，

---

① 丁开杰：《西方社会排斥理论：四个基本问题》，载《国外理论动态》2009 年第10 期，第 36 页。

② 参见曾群、魏雁滨：《失业与社会排斥：一个分析框架》，载《社会学研究》2004 年第 3 期，第 12-13 页。

无法获得正当的政治权利，政治参与度低。社会关系排斥指的是人际交往的对象数量不足、频次较低，缺乏足够的社会支持。文化排斥包括两方面：失去按主流生活导向及价值观模式而生活的可能性；或少数群体因坚持自身的文化权利而被隔离于主流社会之外。福利制度排斥是指个人或群体无法享有社会权利，被排斥在社会救助制度、社会保险制度等国家福利制度之外。

由此我们可以看出，社会排斥不单单局限于失业直接导致的收入低于贫困线和物质资源缺乏的层面，更重要的是随之产生的个人或群体在社会中受到的一系列边缘化的动态过程。社会排斥现象作为现代西方都市空间内不容忽视的常态构成元素，在艾什诺兹的小说中有诸多表现。在公园、街道等公共空间内，常常出现移民和老年人的身影："一些老年国民在公园的小路上缓慢地走来走去……"（《切罗基》，第 65 页）"在人行道上，我们尤其可以发现一些出生于第三世界国家的移民和一些处于第三年龄阶段①的侨民，慢悠悠，孤零零，茫然失措。"（《我走了》，第 134 页）作为现代都市风景中的普遍要素，老年人和外来移民的身影不可避免地会显现出来。这类群体多数游离于就业人口群体之外，或身处国家福利政策惠及的范围之外，生活缺乏保障，精神无依无靠，在社会边缘徘徊游走。

在西方都市空间内有着庞大的失业群体，这一直以来都是威胁社会稳定的痼疾，且难以根治和解决。数十年来各种问题的长期积累，导致法国的失业率一直居高不下，历届政府都将解决就业问题作为工作重心之一，各项措施层出不穷，然而却始终收效甚微。究其原因，有两个主要影响因素：一是高昂的人力成本使得法国的雇主们更倾向于将工厂设在劳动力成本较低的周边国家，使得大量就业机会外流；二是失业救助金和相关福利政策在缓和社会矛盾的同时也使得一部分人安于领取失业金度日的现状，从而降低了失业人口再就业、重返工作岗位的比例。艾什诺兹也将失业问题纳入了都市空间的文学视野。面对向她打听生活的卡斯特内，格卢瓦尔

---

① 第三年龄阶段指退休年龄阶段，也即普遍意义上的老年阶段。——原译注

声称，"去年在一家罐头厂干，后来被迫离开，时下她没工作，和当地许多人一样，（遗憾的是这种事哪儿都有。评论时，卡斯特内音调低沉）"（《高大的金发女郎》，第 443 页）。《一年》中的卡斯特尔和布森原先在同一家电路元件公司从事低薪工作，被解雇后，他们没有以失业者身份在巴黎地区游荡，而是决定隐居乡下，告别就业市场，切断了一切社会联系。然而他们的经济能力并不足以实现舒适优渥的隐居生活，后来寻得一个偏僻的废墟作为落脚点，开始了流浪乞丐的生活。然而最终因为被人举报，他们在警车的追赶下仓皇逃离，失去了唯一的栖身处。

　　由卡斯特尔和布森这两个人物出发，我们将目光转向小说中为数不少的一个人物群体——无家可归者（SDF①）。毋庸置疑，这是受到社会排斥的一个主要的边缘化群体。这类人物拥有长久的文学传统。② 19 世纪的法国小说常以城市作为故事发生的空间背景，由此，与资本主义大都市不可分割的无家可归者这一群体闯入了文学的视野。许多文学大家的经典作品中都曾出现流浪者的角色，如雨果、欧仁·苏，甚至是波德莱尔的作品。在现代小说中，这一人物类型的设置也成为作家进行社会介入的一个重要途径，他们借助对这类人物生存境遇的描述来批判社会的不公正。当然，也有些作家并非有意为之，虽然他们的作品中有无家可归者的身影，不过这些人物并非情节的焦点所在。原因在于，由于没有固定居所，无家可归者只得选择公共场所作为栖身之地，整日徘徊于大街小巷，出入地铁站口或商业中心等地。这一群体已经成为整个现代都市图景中的无可规避的固有元素。

　　艾什诺兹的小说可以说是描绘现代都市日常生活的一组组画卷，其中自然不会缺少无家可归者的身影。在《高大的金发女郎》中，格卢瓦尔在孟

---

　　① 该首字母缩略词产生于 20 世纪 80 年代，其全称为 sans domicile fixe，意即没有固定居所的人，我们在此处译为"无家可归者"，用以指代生活在社会边缘、整日风餐露宿的流浪群体。

　　② 参见 Horvath K. Z., «Le Personnage SDF comme Lieu d'Investissement Sociologique dans le Roman Français Contemporain», *Neohelicon*, Vol. 28（2），décembre 2001, p. 252.

买街头被乞讨的叫花子们紧追不舍，这一群体在小说背景中一闪而过。除此之外，无家可归者的描写主要集中在《出征马来亚》和《一年》这两部小说中。《出征马来亚》中的夏尔·蓬迪亚克在追求尼科尔·菲希尔无果后心灰意冷，断绝一切社会联系，开始了居无定所的流浪生活。而《一年》更是直接选择一个无家可归者作为小说的主人公，将无家可归者的生活置于聚光灯下，叙述了原本生活平静的薇克图娃在认定自己将会莫名其妙地卷入一场命案后，脱离了原先的生活轨迹，度过将近一年的逃亡生活。作家描述了女主人公由一个社会群体中的普通人一步步转变为无家可归者，最终又回归正常生活的整个过程。当然，作家对于无家可归者的描写并不仅限于这两个人物。人物在流浪生活中与和自己处于相同境地的同类人产生交集，这些无家可归者的生活也自然而然地被纳入了艾什诺兹的文学世界。

艾什诺兹描写了无家可归者恶劣的食宿条件。夏尔习惯了长期居无定所的苦行生活，在可以想到的各种公共空间过夜，如"在那些桥下，在地铁的栅栏门上，在大楼的入口处和紧急出口处，在搬运货物的楼梯上，在地下室内……在屋顶上"，还有"公共建筑夜间的入口，办公室，图书馆，还有他流连忘返的博物馆"，并且各个地铁站"有条不紊地被一群群穴居的流浪者经常出入"。(《出征马来亚》，第216页、第421页。)倘若碰上强降雨天气，那些露宿桥下的无家可归者就无处栖身了："当雨水太多时，水漫上了支流的河床，进入运河、沟渠，侵入河岸甚至快车道，把那些没有固定住所的男人和女人赶上地面，也包括那些冷漠地突出在烂泥处的小眼睛的啮齿动物……"(《出征马来亚》，第225页。)无家可归者与那些泥沼中生存的啮齿动物处境相同，河流水位上涨便会驱赶其离开临时栖身的"地洞"。薇克图娃在逃亡生活中，经济状况日益捉襟见肘，不得不一再降低旅馆住宿的条件，最终露宿街头。露宿的第一日，薇克图娃还未来得及做好充足准备，黑夜就迅速降临了，她只得在路边随意选择了树下的一个斜坡，席地而卧，几乎彻夜未眠。第二天，她用了一整天的时间来寻找下一夜的栖身处。不久之后，"她比预想的还快地适应了露宿野外和寻觅安静角落"(《一年》，第58页)。

除了要解决夜宿问题，无家可归者也得千方百计地填饱肚子。若有乞讨得来的些许零钱，无家可归者则可以像薇克图娃那样"吃些降价的火腿、格律耶尔奶油、小贩中午收摊后扔在摊位上的带伤的水果。她拿来果腹的所有东西都是生的凉的，就的是消防栓的水"（《一年》，第66页）。倘若身无分文，垃圾箱便是他们可以发现食物的"百宝箱"。夏尔在公园内露宿时，就在垃圾箱内发现了"吃剩的三明治和干蛋糕"，"甚至发现了一盒有着三分之二的除气苏打"（《出征马来亚》，第282页），依靠别人丢弃的残羹冷炙充饥。卡斯特尔和布森"吃夜里在垃圾场和附近垃圾桶里捡回来的剩菜剩饭，有时也吃他们懂得捉的小动物，兔子，还有刺猬，甚至蜥蜴"（《一年》，第87页）。

有些无家可归者甚至吃一些腐烂变质、令人作呕的食物来填饱肚子。夏尔去看望那些流浪同伴时，与他们一同吃饭：

> 夏尔同其他人一样咀嚼着他那份使人想不起任何确切的动物滋味的东西：半肉半鱼，这尤其反射出那种焚烧的轮胎、焚烧的塑料、焚烧的湿的硬纸、别的燃烧时没有火焰的不会腐烂的废料。夏尔怀疑这真的是人肉，这可能是最后一个等级的价钱便宜质量差的肉，在肢解牲畜的人一次卸货时很险地逃脱的，而且好几天的一次烧煮既释出了它们腐烂后散发出的气体又释出了它们的正身。（《出征马来亚》，第287页。）

在现代都市中过惯正常生活的人们无法想象这些所谓的食物。残羹冷炙在无家可归者那里得到二次利用，在寻常人眼中难以下咽甚至令人作呕的东西，他们依然视若珍馐。他们已然舍弃对于食宿的诸多要求，只关注最基本的生存需求。

无家可归者整日四处游荡，生活在社会的边缘，缺乏关爱和重视，尝遍生存的艰辛，受尽冷眼和排斥，早已将自我封闭起来，对一切都表现得无动于衷。因此，无家可归者通常都表现得沉默寡言："他们很迷茫，并不十分健谈。"（《一年》，第72-73页。）薇克图娃在一步步陷入窘境的同时，也变得越发沉默。她在雨夜与窃取她大笔钱财的热拉尔重逢，后者还厚颜无耻地上前搭话，她怒喝一声"别烦我！"(《一年》，第98-99页)，并旋即意识到，这是她当天开口说的第一句话。为了保持适当距离躲避别人的烦扰，薇克图娃开始表现得像一个发育迟缓者的举止，偶尔也会自言自语。这种呆滞的神情时常出现在无家可归者的脸上，只有在见到食物时，他们的眼睛才会放射出发现猎物般的光芒。当夏尔将罐头递给基斯莱纳时，后者的反应便是如此：

> 那个脱离社会的人的眼皮迅速地作了个来回，以致夏尔无法确定这是表示默契还是神经紊乱，接着基斯莱纳瞬间一抓，紧紧抓住那些礼物，带着无耻之徒的一种活力。她将它们藏入那些袋子中的一个而她的眼睛又回复凝视。就仿佛，死了，他为她合上了它们，夏尔轻轻地把手抚过她的脸然后出去到自由的空气里。(《出征马来亚》，第285页。)

基斯莱纳唯有在攫取食物时才显露出一丝活力，之后又退缩回呆滞失神的躯壳中，对其他任何事物都漠不关心。这一死水般的沉寂营造的低气压氛围，让夏尔在救济完自己的流浪者同伴后便即刻回到外面"自由的空气里"，摆脱方才沉重压抑的空气。

解决食宿这一最基本的生存需求是无家可归者的生活重心，这占据其大部分的时间和精力，遮蔽、冲淡了其他欲求。在艾什诺兹的笔下，和其他人物相比，无家可归者几乎都表现出性欲的缺失。[①] 薇克图娃亦不例外。逃亡之前，她与菲利克斯同居一室；逃亡初期，薇克图娃在闭门独居一段时日后，日渐强烈地感觉到生活中的这一空缺，便外出去咖啡馆、酒吧、餐厅等场所寻觅目标，邂逅了热拉尔并与其维持了一段短暂的关系，直至后者携款失踪。当薇克图娃的生活每况愈下，并不得不露宿街头后，关于

---

① 参见 Horvath K. Z., «Le Personnage SDF comme Lieu d'Investissement Sociologique dans le Roman Français Contemporain», *Neohelicon*, Vol. 28 (2), décembre 2001, p. 257.

其性活动的描写消失了。薇克图娃与另两个无家可归者戈尔特斯和朗玻结伴生活时，"他们之间从来不存在性关系"（《一年》，第74页）。小说唯一一处提到无家可归者的性活动是在关于卡斯特尔和布森的描写中，仅仅一笔带过："性的方面，他们好像是相互满足彼此的欲望。"（《一年》，第87页。）在三年的隐居生活中，他们仅停留在自我满足阶段，并未与外界建立联系，外出去寻觅性伙伴。

与普通无家可归者不同的是，《出征马来亚》中不乏关于夏尔流浪生活期间的性描写。夏尔会不定期地去一个名叫吉娜·德·比尔的寡妇家过夜；他在抵达勒阿弗尔"五天后开始感到缺少同女人的接触了"（《出征马来亚》，第325页），而后结识莫尼克，并且先后五次前往其住所。这或许是因为，夏尔的流浪生活并不完全典型，他仍旧时不时地恢复一些社会联系。例如夏尔曾经帮助年过六旬、患有动脉炎的鲍里斯回归社会，让他在尼科尔家中工作，从而告别过去的流浪生活。鲍里斯在多年的流浪后再度回归社会，但夏尔却从主观上不愿意回到从前的生活。他本可以在德·桑吉庸夫人街的一所空房子内生活，"在那儿安下住处，但他在那儿只睡过两次"（《出征马来亚》，第251页）。吉娜·德·比尔的住处原本也可以成为夏尔开启新生活的地方，但他依旧没有在那里长住。夏尔并未被社会彻底抛弃，只是在主观上逃避正常生活，与其他无家可归者之间存在差异。

艾什诺兹在小说中对无家可归者的生存处境投以关注的目光，并以一种举重若轻的方式对政府制定的各种相关法令加以调侃：

> 随即，一夜之间，在许多城市，市民尤其是议员们厌烦于见到那些常带着家养动物的流浪汉包围他们整齐有序的城区，漫步于他们的公园、商业中心、步行区，到他们那么漂亮的餐馆的露天座上卖那些可鄙的杂志。于是许多市长酝酿出台了一些巧妙的命令，禁止行乞，禁止在公共空间躺卧，禁止不带嘴套的狗聚集，也禁止吆喝式的卖报，违者罚款并把动物羁押在代领处，还要缴纳代领处的费用。总之就是要诱使乞丐被绞死或者干脆到别处自行上吊。（《一年》，第75-76

页。)（下画线为笔者标注。）

从下画线标注的数个"他们"和"禁止"足以看出当局对无家可归者的冷漠、排斥和驱逐。整齐有序的城区、环境优美的公园、商业中心和步行区、漂亮的餐馆露天座……这些城市空间不是无家可归者们应当踏足的领地，城市不属于他们，他们被视作擅自闯入的外来者。市长们颁布的诸多城市禁令将无家可归者们无情地驱离城市，进一步远离人际社会空间，同时也阻断了他们的生活来源，让这一群体的生存处境愈发艰难。"薇克图娃和她的同伴感到压力日益增大，需要撤退到次要的城市去或是进军乡下。"（《一年》，第 76 页。）他们一路西行流浪，然而脱离了城市空间，在穷乡僻壤，"更难找吃的东西和住的地方了"，"实在没办法，他们终于开始没有恶意地小偷小摸了"。（《一年》，第 76-77 页。）种种禁令让无家可归者一步步陷入绝境，为求生存，他们不得不做出一些越轨的行为。他们本性善良，无意作恶，小偷小摸也仅止于用于填饱肚子的食物和一两样生活急需品，并未窃取其他更多的物品、钱财。艾什诺兹曾多次在访谈中表明自己无意于政治介入，只是在小说中展示出生活本真的样貌。不过，无意政治介入并不意味着没有主观立场，引文的最后一句话在玩笑的口吻中依然明确地透露出作家对这些禁令的不满和指责意味。

无家可归者虽是构建现代都市风景不可忽视的人物群体，但在社会排斥的作用下，无家可归者的生活实际上与其所处的都市空间存在断裂。不过，这一群体之于现代都市的意义却是举足轻重的。"拾垃圾者像收藏家一样收集着城市的剩余物，也像考古学家一样挖掘着商品的废墟"，他们在他人弃置不用的物品废墟里发现新的使用价值，"回收和重组现代性的碎片"："从废墟到天堂、从破旧到荣耀，拾垃圾者搭建起的是城市不可或缺的桥梁。"①

---

① 尹星：《女性城市书写：20 世纪英国女性小说中的现代性经验研究》，北京：清华大学出版社，2015 年，第 36 页。

我们借用图 2-1① 来梳理一下社会排斥各维度之间的相互影响和作用：

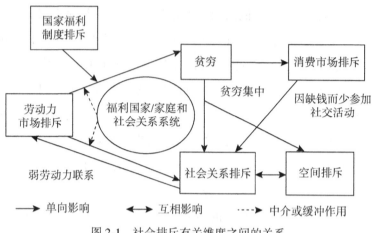

图 2-1　社会排斥有关维度之间的关系

　　劳动力市场排斥导致贫穷和消费市场排斥，国家福利制度及家庭和社会关系系统对之起缓冲作用。若个体受到福利制度排斥，则这一缓冲作用不复存在。劳动力市场排斥与社会关系排斥双向影响，而贫穷的集中会加剧社会分割，形成空间排斥和文化排斥，由此造成的弱劳动力联系又进一步降低了失业者重返劳动力市场的几率。

　　"英国伦敦政治经济学院社会排斥分析研究中心的布尔哈迪特（Burckhardt）等人从被排斥者的角度对'社会排斥'进行了严格界定，将排斥分为自愿性排斥和非自愿性排斥。"② 用这一论点观照艾什诺兹的小说文本，我们发现，人物、社会连接的断裂以生活的断层现象为特征，具体表现为主动决裂和被动脱离两种截然不同的情况。③ 有些人物主动与过去的

　　① 曾群、魏雁滨：《失业与社会排斥：一个分析框架》，载《社会学研究》2004 年第 3 期，第 16 页。
　　② 刘桂敏：《欧盟社会排斥理论的变迁研究》，载《学理论》2015 年第 8 期，第 26 页。
　　③ 笔者在《让·艾什诺兹小说中的都市群像与生存追问》一文中曾谈及这一问题，载《法语国家与地区研究》2021 年第 1 期，第 61 页。

生活和社交圈割裂开来，划清界限，彻底改变了之前的生活方式。《高大的金发女郎》中的格卢瓦尔和《我走了》中的德拉艾在切断过去的社会连接后，也一并舍弃了原先的装扮风格：前者卸下光鲜耀眼的外衣，更换发色，用艳俗的妆容和丑陋的衣着隐藏自己，躲避公众的视线，过着隐姓埋名的生活；后者在短短几个月内改头换面，外表精致得犹如脱胎换骨。《格林威治子午线》中的西奥·塞尔默因厌倦而放弃了深居简出的平静生活和联合国议员的稳定工作，选择了另一种枪林弹雨、漂泊不定的生活。《出征马来亚》中的夏尔和蓬斯在追求同一个女人尼科尔失败后，"先是彼此疏远，继而远离外部世界"：夏尔开始了巴黎街头的流浪，"人们相信他死了而且两年里越来越少有人提起他"；蓬斯则只身前往马来亚，开启另一段人生。(《出征马来亚》，第 211 页。)

而另一些人物则是被动脱离从前的生活，被迫接受另一种迥异的生活状态。薇克图娃因害怕被卷入命案而被迫选择逃亡，在经历了钱款不翼而飞、自行车被盗后一步步沦落至流落街头、偷窃食物的境地。马克斯遇袭后一命呜呼，从此进入另一个世界，不得不与生前的职业和生活圈告别。对薇克图娃而言，生活断层的主要表征是经济来源的消失，这使得她的生活空间一再降级，由租住的海边独栋民居到旅馆，旅馆也随着手头的拮据越换越简陋廉价，直至露宿街头。而对钢琴演奏家马克斯而言，告别前世意味着告别钢琴和烈酒。返回城区的要求是不得再重操旧业，即不得再触碰过去朝夕相伴的钢琴。且马克斯生前嗜酒如命，但当他重返人间时，烈酒的味道却变得"很不洁净，很污秽，味道跟催吐药似的无法接受"(《弹钢琴》，第 149 页)，从此对酒精的嗜好就烟消云散了。

还有两个人物——格雷高尔和拉威尔——因丧失了其赖以成名的才华和天赋，逐渐在公众视野中消失。在江郎才尽后，格雷高尔最主要的出资者约翰·皮尔庞特·摩根也在此时去世。格雷高尔再也难以找到人来资助他的发明计划，债务越积越多，"他的社交生活也越来越萎缩"(《电光》，第 110 页)，整日与鸽子为伴，最终在穷困潦倒中孤独地病逝于旅馆房间内。作曲家拉威尔由于健康状况出了问题，记忆出现空白，在演出中频频出错，"面对自己的音乐作品时常常会表现出某种缺席"（《拉威尔》，第87页）。之后拉威尔情况不断恶化，逐渐丧失触觉、读写、表达和生活自理的能力，最终在开颅手术后不久离开人世。官能的丧失和生命的消逝共同导致了其音乐生涯的终结和在公众视野中的落寞退场。

艾什诺兹笔下的人物由于事业、情感受挫、遭遇意外、健康状况等不同原因，逐渐脱离原有的社会联系，形成外部社会连接的断裂。人物成为孤立的个体，叙述者通往人物内心的纽带也被一并切断，在叙述上表现为极省的心理刻画。

第三节　极省的心理刻画

艾什诺兹在一次访谈中提及："我确实更喜欢，而且是非常喜欢描绘我的人物的行为，而不是描绘他们的心灵状态……最理想的，是使一个人物的心理学能够从他与世界、与地点、与其他人物、与物体等物质的和具体的关系中演绎出来。"[1]作家在写作中采用的是一种外化叙事，鲜少进入人物内心直指内在情感反应，探讨人物的行为动机。

这种外化叙事具体表现为，作家借助人物行动、相关物品、周遭景物的描绘以及移情策略辅助映射人物内心，代替了直接的心理描写。读者可以在行动描绘中揣摩人物内心。盲人杀手鲁塞尔当街刺杀凯思琳·凯恩，后者当即倒地身亡。在警察赶到现场时，"鲁塞尔在他的房间里，又一次浸泡在他的浴缸里"，他经常洗澡，"尤其是在他工作的日子里"（《格林威治子午线》，第82页）。鲁塞尔内心对自己所从事的职业应当是排斥和厌恶的。讽刺的是，如此执著于清洁身体的鲁塞尔，在最后一次暗杀任务中，浑身沾满腐烂的番茄汁，头部中枪，倒在花椰菜地里。

马克斯，一位颇负盛名的钢琴家，上台演出前内心万分恐惧，面色惨

---

① 出自艾什诺兹与布雷阿尔出版社的访谈《在作家的工作室中——与让·艾什诺兹的谈话》，收录于《我走了》中译本，第255页。

白，甚至呕吐。二十年来接受过各种心理和化学治疗，却未见起色。每天晚上，都是助手贝尔尼将其推上舞台，站到钢琴面前："它就在那里，这可怕的施坦威牌钢琴，带着它那宽大的白色键盘。随时准备把你吞下，这套魔怪的牙齿，用它那整个的象牙和它那整个的珐琅把你咬碎，它正等待着你，要把你撕裂。"（《弹钢琴》，第14页。）人物内心的恐惧经由物品得到外向投射。每日反复练习、相伴数十年的钢琴在演出的舞台上化身为魔怪。它在马克斯眼中的影像不断扭曲变形，掀开的琴盖犹如饕餮的血盆大口，一个个白色琴键仿佛怪物的锋利牙齿，等着你靠近，将你撕碎。钢琴在人物眼中的形象充分展示了人物此时的恐惧害怕，比直接的心理描绘更加生动可感。

　　同样，周遭景物也可以成为人物内心活动的写照。在演出开始前，贝尔尼陪同马克斯到蒙梭公园散心。贝尔尼认为这里"植物种类繁多、枝叶茂盛、色彩缤纷"，并发出"世界是美丽的"这般感叹。（《弹钢琴》，第13页。）而马克斯对此却不置可否，无心留意周遭景物，只关注内心的恐惧。蒙梭公园在贝尔尼和马克斯头脑中的心理风景是截然不同的。心境不一样，眼中看到的风景自然也不一样。贝尔尼眼中明媚美好的公园景致，落入胆怯畏缩的马克斯眼里，便蒙上了一层灰色的滤镜。

　　艾什诺兹在写作中也会运用移情策略，将人物的主观情感迁移至与之相关联的客观事物上，使得人与物形成情感上的互通，以物衬托人的主观情绪。在经历三次匆匆的市内搬家和一次搬往郊区后，奥斯瓦尔德又提出了第五次搬家——为了工作便利搬回巴黎。"几天之后，他们的绿色植物和他们的家具都被抬到了人行道上，很奇怪地彼此相对而视，为这次向着陌生地的出发而焦虑不安，然后，它们跟书箱和衣服箱一起，登上了一辆带有绿色车厢的卡车"（《湖》，第25页），一同被运送到了位于巴黎罗马街的新家。绿色植物和家具因为即将再次面临新环境而流露出焦虑不安的情绪，这也映衬了人物对频繁搬家的焦虑和抗拒。在搬家途中，"苏茜·克莱尔以为就这样最后一次穿越郊区"（《湖》，第26页），由后文的这句话我们可以得到印证。同时，此处的移情也起到了某种预示作用，预示了苏茜即将面对的持续性焦虑：奥斯瓦尔德在搬家后随即人间蒸发，苏茜将在六年时间里不断打听找寻丈夫的下落。

艾什诺兹采用外化叙事，通过行动、物品、景物的描写和移情策略传递人物心理，而避免直接的心理刻画，这从某种程度上反映了现代都市空间内物品的充斥膨胀对个体心理空间形成的挤压，以及由此带来的头脑和精神上的虚空。这种虚空和思想的缺场在艾什诺兹的小说中有另一种表征：屡屡失败的阅读行为。薇克图娃起初在所有报纸上寻找与菲利克斯去世相关的消息皆一无所获，而后几乎不看买来的报纸，只是将其摊开放在膝盖上。萨尔瓦多躺在办公室的沙发上，拿出一本名为《如何销声匿迹永不复还》的书籍。"但是他刚一打开书就把它合上了，按了一下开关，六秒后入睡。"(《高大的金发女郎》，第461页。)格卢瓦尔在孟买的每个晚上，都会随手抓起一本从图书馆借来的书，"所有这些书格卢瓦尔全都一览无余，既不记忆也不放过任何一行字"(《高大的金发女郎》，第523页)。这些人物均未完成真正的阅读行为。"这是阅读的终结，我们在当代社会中面临着同样的危机。"[1]作家在小说中曾借人物的话语论及现代个体阅读的匮乏和危机。谈到漫长单调的海上航行，保尔提到了读物。"——读物，船长沉思着重复了一遍，读物的匮乏。在海军中读过书，在那个时候。我自己，现在读得少了，在船上，不知道为什么。"(《出征马来亚》，第353-354页。)阅读危机在现代社会普遍存在。由于现代信息技术的飞速发展和快餐式文化消费方式的逐渐形成，人们的阅读方式、阅读时间、阅读习惯等发生了很大转变，传统图书阅读率显著下降。

根据法国作家利益协会(SOFIA)、法国国家出版联合会(SNE)、法国文学家协会(SGDL)联合发布的电子书使用情况调查报告，目前有超过1/4(26%)的法国人读过电子书，相较去年同期，法国电子书读者人数增加近100万。与纸质读物相比，阅读免费电子书和收听免费数字有声读物的读

---

① 龚鸣，*Un Monde au Double Visage chez Jean Echenoz: Analyse sur les Paradoxes Existentiels de l'Etre Humain*，北京外国语大学硕士论文，2015年，第41页。

者比例更高。世界上许多国家都存在类似的情况，中国也同样如此。根据中国新闻出版研究院发布的第十二次全国国民阅读调查报告，包括网络在线阅读、手机阅读、电子阅读器阅读、光盘阅读等在内的数字化阅读接触率达到58.1%，首次超过传统阅读率，人均纸质图书阅读量有所下降。

究其原因，主要在于，由于网络信息技术的发展，庞大的信息量和信息更新的高速度使得人们更倾向于选择网络数字阅读这一更为便捷的阅读方式，传统阅读受到前所未有的冲击。然而，由此带来的浅层阅读也在不知不觉间日益成为主导的阅读习惯。巨大的网络信息量使得阅读趋于浅层信息的摄取，必然是浏览式的一目十行，难以进行深入的思考，导致信息的单向传递和思维的弱化缺场。这种浅层阅读习惯也渗透进传统书籍阅读市场。快节奏的现代都市生活中的个体越来越难以静下心来研读文学或学术原著，在阅读中进行思索和感悟。快餐式的阅读开始占据大量图书市场，各种文学简本、名著导读式作品层出不穷(人物格卢瓦尔的床头就摆着一本大众版的弗洛伊德文选)，个体的思维能力进一步受到遏制。

现代都市空间内物的膨胀样态使个体的社会心理空间受到不断挤压。与心理呈现相比，作家将笔墨更多地用在人物的行动描绘上。在小说人物不断的奔走位移中，一幅现代都市空间的文学绘图逐渐成形。

第三章　都市空间的文学绘图

正如艾什诺兹自己所言："其他人撰写历史小说，而我试着创作地理小说。"①地理空间在其小说中的地位及重要性毋庸置疑。在小说的空间构建中，作家常常借助实地考察、查阅资料等手段，将现实存在的空间地点挪进小说，而后进行文学化的二次构建。"一般来说，我的小说是有相当的游历性和地理性的，为了写我的上一本书《高大的金发女郎》，我出发去印度待了好几个月，以便定位一些地点。"②而对于原先一无所知的北极地区，艾什诺兹则选择了资料收集的方法："我尽可能地阅读有关这一地区的读物：探险家们的回忆故事，地理学简图，人种志论文……电视中一有这方面的节目，我就看，或做笔记……我去看过电影，听过录音，好熟悉那里的各种声响……然后，我还跟一些去北极游历过的人们见面。"③作家便这样尽可能地收集相关资料，并同步地做一些笔记记录工作，以此为基础逐步构建地理空间形象。

在小说诸要素中，艾什诺兹对地点倾注了特别的关注，在其小说中，传统小说中人物的中心地位受到了动摇。"在我尝试进行的故事建构中，

---

①　Harang J.-B., La Réalité en Fait Trop, Il Faut la Calmer: Entretien avec Jean Echenoz, *Libération*, 1999-09-16. le 16 septembre 1999, http://next.liberation.fr/livres/1999/09/16/la-realite-en-fait-trop-il-faut-la-calmer_283385, 2022-02-12.

②　出自艾什诺兹与布雷阿尔出版社的访谈《在作家的工作室中——与让·艾什诺兹的谈话》，收录于《我走了》中译本，第 239 页。

③　出自艾什诺兹与布雷阿尔出版社的访谈《在作家的工作室中——与让·艾什诺兹的谈话》，收录于《我走了》中译本，第 240 页。

地点几乎和人物同等重要。在某种意义上，甚至地点本身也是人物。"①与传统小说围绕人物展开叙述一样，小说可以由某一地点出发生成叙述。《湖》就是个很好的例子。艾什诺兹受到巴黎大区马恩河谷省（le Val-de-Marne）的资助，创作了以该地区为故事背景的这部小说。作家花了数周时间，用乘坐地铁、汽车等交通工具或步行的方式深入了解这一地区，选择可以纳入文学空间的地点，将这些地点连接起来构思人物行动和故事情节。这部小说生成于串联起来的这些地点，关注点亦落在这些地点，作家对人物心理并无兴趣。

　　艾什诺兹在借助小说文字绘制文学地图时，力求以真实地理为参照，尽可能地让文学地点贴近真实世界。我们可以通过《弹钢琴》中对伊基托斯的介绍文字感受到作者对真实地理的准确性的追求：

> 　　伊基托斯位于南美洲大陆的西北部，离三面的边境都距离相等，它卡在热带森林和亚马逊河之间，就建在这条巨大河流的右岸上，是一个有二十万人口的城市。它被 1964 年 1 月 5 日颁布的第 14702 号法令的唯一条款正式指定为亚马逊河的港口。它的年平均气温为三十六度。（《弹钢琴》，第 144 页。）

　　艾什诺兹从地理位置、人口规模、气候等方面提供了了解该城市的详细信息，并借助精确数据增强地点的真实性。阅读这段文字时，读者仿佛面对的是一篇科普或旅游推介文。然而这其中蕴藏的一个悖论是，作家如此执著于准确描述城市的地理信息，却始终避免提及秘鲁，对伊基托斯隶

---

　　①　«Jean Echenoz："L'espace Construit le Personnage"»，entretien de Jean Echenoz réalisé à Paris le 17 novembre 2016 avec Mehdi Alizadeh，paru en annexe de sa thèse de doctorat *La Perception et la Représentation des Métropoles dans la Fiction Postmoderne：Paris，New York et Istanbul dans* Au piano de Jean Echenoz，Cité de verre *de Paul Auster et* Le livre noir *d'Orhan Pamuk*，Université de Limoges，2017，p. 519.

属秘鲁这一国家缄口不言。这就避免了完全复刻真实地理空间，留下了文学虚构和想象的缝隙。艾什诺兹"在创作故事时，为了将读者带入能够唤起非真实感并激发想象的地方，他更喜欢小说中选择的地点是真实的，但这些地点却能够给人感觉不存在于任何地方"①。熟悉的真实空间生发出的陌生的非真实感，与完全虚构的故事空间相比，能够带来更加独特新奇的文学体验，激发丰富的文学想象。

米歇尔·福柯②在 1967 年提出这一预言："我们知道，19 世纪人们沉湎于历史……我们这个时代也许首先是一个空间的时代。"③自 20 世纪后半期以来，空间逐渐成为诸多人文社会科学领域关注的焦点。然而，西方对于空间问题的思考和研究最早可以追溯至古希腊时代。方英在《西方空间意义的发展脉络》一文中，系统梳理了西方空间意义发展的三个阶段。古希腊时代主要探讨"虚空""处所"两个空间概念，涵盖了空间的基本内涵。近代空间研究主要依循理性主义和经验主义两条路径，其中以背景化、几何化的理性主义空间观为主导。20 世纪上半期对时间范畴的聚焦和偏重使得空间范畴受到忽视和贬低。而自 20 世纪后半期以来，哲学社会科学诸领域出现了全面的空间转向，对此前重时间、轻空间的哲学传统进行批判，并就近代空间观展开反思，空间被赋予丰富的意义，成为分析理解当代问题的关键场域。④

---

① Alizadeh M., *La Perception et la Représentation des Métropoles dans la Fiction Postmoderne*, Université de Limoges, thèse de doctorat, 2017, p. 168.

② 米歇尔·福柯(Michel Foucault, 1926—1984)：法国哲学家、社会思想家，著有《疯癫与文明》(*Histoire de la Folie à l'Age Classique — Folie et Déraison*, 1961)、《词与物》(Les Mots et les Choses, 1966)、《知识考古学》(*L'Archéologie du Savoir*, 1969)、《性经验史》(*Histoire de la Sexualité*, 1976)等。

③ ［美］苏珊·斯坦福·弗里德曼：《空间诗学与阿兰达蒂-洛伊的〈微物之神〉》，收录于［美］詹姆斯·费伦、彼得·J. 拉比诺维茨主编：《当代叙事理论指南》，申丹等译，北京：北京大学出版社，2007 年，第 204 页。

④ 详见方英：《西方空间意义的发展脉络》，载《江西社会科学》2014 年第 2 期，第 32-38 页。

文学研究领域对于空间的关注主要表现为文学地理学的批评研究和理论建构。西方文学地理学倡导"通过文学想象的地理叙事，建构较真实世界更加典型化的空间关系，文学中的景观、地域成为折射价值观念和社会关系的象征系统"①。

"文学地理学"最早由德国哲学家伊曼努尔·康德（Immanuel Kant，1724—1804）提出。在其著作《自然地理学》中，康德首次使用了"文学地理学"这一概念：

> 历史和地理学在时间和空间方面扩展着我们的知识。历史涉及就时间而言前后相继地发生的事件。地理学则涉及就空间而言同时发生的现象。后者按照研究的不同对象，又获得不同的名称。据此，它时而叫做自然地理学、数学地理学、政治地理学，时而叫做道德地理学、神学地理学、文学地理学或者商业地理学。②

由此可知，在康德看来，文学地理学是地理学下面的一个分支学科，而非文学的分支学科。并且，康德仅仅是最先提出这一概念，并未对其内涵和外延加以界定，做出具体的阐释。

19世纪以后，文学地理学方向的探索进入多元发展时期，这一阶段的丰硕成果为文学地理学的正式诞生夯实了基础③：包括斯达尔夫人④的地

---

① 颜红菲：《开辟文学理论研究的新空间——西方文学地理学研究述评》，载《武汉大学学报（人文科学版）》，2014年第6期，第114页。

② ［德］伊曼努尔·康德：《自然地理学》，选自李秋零主编：《康德著作全集（第9卷）》，北京：中国人民大学出版社，2003年，第162页。

③ 这一时期文学地理学多向探索的论述详见梅新林、葛永海：《文学地理学原理》，北京：中国社会科学出版社，2017年，第94-104页。

④ 斯达尔夫人（Germaine de Staël，1766—1817）：法国著名女作家、文学批评家，法国浪漫主义文学运动的先驱。在《论文学》（De la Littérature，1800）与《论德国》（De l'Allemagne，1810）两部著作中提出了自然环境决定文学艺术发展的论点，并将地理环境与文学关系的探讨拓展至南北文学比较研究，开辟了文学地理学研究的新路径。

理环境与南北文学论，黑格尔①的文学地理环境论，洪堡②的文学地理景象论，丹纳③的种族、环境、时代三元素论等。20世纪40年代，法国学者奥古斯特·迪布依（August Dupouy）的《法国文学地理学》（*Géographie des Lettres Français*，1942）和安德烈·费雷（André Ferre）的《文学地理学》（*Géographie Littéraire*，1946）先后出版，宣告了文学地理学作为一门独立学科在法国正式诞生。"《法国文学地理学》由'历史地理学'与'区域特点'两大部分所组成……力图以地域文学变革'编年'研究传统，以此彰显了一种新的文学时空价值观。"④费雷在《文学地理学》中阐明了该学科研究的学理依据，并就学科的建立提出自己的见解。由此，文学地理学完整的学科发展链条形成。

　　西方文学地理学研究以法国为中心，在欧美各国多向发展。英国的研究以文学地图和小说的地理批评为代表。美国的文学地理学研究突出表现在文学地域主义批评方面，而地理批评学派则以罗伯特·泰利（Robert T. Tally）的文学制图理论为代表。弗朗科·莫雷蒂（Franco Moretti）的文学地图研究范式推动了地图批评的理论建构。在苏联则以巴赫金⑤的"时空体"理论为代表。这一概念出自其论著《长篇小说的时间形式和时空体形

---

　　①　黑格尔（Georg Wilhelm Friedrich Hegel，1770—1831）：德国哲学家，德国古典哲学的代表人物之一。他在《美学》（1836—1838）中探讨文学艺术的自然环境描写与自然地理之间的关系，在《历史哲学》（黑格尔逝世后于1937年出版）中强调了地理环境对孕育民族精神所起的重要作用。

　　②　洪堡（Alexander von Humboldt，1769—1859）：德国学者，近代地理学的创建者，擅长运用区域比较的研究方法，尤其关注世界各国关于自然景象的文学描绘，大大拓展了传统地理学的研究领域。

　　③　丹纳（Hippolyte Adolphe Taine，1828—1893）（又译泰纳）：法国文艺理论家、史学家，历史文化学派的领军人物。丹纳提出了著名的三元素理论，认为文学创作及其发展取决于种族、环境、时代，这三要素相互作用，影响着包括文艺在内的精神文化的发展方向，对文学地理和文艺研究影响深远。

　　④　梅新林、葛永海：《文学地理学原理》，北京：中国社会科学出版社，2017年，第113-114页。

　　⑤　巴赫金（Бахтин，Михаил Михайлович，1895—1975）：苏联文艺理论家、批评家，结构主义符号学的代表人物之一。

式——历史诗学概述》。该书写于 1937—1938 年，直至 1973 年巴赫金才给该书写了结语部分，并于 1975 年全文发表。在该部论著中，巴赫金对于自创的"时空体"这一概念进行了具体阐释：

> 文学中已经艺术地把握了的时间关系和空间关系相互间的重要联系，我们将称之为时空体(хронотоп)。这一术语见之于数学科学中，源自相对论，以相对论(爱因斯坦)为依据。它在相对论中具有的特殊含义，对我们来说并无关紧要；我们把它借用到文学理论中来，几乎是作为一种比喻(说几乎而并非完全)。对我们来说，重要的是这个术语表示着空间和时间的不可分割(时间是空间的第四维)。我们所理解的时空体，是形式兼内容的一个文学范畴……①

巴赫金强调了时间与空间之间密不可分的联系，将时间与空间融合于一个统一的整体中，阐述了其与人物、情节、体裁等其他文学要素间的关联，并分析了古希腊罗马小说、中世纪的骑士小说、但丁、拉伯雷的作品、田园诗小说等文学作品内不同的时空体类型，为文学研究开辟了新的方向。

艾什诺兹在小说作品中给予空间极大关注。然而，作家并未就此忽视时间维度，而是展现了时间和空间相互交融的一个文学整体，在文学作品中塑造了现代都市时空体。

第一节　时间的失重与静止

巴赫金在《歌德作品中的时间和空间》一文中指出："善于在世界的空间整体中看到时间、读出时间，另一方面又能不把充实的空间视作静止的

---

① ［苏］巴赫金：《巴赫金全集》，第 3 卷，钱中文主编，石家庄：河北教育出版社，1998 年，第 274 页。

背景和一劳永逸地定型的实体，而是成长着的整体，看作事件。"①在空间中见时间，在时间中看待空间，巴赫金提出了一种新的时空体世界观，将时间和空间视作一个整体。而在此之前，时间和空间一直处于割裂状态，难以调和。

在《格林威治子午线》中，艾什诺兹借人物凯恩之口，道出了对这条日期变更线的诟病。在凯恩看来，子午线的存在是一个丑闻：

> 人们不能将时间留在一个球面上，却借助一种智力诡计，一条抽象而随意的子午线，将大地和时间同时分开，而它实际是天际线。所以，人们感到羞愧。然而，如果没有这条子午线，时间就没有形式，没有标准，没有速度，它就变得无法称呼了。人们因为不能做得更好而感到羞愧。于是，人们将巧妙的诡计，隐藏于地球的平面球形图的一个十分孤立、隐蔽的角落里，希望这条子午线神不知鬼不觉地经过这里。(《格林威治子午线》，第 251 页。)

格林威治子午线的隐性存在，是人们无法协调时间和空间无奈做出的妥协之举的证明："人们从来没有将时间与空间协调好，从来没有将它们组合为一个整体。"(《格林威治子午线》，第 251 页。)而艾什诺兹在其文学作品中弥补了这一裂痕，塑造了时空统一的整体。我们来看作家如何展现时间与空间的交融。

由格林威治子午线，作家引出了时间的不确定性。孤岛是子午线穿过的唯——片陆地。在这里，人为划定的日期变更线造成了时间的不确定性和错乱感。"我想象，生活在一个一天与次日相距几厘米的国度里，那是很难理解的，人们有可能同时迷失于时空之中，实在难以忍受。"(《格林威治子午线》，第 12 页。)子午线的两侧指涉不同的日期，跨过这条线，到达

---

① 转引自薛亘华：《巴赫金时空体理论的内涵》，载《俄罗斯文艺》2018 年第 4 期，第 38 页。

另一侧的空间则前进或倒退一天，这着实令人费解，在如此直观的时空切换的任意性中很难不让人迷茫困惑。人物拜伦和拉谢尔"在日期转换的界桩脚下，躺在了那些有光泽的阔叶新床上，搂抱着，在昨天和明天之间滚动，享受着一个无法确定日期的今天"（《格林威治子午线》，第12页）。

这种时间的不确定性带来的焦虑在《电光》的主人公格雷高尔身上体现得尤为明显。小说开篇就谈及时间的重要性：人们都更愿意知道自己出生的准确时刻，这一开启人生的确切时间提供了一个最初的标尺，正如大多数人愿意佩戴手表，希望对表盘上的时间分割了如指掌。然而，格雷高尔自出生便被剥夺了这一时间标尺。由于一场突如其来的雷暴雨和袭入屋内吹灭所有灯盏的狂风，格雷高尔诞生于一片混乱与黑暗中，时间介于二十三点至凌晨一点之间，没有人能告知其确切时辰。"这是时间之外的诞生，而且还是光线之外的诞生……他将整整一生中都不知道到底他有权在哪一天，是头一天还是晚一天，庆贺自己的生日。"（《电光》，第6-7页。）这一初始时间标尺的缺失塑造了其多少有些神经质的性格，并且对于时间始终格外在意，"兴许是为了解决那个似乎时时挂在心上的时间问题，只要有可能，他就会手痒痒地拆卸家中所有的座钟、挂钟和手表"（《电光》，第8页），然而发现每次拆卸总是非常顺利，再重新拼装却鲜少成功。先天性的时间标尺缺失成为纠缠人物一生的困扰，拼装钟表的屡屡失败也寓指了无法摆脱这一困扰的窘境，人物的焦虑感由此而来。

除了时间的不确定性引发的焦虑，现代都市个体在意识到时间转瞬即逝的短暂性的同时，又不无惊慌地感受到时间停滞的漫长。既显短暂又显漫长的时间成为矛盾的结合体，进一步加深了现代个体的不适和焦虑。

艾什诺兹的小说中，作为时间表征的各种计时工具随处可见：钟楼的大钟、室内挂钟、闹钟、手表、沙漏……这些计时工具提供了时间的精准定位："他的目光落到入口处的那个高高的布尔的挂钟上……指着十一点三十分"（《出征马来亚》，第281页）；"看了一眼闹钟，指针不情愿地爬向二十二点"（《高大的金发女郎》，第456页）；"西奥·塞尔默瞧瞧他的手表，表针指向十二点十分"（《格林威治子午线》，第108页）；"当威斯敏斯特的钟声连续敲响十七点时，一辆大轿车正好露出车身的轮廓"(《切罗基》，第 175 页)；等等。小说中还出现了别出心裁的计时工具。无家可归者夏尔为了保证早起，就睡在 8 号线的任一车站。他与早晨第一辆地铁的司机约定，当他看见夏尔时，就按三声喇叭，叫醒夏尔。地铁的喇叭声代替了闹钟，成为新的时间表征。手表作为小说中最为普遍的计时工具，被形象地喻为"时间的手铐"：

> (佩尔索内塔兹)往自己的手表上瞥了一眼，由于传染的缘故，儒弗也往自己的手表上瞥了一眼，多纳蒂安娜和热纳维埃夫也以整齐的动作往各自的表上看了看时间。诚然，每个人都戴着手表，每个人每逢考试和生日，每逢民族或宗教节日，都尽可能早地戴上时间的手铐；每个人都在几秒钟之内观察到眼看就要到四点二十分了这个雷同的现象。(《高大的金发女郎》，第 576 页。)

人们如同感染瘟疫般复制看手表的动作，手表犹如时间给人们拷上的手铐，限定着人们的日常行为：考试、生日、民族或宗教节日等。

艾什诺兹小说中的时间刻度常常表现得密集紧凑，给人一种紧迫感。小说里随处可见如下时间标识："一瞬间里""很快地""过了几分钟后""不一会儿"……"立即""突然""迅速地"等标志动态变化的副词也频频出现。飞机、火车、地铁、汽车等现代交通工具的高速行驶进一步加快了时间的进程：梅耶和吕西从马赛大地震中逃生，驾车返回巴黎，来到"枫丹白露之前的最后一个收费站，巴黎只剩一段小小的火箭发射里程：立即，车流加速了，这是最后的全速冲刺，就看谁能第一个到达大都市，急不可耐的梅耶跟随着这一运动"(《我们仨》，第 98 页)。人物不由自主地加入公路上的速度竞技，在全速冲刺的比拼中，时间的流动被更加清晰地感知到。为了迎合交通工具的高速特性，小说人物登上交通工具的动作同样迅速敏捷：

　　尽管发车的铃声刚已响过，马克斯还是冒着危险冲向车外……（《弹钢琴》，第 63 页。）

　　在波尔多，她本打算像在蒙帕纳斯火车站一样行事，跳上开过来的头一班列车。（《一年》，第 13 页。）

　　（拉威尔）驱车前去墨西哥湾观光，然后一跃奔向大峡谷，在那里，他以凤凰城为基地，度过了一个星期，然后他跳上加利福尼亚公司号，前往布法罗，陆地的另一端。（《拉威尔》，第 52-53 页。）

　　冲下地铁、跳上火车、跳上轮船，这些指示疾速动态的动词与高速运行的交通工具一道，将人物行动的时间一再压缩，让读者一起感受速度的心跳，营造行动的紧迫感，然而，在行动的另一端，人物却并没有明确的目的，无心关注长远，唯有将注意力集中于眼前。"安排非常紧凑的时间表往往让人忘记历史的进程，我们似乎处于一种时间的失重状态中……所有的注意力集中于情节在当下的展开，过去与将来都显得很轻（尤其在早期作品里），这符合利奥塔或利波维特斯基定义的后现代状况，所谓'现在主义的时间性'（temporalité présentiste）：既没有过去的悲剧感，也没有对未来的世界末日的恐惧，所有重心都转向现在。"[1]时间步伐的加快使得人物被迫陷入时间的失重状态中，过度聚焦于当下无形中忽略了时间的历史深度，抹掉了过去的痕迹，也无暇展望未来，唯有将精力集中于眼前和亟待解决的问题。

　　在艾什诺兹的笔下，失重的时间成为一种空间化的时间，空间成为度量时间的标准，譬如用地铁线路作为衡量时间的参照：

　　这比在同一时间蓬斯公爵横穿巴黎所用的时间稍长一点：十五个车站隔开了巴拉尔广场和共和国，搭乘以深紫色[2]出现在官方交通图

────────

① 由权：《艾什诺兹作品中的时间》，载《首都外语论坛》2014 年 00 期，第 184 页。

② 原译文为"保管紫色"，此处按法语原文 violet foncé 改为"深紫色"。

上的 8 号线路。(《出征马来亚》，第 318 页。)

　　而在他漫长的返回途中，十四站，两次换乘，地铁……(《弹钢琴》，第 71 页。)

　　艾什诺兹在小说中并没有局限于年月日、时分秒等惯常的时间指示，而是将空间与时间联系起来，引入了当代都市空间内新型的空间化时间指示。由于作为现代出行方式的各种交通工具的普遍利用，人物花费的时间时常取决于搭乘的地铁等交通工具的行驶速度，不同空间之间的距离不再单纯地以远近而论，它取决于交通工具的移动速度，并且由于交通工具选择的不同，时间的花费也可能有很大差别。选择高速的交通工具，千里之外的空间可以瞬间抵达；倘若交通工具行驶缓慢，近在咫尺的他处也可能遥不可及。"事实上，距离远非客观的普遍现象或是自然数据，它是一种社会产物；其长度随速度改变，因为速度，距离得以实现覆盖。"[1]

　　然而，这种空间化的时间在本质上却无视城市空间。在位移速度的支配下，人物在乘坐交通工具时感知到的窗外的都市空间景象成为一幅幅瞬间定格画面的叠加，它们迅速交替，成为连绵不断的模糊的动态影像。薇克图娃在火车上，"透过车窗，仔细观察那一片隐约有些像工业区、彼此没什么差别的农业区，当失去路堤遮掩时，它毫无吸引目光之处。……没什么是值得长久关注而不令人疲倦的"(《一年》，第 10-11 页)。而倘若将交通工具换成地铁，窗外的景象则淹没于地铁隧道的无尽黑暗中。在隧道里，人物无法看到都市景象，眼里只有地铁站的布局、墙上的各种广告和黑暗的隧道。地铁线路穿越的都市空间在无形中被忽略了。现代交通工具在带来便捷出行的同时，也剥夺了人物凝视观察都市空间的机会。这种空间化的时间衡量方法将都市变成抽掉了内容和灵魂的躯壳，高效便捷的现代生活方式以都市空间深度的缺失为代价。在保罗·维希留看来，这是一

---

[1]　Bauman Z., *Le Coût Humain de la Mondialisation*，Paris：Hachette Littératures，2000，p. 24.

种绝对速度，取消了时间和空间的绝对特性："自 20 世纪伊始，由于狭义的和广义的相对论，我们可以看到速度如何成为最终的绝对存在。时间和空间都不再像牛顿时代那样是一种绝对存在，速度成为新的绝对存在。"①

速度在艾什诺兹的小说文本中通过多样化时态的交替运用实现形式层面上频率不一的变化。由权在《艾什诺兹作品中的时间》一文中具体分析了作家小说中未完成过去时、愈过去时、过去将来时、现在时等多时态运用呈现的速度变化。② 艾什诺兹倾向于运用最接近静止状态的未完成过去时来呈现一种黏着状态，用以展示时间的缓慢和人物的无所事事。愈过去时用以回顾过去，承上启下，犹如换挡减速后重启发动机，读者的好奇心和阅读欲望得以被激发。过去将来时可以呈现似是而非的模糊性，也可以加快叙事速度，或者预述人物命运，在产生紧迫感的读者和对命运浑然不知的人物之间形成一种张力。而现在时属于静观范畴，与静止状态相关联，用于场景描写，也被作家用于描绘人物失去意识或死亡时的过程。艾什诺兹将时态用作文本这一机器的发动机，在各种时态的交替运用中，运转中的文本机器不断变速、换挡，时快时慢，时静时动。"艾什诺兹就是这样通过时态创造出节奏、运动和情节，表现人的各种时间体验。"③

时间的失重状态由速度得以实现，那么在艾什诺兹小说中间歇出现的时间的静止状态，除了时态，又是以何种方式得以呈现的呢？小说人物普遍能够感受到时间静止那令人透不过气的黏着凝固感：

她总是感到日子长得难过，她也常常看表，时间从未像现在这样过得缓慢，慢得令她灰心丧气，她自己把这种缓慢弄得倍加缓慢，缓

---

① Virilio P., «Dromologie: Logique de la Course», *Multitudes*, Futur Antérieur, n°5, 4/1991. 转引自 Alizadeh M., *La Perception et la Représentation des Métropoles dans la Fiction Postmoderne*, Université de Limoges, thèse de doctorat, 2017, p. 62.

② 对于艾什诺兹小说中如何运用时态呈现变速的分析详见由权：《艾什诺兹作品中的时间》，载《首都外语论坛》2014 年 00 期，第 190-193 页。

③ 由权：《艾什诺兹作品中的时间》，载《首都外语论坛》2014 年 00 期，第 193 页。

慢到近乎静止的程度。草儿正在生长的那种缓慢，三趾树獭或粘鸟胶那样的缓慢。如果有一些词，其词意可以确定一种历程的话，那么缓慢大概会在这些词中名列前茅：缓慢得使她压根儿连一个同义词也找不出来，而不耽误一分钟时间的速度则已臻极限。(《高大的金发女郎》，第 579 页。)

　　时间的缓慢流逝达到极限就近乎静止，让人物陷入绝望和没完没了的等待。时间的静止和速度的动态感是并存的，人物在经历近乎疯狂的运动位移后，却并未即刻投入下一个行动，高速的位移后紧接着的总是一段又一段无所事事等待打发的时间，这着实让人觉得讽刺。乔治在晚上去贝内代蒂的办公室开会前"还有四个小时要花掉"(《切罗基》，第 58 页)。肖班在赴约与上校见面之前，"必须先消耗掉四个钟头"(《湖》，第 71 页)。本加特内尔整理行装时耗费了一个多小时挑选衣服，"但他有的是时间：他要到傍晚时分才离开巴黎"(《我走了》，第 96 页)。一次次的位移之间，是一段又一段时间空白，这时间空白因人物的无所事事愈发地被无限放大，近乎凝固的时间静止让人透不过气，无所适从。艾什诺兹小说中有一个时间静止的特殊表征：星期天。
　　在艾什诺兹的作品中，星期天的复现源自雷蒙·格诺①在作品中引用的黑格尔的话。在其作品《生命的星期天》(*Le Dimanche de la Vie*, 1952)的卷首，雷蒙·格诺引用了黑格尔的一段话："是生命的星期天使得一切平等并远离所有的罪恶；天性就心情好的一些人不会是完全邪恶卑鄙的。"②

---

　　① 雷蒙·格诺(Raymond Queneau, 1903—1976)：法国小说家、诗人、剧作家、数学家，文学团体"潜在文学工场"(OULIPO)的创始人之一。"潜在文学工场"(或音译为"务利波"，全称为 ouvroir de littérature potentielle)成立于 1960 年，由十几个作家和数学家组成，致力于探索文学的新形式，赋予文学以一种视觉上的魅力。雷蒙·格诺便是将数学组合运用于文学创作，革新了文学形式。
　　② Roche A., «Au Piano: Da Capo», voir Jérusalem C. et Jean-Bernard Vray (sous la direction de), *Jean Echenoz: «une Tentative Modeste de Description du Monde»*, Saint-Etienne: Publications de l'Université de Saint-Etienne, coll. «Lire au présent», 2006, p. 213.

在星期天，人们休息不工作，意味着行动的暂停，这一表征是与停滞、静止联系在一起的。

在艾什诺兹的小说中，人们休息的星期天与环境的寂静特征紧密联系在一起，作家在小说中还用到了"一种星期天一般的寂静"（《我们仨》，第16页）这一表述，寂静是星期天的主要特征。艾什诺兹的小说人物习惯于在世界各地不停奔走，然而即便地域不同，气候条件迥异，星期天呈现出的都是同样寂静冷清的面貌。在印度的炎炎夏日里，星期天的"温度在三十五度上下，万籁俱寂，人们几乎什么也听不见"（《高大的金发女郎》，第546页）。北极附近的"镭锭港真的竟会是毫无意趣，没有什么事情发生，尤其是在星期天，厌烦、寂静和寒冷会紧密地纠缠在一起，达到登峰造极的地步"（《我走了》，第64页）。作家在小说中也曾谈及北极地区的寒冷和寂静对于时间的影响："一个永恒的星期天，捂在毛毡中一般的寂静造成了声响、事物甚至时间之间的一种距离：洁白令空间挛缩，寒冷减缓了时间的流程。"（《我走了》，第26-27页。）在法国也同样如此，"夏日的星期天，巴黎的寂静令人回想起大浮冰上的寂静，只是没有了寒冷，而代之以在烈日暴晒下表皮已经熔化的柏油路"（《我走了》，第74页）。无论在亚洲、欧洲或者北极地区，无论寒暑，星期天都一如既往的寂静，令人倍感压抑。而地震过后的寂静则是"比一个星期日还更糟的安宁"（《我们仨》，第76页），这一描述在展现地震过后满目疮痍场景的同时，也又一次强化了星期天那令人无法忍受的寂静。

艾什诺兹的小说人物始终无法摆脱星期天的寂静所带来的无尽的厌烦，甚至在死后的另一个世界也依然如此。《弹钢琴》的主人公马克斯在死后来到一个叫做"中心"的地方，令人沮丧的是，"即便是在一个像该中心那样似乎与世隔绝的地方，星期天依然如同历来，如同到处，会产生它的效果，缓慢，空荡荡，苍白的懒腰，空洞而忧伤的回响"（《弹钢琴》，第109页）。在"中心"里，星期天也同样是休息日，看不见一个人影，没完没了的寂静。这种寂静放大了时间的缓慢，日子出奇地漫长难熬。在两相隔绝的不同世界里，星期天让时间同时放慢了脚步，达到近乎静止的协同一致。

时间的漫长难熬让人物陷入无所事事的状态，从而聚焦身边的事物，搜索时间流逝的证据。保罗长时间地坐在床上，目不转睛地观察投射进房间的光线：

> 它的移动，在第一时间里是难以觉察的，但随着观察时间的延伸，它就变得愈来愈明显了；而时间越长，那光线的移动速度似乎更快了，这就是近些日子当中一天的情景。（《格林威治子午线》，第125页。）

在等待卡里耶消息的日子里，保罗整日蜗居家中，时间似乎在居所空间内凝固，人物唯有从光线的移动中捕捉时间流逝的讯息。用肉眼观察光线的移动乍一听匪夷所思，但作者正是通过人物的这一举动强调烘托了人物生活中时间的异常缓慢。

小说中的另一个人物凯恩被困地下室，当古特曼及其率领的雇佣兵占领孤岛后，凯恩决定点燃地下室中储藏的炸药，与其同归于尽。他将点燃的香烟卡在火柴盒中，计划借助香烟的燃烧点燃火柴棒，继而点燃导火索。在安放好这一点火装置后，凯恩便爬上高高堆起的炸药的顶端，躺在了上面：

> 然后他瞥见，在远处，那枝香烟在慢慢地燃尽。他监视着那若隐若现的，在难以觉察当中移动的小光点。它在黑暗之中就是时间流逝的惟一见证，而这种黑暗，正在无可挽回地废除时间与空间。（《格林威治子午线》，第248页。）

身处黑暗之中，时间的静止被无限度地放大。加之可以预见的死亡一步步临近，凯恩在近乎停滞的时间中体味着令人窒息的煎熬。火光的移动同样难以觉察，人物却可以全神贯注地注视着小光点，看出其移动轨迹，在焦躁不安中体验着生命最后一刻的缓慢流逝。"恐慌减慢了时间的进度"（《我们仨》，第65页），这是一种心理化的时间静止。

在艾什诺兹的小说中，作家借助计时工具能够实现真正的时间停滞和定格。《我走了》中，一艘名叫奈西里克号的小商船于1957年9月11日在北极沉没，上面满载着珍贵的古董，费雷去北极寻找的正是这艘沉船。事故发生后，沉没的商船便像进入了沉睡，几十年来从未被人发现，直到费雷找到这艘船。自失事的那一刻起，商船上的时间和空间就瞬间凝固了。费雷看到的驾驶舱内的场景与几十年前沉没时的景象并无二致，"一本翻开的记录簿，一个空酒瓶，一杆拆卸了的长枪，一部1957年的日历"（《我走了》，第75页），画面被定格在那一瞬间。"1957年的日历"是沉船上时间静止的佐证，时间在特定空间、特定情境内实现了真正的静止。

与奈西里克号沉船上的日历一样，手表也同样可以表征时间的静止。在经历一场追击后，奄奄一息的塞尔默被人救起，醒来后，"他想到看一下手表，露出了他的手腕。手表的玻璃碎了，指针扭曲了，发条沉默了"，塞尔默把手表扔进了海里，手表可能会在海底"平平稳稳地，年月错误地，停留在一艘搁浅在沙滩上的、装满了所掠夺金银财宝的西班牙大帆船的甲板上"（《格林威治子午线》，第280页）。沉默的发条让时间定格在塞尔默遭到追击的时刻。倘若手表果真落在一艘失事的西班牙大帆船的甲板上，手表上定格的时间则会阴错阳差地误导人们，指示错误的失事时间信息。

时间的失重和静止相互交替，形成时静时动、动静交替的叙事节奏的变化，犹如"猛然的加速和长时间的停泊"，"就像都市人一天中有节奏的塞车"。① 无论失重抑或静止，都市空间的深度都被抹去了，人物的厌倦愁绪催生出空间维度内的不断位移，都市空间呈现出流动性特征。

---

① ［法］让-克洛德·勒布伦：《让·艾什诺兹》，邹琰译，长沙：湖南美术出版社，2004年，第66页。

第二节　都市空间的流动性

何为流动性？约翰·厄里①认为，流动性包含三层含义："一是指移动或具有移动能力的物或人；二是指社会学意义上的社会流动性，即在阶级和社会地位方面的上下运动，是纵向移动；三是指迁徙和移民等半永久性的地理移动，是横向移动。"②流动有别于纯粹地理意义上的位置移动，被赋予社会、历史、意识形态等多重维度的含义。流动性研究最早可以追溯至19世纪末20世纪初德国社会学家齐美尔③有关城市空间的著作。④齐美尔发现人类通过建造道路、桥梁等交通基础设施连接空间、建立联系，将流动定格为永恒，并探讨现代移动模式给人类带来的感官冲击和深远影响，将流动与空间连接视作现代城市空间的重要元素。20世纪末21世纪初，齐格蒙特·鲍曼⑤的《全球化：人类的后果》(*Globalization：The Human Consequences*)、《流动的现代性》(*Liquid Modernity*)、厄里的《流动性》(*Mobilities*)等著作的相继问世使"流动性"成为人文社会研究的热门关键词。

流动性研究也推动了文学领域的跨学科研究。对于都市空间的建构而

---

① 约翰·厄里(John Urry)：英国社会学家，致力于移动性研究，著有《游客的凝视》《未来是什么》《全球复杂性》。在《流动性》中，厄里探讨了流动性的多种表现形式，并指出它们相互依存，共同连接构建起现代社会生活关系。

② 转引自刘英：《流动性研究：文学空间研究的新方向》，载《外国文学研究》2020年第2期，第29页。

③ 格奥尔格·齐美尔(Georg Simmel，1858—1918)：德国社会学家、哲学家，19世纪末20世纪初反实证主义社会学思潮的代表人物。著有《历史哲学问题》《货币哲学》《社会学：关于社会交往形式的探讨》《社会学的根本问题：个人与社会》等。

④ 流动性研究的理论系谱梳理详见刘英：《流动性研究：文学空间研究的新方向》，载《外国文学研究》2020年第2期，第28-30页。

⑤ 齐格蒙特·鲍曼(Zygmunt Bauman，1925—2017)：英国社会学家，著有《现代性与矛盾性》《全球化：人类的后果》《流动的现代性》《废弃的生命：现代性及其流浪者》等。

言，除却人与物，行动描写也是重要的建构途径之一。"佐伦（Gabriel Zoran）指出，空间中不仅包含静态的事物和关系，而且包含运动，运动可以是物体的真实路线，或目光的转变，或从一个物体想到另一个物体。因此，在他的空间结构模型中，他在垂直方向设置的时空层（the chronotopic level）是通过事件和运动作用于空间的；他在水平方向区分了地点（places）、行动域（a zone of action）和视阈（field of vision），其中行动域是由发生的事件来决定的，而视阈既可以指向一个作为整体的地方，也可以指向一个分裂的事件（如一次电话交谈）。"①人物行动在不同的空间之间建立连接和互动，借助流动共同构建起整个现代都市空间。

流动性得以实现的媒介包括两类：汽车、火车、地铁、飞机等交通工具及其产生位移的空间——道路。米歇尔·德·塞托（Michel de Certeau）发现了交通与文学叙事之间的关联："在当今的雅典，公共的交通工具被称为métaphore②。人们上班或者回家，就搭乘一辆'隐喻'——一辆公共汽车或者火车。叙述也同样可以具有这样一个美丽的名字：每一天，它们穿越着，组织起某些地点；它们对这些地点进行挑选，并且把它们连接为整体；它们以此创造出了句子和路线。这是空间的行程。"③这一关联颇有意思。文学叙述通过线性或交错的方式组织连接起某些地点，建构起文学空间结构，文学叙述就是穿梭其间的"交通工具"，进行着文学空间实践。

实现流动性的诸种交通工具，我们在第一章中已有论述。这些现代交通工具构成了城市中移动的封闭空间，与道路一起连通起不同城市空间。当然，此处我们也将实现流动性的一种特殊交通工具纳入其中，即以人体自身作为媒介，通过步行的方式实现空间位移。艾什诺兹时常在小说中描绘人物的行动轨迹。在《切罗基》的第3章，作家用三段文字以地图导航式

① 方英：《文学叙事中的空间》，载《宁波大学学报（人文科学版）》，2016年第4期，第43页。
② 法语中métaphore为隐喻之意。——原译注
③ ［法］米歇尔·德·塞托：《日常生活实践：1.实践的艺术》，方琳琳、黄春柳译，南京：南京大学出版社，2015年，第197页。

的方式详尽描绘了乔治从家出发到费尔南家的具体路线：

> 　　一个星期四的早上九点，乔治·夏夫拎着手提箱从家里出来，走上奥伯坎普夫街，走向奥伯坎普夫地铁站，从那儿乘车去意大利广场。列车过了巴士底站，就升到拉佩沿河大道上透了一会儿气，然后……又降又升，最后进入露天，绕过认尸所……然后，列车突然从奥斯特利茨桥转向塞纳河……意大利广场，乔治乘着巨大的自动扶梯来到地面上，然后向东走去……他穿过中国区……然后有一座桥跨过环城大道……然后是伊夫里镇：一条小路的尽头有一幢残存的灰色小楼……（《切罗基》，第 20 页。）

艾什诺兹详尽记录下人物的行动轨迹，并以人物视角同时呈现沿途街景，以沉浸式方法带领读者在文学都市空间内穿梭，依循铁路、地铁线路、街道等交通基础设施在有限的都市空间内实现无限的位移可能。

不过更多时候，人物的行走路线按照随机的轨迹，缺乏预先的既定计划，呈现为混乱的无规则路线。《我走了》中的本加特内尔在法国西南部逗留了很长一段时间。他总是驾着车漫无目的地闲逛，"随便上一条路行驶着"，在该地区"纵横交叉地来来回回"，逛遍了"法国地图的左下角"（《我走了》，第 173、第 186 页）。格卢瓦尔在路线的选择上也相当随意。受到阿兰讲述的澳大利亚经历的影响，格卢瓦尔把离开法国的第一站选定为澳大利亚。而后，按照幽灵般的贝里阿尔在浴室内镜子上留下的幻影般的提示，格卢瓦尔又从澳大利亚出发来到印度。在澳大利亚和印度，她的行程同样毫无计划性可言。而拉威尔在北美巡演时，"人们为他提供了一条不规则的行车路线。这是一段跟一只苍蝇在空气中的轨迹同样令人困惑的行程，这将让他完成沿途二十五个城市之间从寒带到热带的荒唐来回，不明确的停靠和不恰当的偏移"（《拉威尔》，第 54 页）。

相比而言，卡斯特内的混乱路线则更加直观："让-克罗德·卡斯特内在地图上将他要查访的居民点用红笔连接起来，以确定来日要走的路线。

然而就像是在画报上做游戏，这些居民点一旦被一段段线条连接起来，就辨不出来龙去脉了，这使卡斯特内大失所望。"(《高大的金发女郎》，第437页。)路线的无规则性在地图上直观呈现，让人难以理出头绪。对于混乱路线的预见使得人物倍感沮丧，只能勉强制定一条查访路线，当晚又作了修改："事情没什么转机，不过经过改动的线条隐隐约约地令人想起一只卧着的马头鱼尾怪兽。"(《高大的金发女郎》，第438页。)路线的怪异形状依旧让人物一筹莫展。

无规则轨迹的最典型表现则是《一年》的女主人公薇克图娃的行动路线。薇克图娃并未制定逃亡路线，完全听从命运安排，行动路线毫无规律可循。她从蒙帕纳斯火车站出发，登上了最快发车的一趟火车，来到了波尔多。到达波尔多后，她原本想采取同样的方式坐上开来的第一班列车，然而这里有好几趟车同时出发："一趟开往圣让德吕兹，另一趟去欧什，第三趟去巴涅尔德比戈尔。为了让人——也不知道到底是谁——搞不清自己的行踪，薇克图娃在这三个目的地之间抽签选择。因为每次抽出的都是欧什，而她想在自己心中把行踪搞得更乱些，就选择了圣让德吕兹。"(《一年》，第13页。)当薇克图娃不再有足够的钱搭乘交通工具时，她开始沿途招手搭便车，按照别人的路线继续前行，"这就造成了一种锯齿式的流浪，不太受控制……这样一来她的旅程完全没有连贯性，反而更类似于关在房间里的苍蝇乱冲乱撞"(《一年》，第63页)。作家两度用苍蝇飞行的轨迹来喻指人物无规律的混乱行程，强化了空间中人物移动的随机性。

在人物近乎疯狂的移动中，无数街道名称串联起不同地点，都市空间成为街道名的集合。巴赫金在对古希腊罗马传奇俗世小说的分析中，具体阐释了"道路时空体"。"在西方文学传统的民间文学中，道路总是作为一个隐喻出现在小说中，比如十字路口对人生转折的隐喻、比如上路和返乡与人生改变的对应等。主人公在道路中经历事变，故事序列在道路上发生，情节冲突汇集于道路之上。……在世俗生活时间中展现的道路时空，是一个更加具象典型的空间，道路时空体具象特征，'使在这时空体中广阔展现的日常生活成为可能'。"①

艾什诺兹笔下的巴黎充斥着无数的街道名称。圣-马丹大街附近的林荫大道"每四百公尺就更换一个名字。与这种换名相对应的，就是建筑、经济、色调之风格的改变，也许就是环境风格的改变吧"（《格林威治子午线》，第 260 页）。不过作家并没有对各条街道的不同风格作过多赘述，仅仅是局限于街道名称的记录。作家将小说人物经过的各条街道名称——记录，准确叙述人物的行动轨迹，恐有遗漏。"城市展现为街道名称构成的一幅粘贴画，惟有流动的交通把这些名称连接起来。"②

在令人眼花缭乱的众多街道名称中，有些以城市名称命名，给人身处异乡的错觉，以欧洲广场为例。"这个广场是一个六角星，六个角分别命名为列日和伦敦、维也纳和马德里、君士坦丁堡和列宁格勒。"（《切罗基》，第 27 页。）汇集于此的六条街道均以别国城市命名，通过街道名称在地理空间上将此处与他处联系起来。有些街道则以历史或文化名人的名字命名，如亨利四世大街、儒勒-凡尔纳街等，将街道与其名称所蕴涵的历史和文化意义相联系。有些街道即便不是以名人的名字命名，却也因其与名人之间众所周知的密切关联，引发人们的无限回忆和丰富遐想。"《弹钢琴》中，贝尔尼居住的两套公寓所在的街道曾经是福楼拜居住过的地方（穆里奥街和寺庙大道）。"③这些街道弥漫着浓郁的怀旧气息，它们的名称使得城市空间具有了历史和文化厚度，跨越时空般地将现在与过去连接起来，人们可以在街道名称勾起的一连串回忆中寻找历史和文化的印迹，给予现代都市个体一种精神慰藉，以虚幻的方式提供某种心理补偿。

倘若街道以建造者的名字命名，其意义则是明确、单一的：

---

① 薛亘华：《巴赫金时空体理论的内涵》，载《俄罗斯文艺》2018 年第 4 期，第 40 页。

② Jérusalem, C., «Sections Urbaines：l'Aller et le Retour, la Nostalgie dans *Au Piano de Jean Echenoz*», www.remue.net, 2022-01-26.

③ Jérusalem, C., *Jean Echenoz*, Adpf Ministère des Affaires Étrangères, 2006, p. 73.

奥斯曼大街，就是以开辟这条大街之人的名字命名的，这就使它具有了特殊的含义，并且以不同于其他大街的方式表现了出来。其他大街的名字，它们虽然各自都有联想的魅力，但始终是模糊不清的。若与奥斯曼大街右侧下部的奥斯曼子爵的签名所体现的那个客观、冷静、不容置疑的标志相比较，它们就不值一提了。(《格林威治子午线》，第 261 页。)

其他街道名称具有多义性，是能够激发诗意想象的艺术符号。而奥斯曼大街上出现的子爵签名标志限定了其单义性，犹如科学符号一般明确严谨，限制了过多的联想。

艾什诺兹在小说中并非任凭街道名称对其蕴义进行自我展现，作家有时还会选择特定的街道名称，为情节内容服务。《高大的金发女郎》中，佩尔索内塔兹在多纳蒂安娜含笑的目光中走出萨尔瓦多尔的办公室，自以为这道目光一直尾随着他，便保持着过于笔挺的僵硬姿势一直走出大楼，"像被盯上梢似的在'罹难人'大街上继续往前走"(《高大的金发女郎》，第 513 页)。多纳蒂安娜的出现让佩尔索内塔兹变得魂不守舍，他对多纳蒂安娜一见倾心，行为举止都变得慌乱愚蠢。作家借街道名称对人物进行了一番调侃。《一年》的女主人公薇克图娃在小说开头离开了已无气息的菲利克斯，乘坐出租车去蒙帕纳斯火车站，出租车将她放在阿里维街尽头。"阿里维"(Arrivée)意为"到达、终点"，然而此处却是小说情节轴线的开端，是薇克图娃今后另一种生活的起点，她将由此出发开始将近一年的流浪生活。作家用反义的街道名称开启人物的行动路线，达到一种反衬的艺术效果。

艾什诺兹的小说中有一条反复出现的特殊街道——罗马街。作家对罗马街情有独钟，对他而言，这是一条近乎"偶像化"的街道，可以发挥多种文学作用，对作品情节产生奇特的化学效果。①

---

① 参见作家与克里斯汀·耶路撒冷的谈话，转引自 Jérusalem, C., *Jean Echenoz*, Adpf Ministère des Affaires Étrangères, 2006, p. 73.

罗马街与音乐密切相关:"弗雷德在罗马街的乐器商店橱窗前消磨了剩余的一刻钟时间。这儿有管乐、弦乐、打击乐以及像工具般从大到小排列的全套萨克管,尽头还有一架钢琴,是韩国制造的小三角钢琴。"(《切罗基》,第27页。)薇克图娃在流浪一年后回到巴黎,途径罗马街时,"一边看着玻璃橱窗里的小提琴一边南行"(《一年》,第104页)。艾什诺兹热爱音乐,三部小说《切罗基》《弹钢琴》和《拉威尔》都与音乐直接相关。除此之外,对音乐和乐器的描述以及与音乐相关的比喻在小说中频频出现,并且贯穿于其全部作品。这或许可以解释作家对罗马街的情有独钟。与音乐紧密相连的罗马街自有一种浪漫的艺术气息,给人充满诗意的直观感觉。加上法国诗人马拉美也曾居住于罗马街,这更增添了这条街道的文学艺术氛围。

《弹钢琴》的开头和结尾都出现了罗马街,首尾呼应。开头出现了沿着罗马街走来的两个人物——马克斯和贝尔尼;在小说结尾,另两个人物贝里阿尔和萝丝渐渐走出马克斯的视线,消失在罗马街。小说开头出现的主人公马克斯在结尾已经成为死后重返人间的幽灵,而结尾在罗马街消失的贝里阿尔和萝丝都与马克斯一样,属于另一个世界。这部小说让罗马街在富有浪漫的艺术气息之余,又增添了一分神秘感。

人物时常沿着罗马街行走或者途经罗马街附近:"没过一会,他(佩尔索内塔兹)在巴蒂尼奥勒那边顺着与通往圣-拉扎尔火车站的铁路相平行并高居其上的罗马街的一条小街往上走。"(《高大的金发女郎》,第486页。)"然后,两个小时之后,他(费雷)终于出门离家沿着罗马街走向圣拉撒路地铁站方向,从那里坐地铁可以直通克林廷-塞尔通。"(《我走了》,第164页。)《拉威尔》中,埃莱娜驾车载着拉威尔,"来到苗圃街的街角,进入罗马街的那一瞬间,他们甚至还发现了一辆长长的萨尔姆森-VAL3型车"(《拉威尔》,第14页)。罗马街位于圣-拉扎尔地铁站附近,是往来交通接驳之地,熙来攘往,罗马街的反复出现也暗示了人物不断位移的生活状态。

《湖》中苏茜和奥斯瓦尔德的寓所就位于罗马街上。罗马街实际上"只有一边的街道,因为另一边朝向圣-拉扎尔地铁站的铁路"①。寓所面对的是整日来往穿梭的地铁,对面邻居的缺席和交流的缺失恰好符合艾什诺兹小说人物典型的封闭和孤独的状态。

在探讨流动性带来的空间变换时,我们也注意到了边界问题。人物在流动中是如何从一个空间切换进入另一空间的呢?空间的边界将不同空间分隔开来。换个角度来说,空间的边界同时也连接起了不同空间。德·塞托指出,"边界'在创造鸿沟的同时,也创造了同样多的交流'……是一种'两者之间的空间',是'互动和会晤的间隙,是交流和相遇的叙述性象征'"②。

在物理空间中,最常见的分隔空间的边界有墙、门、窗等。以窗为例。艾什诺兹的小说中出现了各式各样的窗,有普通的窗户、落地窗、"走廊中部高处的通风窗"(《切罗基》,第58页)、火车车窗、轮船和飞机上的舷窗等。有时,窗甚至并不以其明确的形态出现,如《一年》中的流浪者卡斯特尔和布森的简易住所内则以墙壁上的一个洞充当窗户。

窗户属于一个广泛的主题整体,"这一整体由如下三部分组成:一个封闭地点A(房间、会客厅、阁楼、小客厅等任意住所),一个介质地点B(窗、门、落地窗、阳台……)和一个开放地点C(街道、风景、城市全景等任意景点)"③。最初,窗仅仅是出现在墙上的一块通向外界的有限区域,数百年来,其首要功能就是让光线和空气进入封闭的室内空间。

窗的另一种功能,即使得视线的穿透成为可能。视线的穿透包括向内和向外的双向投射。窗框可以将室内空间的人物定格,形成一幅幅鲜活的静物画或肖像画。夏尔从路边一户人家的窗口向里张望,"看到一些熟悉的东西:玩具、贴身内衣、有柄平底锅、堆满的烟灰缸"(《出征马来亚》,

---

① Jérusalem, C., «Sections Urbaines: l'Aller et le Retour, la Nostalgie dans *Au Piano de Jean Echenoz*», www. remue. net, 2022-01-26.

② 方英:《文学叙事中的空间》,载《宁波大学学报(人文科学版)》2016年第4期,第45页。

③ Hamon, P., *Du Descriptif*, Paris: Hachette, 1993, p. 209.

第 289 页)。窗框勾勒出一幅平和宁静的室内静物画。乔治看见詹妮·韦尔特曼"在对面的窗后，像那天一样穿着黑裙子……她一动不动，以至于他有一会儿以为那只是她的画像"(《切罗基》，第 81 页)。吴山姆接听蓬斯的电话时，"那个守夜人看得见吴山姆正在那个电话机上驼着背，被会计室的那扇窗将黄色摄入黑暗的镜头中"(《出征马来亚》，第 316 页)，亮黄色的画幅在黑暗底色的衬托下显得格外醒目。

视线若由内向外投射，窗户则构成一个面向无限视野的基面，个体凝视窗外的景观时可以任由目光飘移，或远或近。菲利普·阿蒙指出，窗的边框如同一幅画的画框，镶嵌并清晰地勾勒出窗外的景象，人物注视窗外的景象就仿佛在一幅艺术品前驻足观赏。[1]《出征马来亚》中，作家分别透过轮船和飞机的舷窗描绘了一幅海景图。在布斯特洛菲东号货轮上，"在舷窗的那个圆中，一片空荡荡的蓝天压在一片空荡荡的蓝海上"；鲍勃透过飞机舷窗往外看，"除了永恒的碧蓝色一无所有，勉强被在极深处唯一的一个黑点标明的那些揉皱的水拆开着，蓝色的母鸡肉上的黑头粉刺"(《出征马来亚》，第 319-320 页、第 398 页)。人物透过舷窗从不同的视角观赏海景。《湖》中以窗框为界出现了一幅穆艾兹-埃翁的画中画："从肖班被关押的囚禁房的窗户看去，过了不一会儿他就看到，那位业余老画家那疲劳的脸框定在了舷窗中。"(《湖》，第 143 页。)从一扇窗向外看去，捕捉到了另一扇窗内的景象，视线的双向投射融合于此，形成一幅画中画。无独有偶，保尔站在家中的窗前，看见对面大楼的一扇窗上，"一个上了年纪的男人正在让抱在他怀里的狗透空气"(《出征马来亚》，第 258 页)。这副画中画透露出的孤独感与保尔的心境相契合，此情此景令人物更添一份愁绪。"'文艺复兴时产生的巨大变革是由我们被看的绘画-窗户过渡到我们将由之看出去的绘画-窗户'；按评论来说，这一过程标志着'观众的诞生'。"[2]

---

① Hamon, P., *Du Descriptif*, Paris：Hachette, 1993, p. 174.

② Del Lungo, A., *La Fenêtre：Sémiologie et Histoire de la Représentation Littéraire*, Paris：Seuil, 2014, p. 43.

　　文学世界的窗还可以被赋予多种功能。作为文学叙述中的边界，窗分割或连接的是不同的阶层空间，彰显的是身份和权力、地位。从总书记维塔尔·韦伯在湖滨公园酒店的套房放眼望去，"有一望无际的好景色，平台、砾石路、草坪尽收眼底"，而他去他的机要员的房间探望，"发现那里的窗户都被近处的一些树木挡住了光线；通过枝叶的空隙，勉强还能看到，高尔夫球场之外，是一片湖水"，而他的穿衣间里甚至没有窗户，唯有依靠整日开着的吊灯照明（《湖》，第 68 页）。《切罗基》中雷蒙·德加居住的矮小房间内的窗户朝向架空铁道。《弹钢琴》中的马克斯重返人间的第一站就是秘鲁的伊基托斯，他被安排在窗户直接朝向一堵墙的一个旅馆房间内。诸如此类的例子在小说中比比皆是，舒适的居住环境常常拥有怡人的窗外景色，而反之，窗户则直接面朝铁道、墙壁、烟囱、停车场等，令人倍感压抑。窗外景致与整体居住环境不可分割。

　　作家借窗描写窗外景物，一方面可以延缓叙事进程，如《湖》中肖班在苏茜家中醒来后站在窗前看到的外部环境，《我们仨》中梅耶在圭亚那发射基地所住房间的窗外景致等。作家安排人物驻足于窗前观赏风景，花大量笔墨描写窗外环境，延缓了情节进展，调整变换叙事节奏，使得情节有张有弛。另一方面，阿蒙认为，人物凝视窗外可以同时伴随着思考，窗外的景致可以呈现为人物在心理上的自画像（auto-portrait）[1]。《出征马来亚》中保尔房子的窗户"朝着第十三区那些使人窒息的脊椎骨似的摩天楼"（《出征马来亚》，第 228 页），令人窒息的摩天楼映衬了保尔内心的压抑和忧郁。《高大的金发女郎》中，在将卡斯特内推入深渊后，格卢瓦尔第二天早晨起来，朝厨房的窗外瞥了一眼，"万籁俱寂一片空濛"（《高大的金发女郎》，第 451 页）。玻璃久积灰尘使得窗外看不真切，而模糊不清的朦胧景象正暗合了人物内心的困惑、迷茫和绝望：她总是情不自禁地将那些人推入深渊，始终无法控制自己的行为。而《我走了》中费雷在接受心脏手术后醒来，发现病房内满眼看去几乎都是白色，唯有一处醒目的绿色，那就是在

---

　　[1]　参见 Hamon, P., *Du Descriptif*, Paris：Hachette, 1993, p. 176.

窗户的方框中映现出的树木。窗外的绿色象征了新生和希望，费雷在手术后迎来了自己的第二次生命。窗外景致无一不与人物当下的情绪和心境融为一体、协调一致。

作家还借助从窗户透过的光线的强弱辅助刻画人物心理，为情节进展服务。《我走了》中，费雷去北极寻宝，他在清晨从舷窗上向外一瞥，看到"一丝吝啬的光芒"（《我走了》，第35页），暗示了人物内心的志忑，对于此次北极之行能否成功寻得宝藏没有把握。而本加特内尔在七月的一天来到埃尔比西亚旅馆，"一道圆润的光亮"透过窗户"滑入室内"（《我走了》，第81页）。经过一番周密部署，本加特内尔成功摆脱了自己的过去，获得新身份，并即将盗取费雷寻回的北极宝物，开启新生活的大门。此刻人物心潮澎湃，对未来无限憧憬，"圆润的光亮"刚好契合人物的心情。

如果说窗框内的静态景象为人物提供了自我审视的机会，那么窗外迅速变换的动态画面则恰好与人物纷乱的思绪合拍，动态景象填补了人物脑中的空白。薇克图娃早晨醒来时发现身边的菲利克斯没有了呼吸，她立刻逃离了菲利克斯的住所，踏上了最早出发的一趟列车。作家用两个段落描写了车窗外飞速移动的景物。薇克图娃对发生的事情一无所知，对接下来的生活毫无规划，就匆匆逃离了。此刻她唯一可做的，就是呆呆地望着窗外，"最好别钻牛角尖，最好透过车窗，仔细观察那一片隐约有些像工业区、彼此没什么差别的农业区……透过玻璃窗，她注视着这幅无所定居的全景画……四周的环境仿佛只是不得已被安排在那里，在产生一个更好的概念以前，用来填补空旷的"（《一年》，第10页、第12页）。人物看着窗外迅速变换的影像，这幅动态全景画"无所定居"的特征与人物境遇相吻合，人物以此填补内心的慌乱和空白。

有的时候，分隔不同空间的边界并不像窗这样的实体边界一般界限分明，边界往往会表现出模糊性，两个相异的空间之间存在着暧昧不明的中间地带。"倘若力线以二元的方式组织空间（巴黎/外省的对立，巴黎各区的等级划分，法国/外国的区分），则同样也勾画出游移不定的界限，镶边后被削弱的不清晰的地带。"①中间地带在艾什诺兹的小说中具体表现为多种形式，如边境、机场、车站、高速公路、桥梁等。

艾什诺兹曾提及对机场的偏爱："在机场内，我感觉十分奇妙，因为从某种程度上来说，它们并不存在：它们是非地域（non-lieux），是随意的界限，人们在此度过的时光具有暂时性和非自然的人造特性。它们和边境线一样几乎不存在。"②机场构成了人们远距离变换空间踏上的第一块异土，是一个既陌生又熟悉的中间地带。艾什诺兹在小说《我走了》中针对机场给出了他的定义和形象的描述：

> 一个机场并不是自在的存在。这只是一个来往过渡的地方，一张筛子，一片平原中央的一个脆弱的面，一个缠绕有跑道的平台，里头跳跃着气息中喷出煤油味的兔子，一个转盘，风侵袭进来，驱赶着各种各样的有着无数来源的微粒——所有沙漠的沙粒，所有江河的片状金和云母片，火山灰或辐射尘，花粉或病毒，香烟灰或稻米粉。（《我走了》，第10-11页。）

机场是空间转换的过渡地，充满了微不足道的粉尘微粒，具有"脆弱"的特征。人们就如同不起眼的微粒，在诸如风一样的一股无形力量的驱赶下活跃于机场，进入永不停歇的位移。机场隐射了"人物无法扎根的状态"③。

还有一些特殊的中间地带。格林威治子午线是分割昨天和今天的中间地带，同名小说中的一个人物薇拉喜欢淋浴，"她就是位于来去两种水之间的障碍；她的身体变成了一个中间体，成了流遍城市大街小巷的自来水

---

① Jérusalem, C., *Jean Echenoz*, Adpf Ministère des Affaires Étrangères, 2006, p. 45.

② Vila-Matas E., *De l'imposture en littérature*, dialogue avec Jean Echenoz, dialogue traduit de l'espagnol par Sophie Gewinner et du français par Guadalupe Nettel, Meet, Numéro Zéro, novembre 2008, p. 12.

③ Jérusalem, C., *Jean Echenoz*, Adpf Ministère des Affaires Étrangères, 2006, p. 47.

迷宫里的一个中继站"（《格林威治子午线》，第 17 页）。该小说还描写了位于陆地和海洋之间的海滩："这一层沙滩的边际总是处在一种不稳定的状态，它似乎是一片不属于人类的土地，一片由大洋向陆地争夺而来的边界地区……"（《格林威治子午线》，第 3 页。）而《弹钢琴》的主人公马克斯在死后所到的"中心"则可以说是位于阴阳两界之间的中间地带。介于两者之间的中间地带，从抽象意义上来考虑，"也可能是两种功能之间，'隐约有些工业性的农村区域'，也可能是两种状态之间，一处风景，定不下来它是'废弃状态还是工地状态'"①。模糊性、不稳定性是中间地带的特性，作家借此指出现代都市空间普遍存在的不稳定性，并通过边界的模糊影射人物内心的含混不清和茫然无措。

边界的模糊反映出不同空间的相互浸润和蔓延，空间的趋同倾向使得边界不再清晰。由此，我们留意到现代都市空间的另一种特性：同质性。

第三节　都市空间的同质性

艾什诺兹的小说人物一次又一次地踏上旅程，带来了频繁多样的空间变换。人物足迹踏遍多个国家、城市及地区：被格林威治子午线一分为二的孤岛（《格林威治子午线》），马来亚（《出征马来亚》），圭亚那和星际空间（《我们仨》），印度和澳大利亚（《高大的金发女郎》），北极和西班牙（《我走了》），秘鲁和人死后的彼世空间（《弹钢琴》），美洲、英国、瑞士、西班牙、摩洛哥（《拉威尔》），平壤（《女特派员》）……由北至南，跨越不同大洲，远至星际空间，甚至是神秘虚幻的彼世空间。如此频率的空间跨越，与其说是旅行，倒不如说是游荡或流浪来得更确切些。"出征总是令人不适，因为旅行始终是次要的。事实上，空间被置于'后异国情调'的影响下，所有景色都一致化了。"②

---

①　由权：《艾什诺兹小说的不确定美学》，载《外国文学评论》2008 年第 3 期，第 127 页。

②　Jérusalem, C., *Jean Echenoz*, Adpf Ministère des Affaires Étrangères, 2006, p. 49.

在艾什诺兹的小说中，我们并没有感受到浓厚的异国情调，而是与某种似曾相识的熟悉感不期而遇。无论从见到的动物还是从人物所处的空间环境看，法国与他处在小说文字中并无二致。继承了三叶橡胶树种植园的吕斯·儒凡夫人在初到马来亚时，一些猛然穿过公路的野兔令她大为吃惊，"她本来更喜欢看见更不熟悉的其他野兽，她有点感到失望"（《出征马来亚》，第214页）。从法国出发，来到万里之外的马来亚，吕斯·儒凡见到的依然是在自己过往经历中再熟悉不过的寻常动物，她因没有如愿看见奇特的异域动物流露出失望情绪。拜伦·凯恩登上格林威治子午线穿越的孤岛，见到大量繁殖的袋鼠和单孔兽，"他与这些奇异动物的频繁接触，往往使他梦想到一些牛、狗、马和鸡"，而袋鼠则特别能引起他的好感，"袋鼠的长头和大耳，使他不禁想起了驴的长头和大耳来"（《格林威治子午线》，第100页）。被这些奇异动物吸引的拜伦·凯恩却从未真正习惯它们的形态，在和它们的接触中，总是不自觉地联想起各种家禽。即便在奇特的异域动物身上，也摆脱不了寻常家禽的身影，那种熟悉感从未缺席。

与此同时，小说人物在身处异国时，也看不到当地的特色建筑，感受不到有别于本国的风土人情、异域文化，他处和法国在人物眼里并无不同。《女特派员》中，康斯坦丝来到遥远神秘的朝鲜执行任务，然而所到之处毫无异国情调可言。在平壤见到的是崭新的城市面貌，时尚街区的酒吧与世界上其他的酒吧无甚差别。康斯坦丝在平壤的住所和世界各地都可见到的豪宅一样，并未显现出任何亚洲印记。康斯坦丝在其所处的平壤城市空间中无从体会到与法国的不同之处，人物的生活在空间变换后并未产生显见变化。

异域的自然风光景致也可以和日常生活中的各种城市空间与物品联系起来。塞尔默和阿博加斯特驾驶摩托艇来到一个密集的小群岛。"这里小岛林立，大小不等，形状各异……某些小岛的大小如同广场的中心公园，另一些则如同一间客厅。那些最大的小岛好像一些阶梯式剧院，那些最小的仿佛一些漂浮的床铺。"（《格林威治子午线》，第205页。）作家运用比喻将小岛的大小、形状和公园、客厅、阶梯式剧院、床铺等日常空间和物品联系起来，这片密集的小群岛的样貌顿时变得具体可感，其异域魅力也相应地被削弱了。作家借助比喻消除异域空间陌生感的例子在小说中多次出现：费雷在北极乘坐破冰船沿着拉布拉多海岸航行，见到"水面上漂浮着泡沫和苔藓，像是胡子没刮干净的邋里邋遢的脸"（《我走了》，第21页）。在马来亚，蓬斯随同吴山姆去森林密会他的兄弟，在他们头顶上三十米处，层层叠叠的树叶"组成了一个潮湿的拱顶，边缘成细齿状就像旧的海绵"，再往上三十米处，"巨树的顶端和错综复杂的藤本植物交织在一起，向绿色体系的心脏成千次地发射着一种衍射、折射的光的电缆网"（《出征马来亚》，第267页）。北极和热带雨林的奇特景致与现代都市空间内再寻常不过的日常影像重叠，人们对异域奇幻景象的期待落空。

在艾什诺兹的笔下，少有人能到达的星际空间，甚至神秘虚幻的彼世空间，同样无法唤起与身处巴黎不一样的新奇感觉。飞船上的太空生活"很平静，非常平静，并不比在，例如说，在托侬①的旅行更复杂、更冒险"（《我们仨》，第197页）。对人物而言，这次太空之旅无法成为一段奇特难忘的历险，很平淡，很平静，无异于一次寻常的出行。而马克斯在死后来到一个叫做"中心"的地方，在这里等待分检安排，一星期内将知晓他被送往的目的地：公园或城区地段。在这个"中心"，房间有人打扫，具备了星级宾馆的舒适，有着寻常的热带水果，传统又平静的背景音乐，甚至床头柜上的书籍也是但丁、陀思妥耶夫斯基、托马斯·曼、克雷蒂安·德·特罗亚等名家的经典作品。更重要的是，"即便是在一个像该中心那样似乎与世隔绝的地方，星期天依然如同历来，如同到处，会产生它的效果，缓慢，空荡荡，苍白的懒腰，空洞而忧伤的回响"（《弹钢琴》，第109页）。在"中心"依然和他处一样有着永恒的星期天，缓慢凝滞，令人窒息。倘若除去人物此时已经去世这一标签，人物在彼世空间的生活与在巴黎的日常生活并无差别，没有任何迹象能够显示这一虚幻空间的神秘特别之处。在种种远离巴黎、远离法国的异域空间中，异国情调彻底被颠覆，消

---

① Thonon，法国的一个旅游胜地。——原译注

解于无形中。

　　而吊诡的是，人物走在巴黎街头，当走进某个街区或拐进某条街道时，却常常毫无防备地跌入异域风情中，意想不到的异国气息扑面而来。佩尔索内塔兹和博卡拉驾车"经过圣-拉扎尔，来到欧洲区，这里的光线常常让人想起东欧，这儿的街道比起别的地儿更加悠然自得，对未来的反应更加冥顽不灵，凉爽空气的底色就是在热天也依然如故，这儿的声响好像是从稍远的地方发出的"（《高大的金发女郎》，第 501 页）。欧洲区的名称赋予这一街区东欧色彩，这里的光线、悠闲的街道氛围、凉爽的空气、空洞悠远的声响，无一不唤起人们对东欧的遐想。本加特内尔从西南部回到巴黎，整日待在他于爱克塞尔曼林荫大道上租住的一栋别墅内的大单套间里，一日在窗前凝视旁边的越南大使馆，此刻门内空无一人，"似乎在栅栏门之后，天气就更加炎热，更加潮湿，仿佛大使馆制造出了一个东南亚的小气候"（《我走了》，第 124-125 页）。使馆领地作为巴黎的一隅异土，具有一种神秘特殊的异国氛围，与周围环境格格不入，仿佛在其领地上，连空气里都是异域的分子，变得如同在东南亚那般湿热，异国气息的出现显得出其不意。《女特派员》中，在皇冠地铁站周围，数条小街巷如支流般从东北方向涌向大街：北京道，塞内加尔街，八里桥路①，托斯克在经过几家中国店铺和突尼斯餐馆后，走上了八里桥路。皇冠地铁站周围的一片区域内，汇集了众多具有异国色彩名称的街巷和异国特色的店铺、餐馆。这在《弹钢琴》中也有所涉及。马克斯走出家门去附近的餐馆吃饭，"这个街区的种族混杂雨后春笋般地催生出了一系列餐馆，世界各地的风味，非洲的、老挝的、黎巴嫩的、印度的、葡萄牙的、巴尔干的和中国的，应有尽有。同样也有一家正宗的日本餐馆，新开张没几天，就在两条街之外"（《弹钢琴》，第 31 页）。人口的迁移流动带来了外来移民的增加，与此同时也有外来文化的引入。人物无需走出巴黎就能品尝世界各地的特色美

---

　　①　路名 rue de Pali-Kao 源自八里桥之战。此战发生地点在北京南郊，距离通州八华里的八里桥。1860 年，第二次鸦片战争期间，英法联军在八里桥打败僧格林沁的清军。在巴黎的二十区，就有一条以此命名的道路。

食，在食物中感受陌生的异域风情。作家将异国情调的碎片揉入日常生活，他处无法领略的异域风情，在日常生活的巴黎都市空间内，却总是不期而遇。与在异域土地的熟悉体验相呼应的，是人物在巴黎体会到的陌生感。

巴黎这一都市空间元素在艾什诺兹写作中的重要性毋庸置疑，作家也在访谈中明确表露出对巴黎的迷恋："巴黎是不可逆的。这也很重要，驱使我想要由此出发书写故事，因为这是不可逆的。我既可以在巴黎经历梦魇般的时刻，同时也能有欣喜若狂的瞬间。"①巴黎是具有其两面性的矛盾体，也许正是因为其"不可逆"，因为其矛盾性和高度的文学可塑性，才令艾什诺兹如此着迷。

在艾什诺兹的文学构建中，巴黎是缺乏可读性的。"艾什诺兹的文字呈现的画面往往在感知上欠缺广度。意象是主观化的，来自水平视角。"②我们只能跟随人物的有限视角在都市空间内穿梭，无法从宏观角度审视巴黎。而人物眼中的巴黎与世界上其他任何一个地方一样，并无特别之处，也无法引起人物凝视和欣赏的兴趣。这颠覆了巴黎的既定形象，人物的眼中隐去了巴黎圣母院、埃菲尔铁塔、卢浮宫等人人都熟识的文化标志，略去了巴黎作为文化艺术之都的自身特色，取而代之的是一个个街道名称、地铁站名的详尽罗列和不动声色的叙述。艾什诺兹笔下的巴黎不再是那个独一无二的巴黎，它被抹去了自己独特的印记，作家按照自己的意愿在文学世界中重新构建了巴黎。作为读者的我们，在阅读中感受着这种熟悉和陌生的矛盾统一。全球化进程使得城市逐渐趋同，林立的高楼，四通八达的交通成为现代都市空间的标准化形象，艾什诺兹笔下构建的巴黎正是这

---

① «Jean Echenoz："L'espace Construit le Personnage"»，entretien de Jean Echenoz réalisé à Paris le 17 novembre 2016 avec Mehdi Alizadeh, paru en annexe de sa thèse de doctorat *La Perception et la Représentation des Métropoles dans la Fiction Postmoderne：Paris, New York et Istanbul dans* Au piano *de Jean Echenoz,* Cité de verre *de Paul Auster et* Le livre noir *d'Orhan Pamuk*, Université de Limoges, 2017, p. 526.

② Ibid., p. 102.

样一座典型的新型城市意象，一座"去领土化、非物质化的新城"①。这座新城缺乏新意，是无差别的、不可读的城市，全球化带来的城市趋同消弭了地域文化差异，没有了特色的城市空间也失去了自身的独特魅力，变得暗淡无光，作家在这一意象的构建中传递了对此的质疑。

第四节　空间知觉的多模态

在艾什诺兹描绘的文学都市空间中，现代个体是如何与空间之间建立联系的呢？现代个体通过空间知觉将身体与空间相联系。荷兰学者米克·巴尔认为，文学叙事中主要依赖三种空间知觉：视觉、听觉和触觉，"所有这三者都可以导致故事中空间的描述"②。视觉能够传递事物的形状、颜色、大小等信息，听觉感知的声音可以判断距离的远近，触觉可以显示接触相邻的状态。空间知觉的交互作用共同构建起都市空间，并进而对心理空间产生影响。

在《事物与空间》中，胡塞尔最早论述了身体与空间的关系，并提出了"零点之身"这一概念："身体是知觉经验得以发出的方向原点。它是一个场所……所有的位置，进而所有与位置有关的外形都必须通过它才能得到规定。"③身体是各种空间知觉得以酝酿和生发的场所。艾什诺兹的小说则充分调动了身体的五觉，不仅限于听觉、视觉、触觉，还有嗅觉和味觉。下面我们来看作家如何综合运用多种空间知觉来实现对都市空间的感知。

《电光》的主人公格雷高尔对声音极度敏感，而艾什诺兹也不逊于其笔下的小说人物。作家对声音具有相当敏锐的辨识力，用文字再现了一个充

---

① Jérusalem, C., «Sections Urbaines：l'Aller et le Retour, la Nostalgie dans *Au Piano de Jean Echenoz*», www. remue. net, 2022-01-26.

② ［荷兰］米克·巴尔：《叙述学：叙事理论导论》，谭君强译，北京：中国社会科学出版社，1995 年，第 106 页。

③ 转引自方英、王春晖：《空间存在：20 世纪西方文学理论的空间转向》，载《江西社会科学》2016 年第 12 期，第 84 页。

满复合声响的喧嚣的现代世界。"他的小说可以说是为当代声响精选作出了特殊贡献。"①

艾什诺兹小说中纳入的声音或巨大或细微，但凡能够想到的声音在作家的小说中几乎都可以找到。这纷繁复杂的声音大致可以归结为三类：自然界的声音、日常生活的声音以及特殊情境的声音。

作家关于自然界声音的描述通常出现在巴黎以外的其他空间。自然界声音的出场往往具有安静的环境背景，其分贝不高，需要静心聆听才能捕捉，这类声音与平静安宁的生活相联系（或者至少表面上、短时间内如此）。《格林威治子午线》中，拜伦和拉谢尔在孤岛上的一片斜坡地的坡脊上行走，脚下是卵石滚落的声音："由于卵石之间的相互激荡作用，它们形成了一条漫长而杂乱的、噼啪作响的溪流，宛如法语中 R 的没完没了的发音"（《格林威治子午线》，第 1 页）空旷的孤岛背景下，卵石持续滚落碰撞的声响如同字母 R 的发音般绵延不绝。鲁塞尔在车上睡着后醒来，"他听出了乡下的不间断的音响背景：吱吱喳喳的鸟鸣声，树叶的簌簌声，树枝的碰撞声，家畜的叫声，昆虫的低鸣声，它们相互交叉，编织出一首既轻盈又持久的和声联唱曲"（《格林威治子午线》，第 144 页）。双目失明的鲁塞尔由于视觉功能的丧失，听觉变得格外灵敏，周遭任何细微的声响经过他的耳朵过滤后都被成倍放大。柔和的乡间声响烘托了平静安宁的氛围。

与之相比，马来亚夜晚的自然声响更加活泼生动："一些跳跃着的蛤蟆和青蛙在池塘的一隅发出它们粗暴的命令，由金龟子-小提琴乐队的全奏支援着。"（《出征马来亚》，第 316 页。）池塘里的蛙叫虫鸣为马来亚的宁静夜晚增添了跳动的音符，传递出人物焦躁不安的情绪，犹如暴风雨来临之前的宁静，表面看似平静，实则暗流涌动。这一声响环境描写为即将发生的一场有预谋的叛乱作了铺垫。

---

① ［法］让-克洛德·勒布伦：《让·艾什诺兹》，邹琰译，长沙：湖南美术出版社，2004 年，第 4 页。

在勒阿弗尔逗留期间的一天早晨，保尔"在重新睁开眼睛前他听见在下雨，立刻辨别出这是那种连绵雨……白天或晚上，截然不同的雨水在拉上的窗帘的那一头发出的不是同样的声音"(《出征马来亚》，第330页)。人物在静谧的早晨可以分辨出雨水的声音差异。自然界的声响通常在相对安静的环境背景中才能显现出来。如若换成喧闹的都市空间背景，各种尖锐嘈杂的声音交织在一起，毫不费力地将自然声响完全淹没。因此切换到都市声音环境时，小说中就出现了自然声响的缺失，作家将注意力投注到现代都市社会的日常声音。

日常生活的声响在艾什诺兹的小说中占据较大比重。《格林威治子午线》中，作家描写了随着太阳升起、天色渐亮，清晨的日常声响从无到有、由弱渐强的渐变过程：

> 外面的清晨是昏暗的……一片沉重的寂静。……几个小时之后，四邻的孩子们醒来了。他们开始在房间里走动，在发出鼾声的成人的床铺之间走动。渴望重新相聚或者互相排斥的孩子们，以其窃窃私语打破了一些沉寂，而且由于天色亮了，他们嘈杂的细语声越来越大，连同那悄然而至的、四处乱钻的光线一起，穿透窗帘，侵入门庭，包围壁橱，联合镜子一道工作，逐步占领光学上的战略要点，直至发出光芒，变成了绝对需要的时刻；它们促使那些眼皮沉重而脆弱的父亲们起床撒尿，于是发出了一个冬季星期天开始的信号。(《格林威治子午线》，第93页。)

这是冬季星期天清晨再寻常不过的家庭场景。由孩子们的窃窃私语开始，随着天色渐亮，逐渐转变成嘈杂的喧闹声，最终唤醒了大人。日常生活的声响由清晨开始，随着日常活动的展开，更多丰富的声音不断响起，此起彼伏。在鲍勃的家中，"相当安静，如果不考虑到楼上那家的众多成员天一亮这家人就尖刻地相互侮辱，预示很晚才会结束，伴随着日复一日的油煎噼啪声和哗哗冲水声"(《出征马来亚》，第220页)。即便是安静的个人居所空间，也无法阻止相邻空间内日常声响的侵入。厨房的油锅声和卫生间的冲水声是家庭日常生活中永恒的音符。日常生活声响的嘈杂程度之高，甚至会盖过人声。乔治向韦罗妮克讲述费罗档案的故事，"当韦罗妮克开始煎鸡蛋时，他就去冲淋浴了。一张比尔·埃文斯演奏的钢琴唱片在磨损的钻石唱针下大哭大叫，噼啪乱响。肥皂水、热油和破钢琴的这一切声响压过了乔治的嗓音，他在隔帘后面大声讲述着一个故事"（《切罗基》，第 41 页）。磨损的唱针下唱片旋转的刺耳声，与油锅声和淋浴的水流声相互叠加，淹没了人物的话语声。

如果说话语声会被日常声响遮盖，人体的其他声音则更加难以捕捉。这一问题由窃听器这一物品的运用被巧妙地解决了。《湖》中，肖班安放在苍蝇体内的微型窃听器能够监听韦伯在旅馆房间内的一举一动。颇为讽刺的是，如此大费周章的监听行动却没有换来任何有价值的情报，肖班只监听到韦伯进食和休息时发出的无意义的响动："咀嚼，吞咽，偶尔的打嗝，舌头的呱嗒呱嗒声，此外还有一记开关响，或者按照思维的运动而在无意识中吐出来的几个字词……随之而来的，是咖啡时间的寂静，伴随有吮吸的汩汩声，然后，是几分钟消食的寂静，再然后，几下脚步声表明韦伯回到了卧室，这之后，则是午睡的寂静，其间偶尔有几声很响的呼噜。"（《湖》，第 116 页。）带着监听耳机的肖班此时就如同《格林威治子午线》中的盲人杀手鲁塞尔，在视觉功能缺失的情况下，唯有依靠听觉辨别各种细微的响动。

除了住所空间内的日常声响，伴随人物出行的各种交通工具也为日常声响环境的多样性作出了贡献。《切罗基》中的乔治和吉布斯摆脱博克和里佩尔后又抢夺了他们的汽车，"他们那辆汽车的马达声在连接道上弱下去，在高速公路上相同的背景音中消失了"（《切罗基》，第 112 页）。汽车的马达声不绝于耳，融入高速公路上不变的背景音中。保尔在驶往马来亚的远洋货轮上，可以听见窗外"汽笛的高低频率"（《出征马来亚》，第 343 页）。破冰船遇到大浮冰时，发出变化丰富的撞击声响："费雷来到与破冰器只有六十毫米金属相隔的艉柱，近距离地听着撞击的声响：舯楼都在振动，发出奇怪的刮擦声，尖叫声，吼啸声，低沉的回响，多样的摩擦。但是，一旦回到甲板上，他就又只感觉到一阵轻微而持久的碎裂声，像是一块布料在纹丝不动地、安安静静地停在海底的核潜艇上面毫无阻力地被撕裂……"（《我走了》，第 17 页。）随着所处位置距离声源的远近变化，人物可以感受到截然不同的声音效果。

作家在《我走了》中曾提及"我们时代声音响亮的环境"，不仅有"电子游戏的嘀嘀嘟嘟、音乐喇叭的哗哗吧吧、私人广播台的叮叮咚咚"，还有"移动电话的叮叮铃铃"（《我走了》，第 81 页）。这些杂乱而又响亮的声音成为现代日常生活不可或缺的元素，日复一日地冲击着人们的耳朵，现代个体身陷其中，无处可逃，日渐沉默寡言。

艾什诺兹还将一些特殊情境的声音也收录进小说，使得声音记录更加完整，如激烈的战争、地震或者爆炸中产生的巨大声响。以《我们仨》为例。艾什诺兹细致描写了吕西那辆发生故障的梅赛德斯车爆炸时惊天动地的场景："汽车爆炸了，产生一记巨响，那是干涩、简短的一记巨咳，稍带有某种欺骗性，但随即就是金属、玻璃、镀铬材料的千万记欢快的颤抖，螺栓螺钉丁零当啷地滚落，在高速公路上翻跟斗，钢铁的倾盆雨，路过的司机们拼命打动方向盘，纷纷躲避，一脚脚暴踹在踏板上，就像管风琴演奏家那样。"（《我们仨》，第 26-27 页。）丰富的声响使爆炸的场景显得格外生动，将爆炸时的紧张惊险一扫而空，戏剧性地转变为一场华丽的音乐盛宴。

我们发现，上面讲到的三类声音存在一种共性，即皆可与音乐产生关联。这样的例子信手拈来：

例 1　为了演出它们的小型音乐会，这些癞蛤蟆把自己分成三个声部，一部是转瞬即逝的乱嚷嚷，另一部是警笛，第三部是摩尔斯电报机。疯狂的、同声的、一鼓作气的演唱队，摩尔斯电报机和警笛的八度和声，以及发电机的不堪重负的喘息声齐鸣共响，发出了不绝如缕的低音和谐音。在蛤蟆毒合唱队的上方，在一棵雨点般的树的枝杈中，有位长着翅膀的独唱家不时用对位法表演简洁而富有旋律的调子，几下三度音程的爵士打击乐。(《高大的金发女郎》，第 524 页。)

例 2 夜里的这个钟点，任何声响都会被放大十倍，最微弱的碰撞声也能产生一段拨奏，当薇克图娃动手干活时，餐具谱出交响曲，吸尘器演出歌剧……(《一年》，第 40 页。)

例 3 邻近一个房间里有人在打字——有时连奏，响板的强直性痉挛；有时断奏，偶尔重新弄出口号、短促的叠句、锯子的音步划分，祖传获得的节奏标志，几乎同天赋一样深入骨髓。(《出征马来亚》，第 343 页。)

例 4 快到半夜的时候，他(艾米尔)刚刚有点昏昏欲睡，却被突如其来的一声枪响吓了一跳，紧接着，他又听到机关枪再度开始齐鸣。有独奏，有合奏，有应和……(《跑》，第 27 页。)

例 5 在噼里啪啦的呼隆声、震荡声、咆哮声的短暂停歇期，已经升腾起了各种各样激动的呼叫声，恐惧的抱怨与呐喊：没有一个坚固的合唱部分，就不会有安魂曲。(《我们仨》，第 67 页。)

例 1 描写了印度夏夜癞蛤蟆不绝于耳的叫声。格卢瓦尔从中分辨出三个不同的声部。枝头的虫鸣与癞蛤蟆的叫声遥相呼应，共同为静谧的夏夜谱写了一支美妙的小夜曲。例 2 和例 3 将日常声音与音乐联系起来。打扫房间的声响如同交响曲和歌剧。这一关联也减轻了薇克图娃因失眠在夜深人静时的孤独与寂寞。打字声凭借其跳动的节拍和强烈的节奏感，自然而然地展现出音乐的形态。例 4 和例 5 将战争与地震这两个特殊情境的声音描写成一场盛大的音乐演出。阅读文字时，我们关注的不再是枪林弹雨的惊心动魄，转而细细体味这场演奏中的每一个音符、每一下节拍。地震现场各种声响混合交织成的音浪犹如一首安魂曲，地震的轰隆声和建筑的坍塌声中穿插着人们悲痛惊恐的声嘶力竭，这些人声构成了安魂曲中的合唱部分。艾什诺兹成功地发掘了当代声响的音乐特性。

音乐是艾什诺兹小说中的一个至关重要的元素，三部小说《切罗基》

《弹钢琴》和《拉威尔》与音乐直接相关，其对音乐的关注和热爱不言而喻。《切罗基》以乐曲命名；《弹钢琴》的主人公马克斯是一名音乐家，奔波于大大小小的音乐演出；《拉威尔》则直接选取法国音乐家莫里斯·拉威尔作为主人公，讲述其生命中的最后十年。当然，关于音乐的描写并不仅限于这三部小说，音乐元素贯穿作家的小说作品。音乐声出现在嘈杂的舞厅，出现在除夕夜的新年聚会，从收音机中飘出，或是从唱片中传出，共同构成了艾什诺兹小说的音乐背景。作家在引入音乐作品时，常常对曲作者和乐曲名详尽介绍，加之曲目数量众多，从而"造成了线性叙述的轻微断裂"①。偏移的效果由此产生。读者在阅读时的不断偏移正好暗合人物在行动中不断偏移和绕弯的状态，读者伴随人物一起在现代都市空间内跟跄前行。

在各种音乐形式中，艾什诺兹对爵士乐情有独钟，并在多次访谈中谈及爵士乐。爵士乐在19世纪末诞生于美国的黑人群体当中，是集体创作和共同交流的一种特殊方式，被看作20世纪音乐界的一大发现。爵士乐产生于历史文化的碰撞，是当今时代声响环境的一大特色。《切罗基》中的乔治是一个唱片收藏者，收集了大量爵士乐唱片。在小说结尾处，爵士乐也贯穿骚乱的全过程："收音机里传出一个轻松的嗓音，告诉大家刚才听的是凯尼·德鲁，下面要听的是弗雷迪·雷德。没有什么事：光线主义者们互相鼓励着，又开始有节奏地高呼他们的口号，撞击锁上的门，无情地盖住了《吉姆·邓恩的困境》最初的几个和弦。……又是一片短暂的寂静，可以听到壁橱里的插门声，还可以听到一点索尼·克拉克的乐曲，声音非常微弱，因为收音机和所有人一样在最惊恐的时刻平摔在地上。在几秒钟的时间里，大家都听着音乐。……这些人仍然留在这里，但无话可说，好像他们终于真的听洛·利维现在演奏的这支忧伤的曲子了。"（《切罗基》，第200-202页。）爵士乐曲成为这场骚乱的润滑剂，紧张的气氛和流血冲突的暴力场景都消解于其中，产生一种间离效果。骚乱结束后乔治的内心话语

---

① Jérusalem C., *Jean Echenoz: Géographies du Vide*, Saint-Etienne: Publications de l'Université de Saint-Etienne, 2005, p. 106.

将间离效果推向极致："这个节目大概是专门介绍巴德·鲍威尔的那些继承者的。节目做得不坏，乔治想，尽管他们不应该忽略沃尔特·戴维斯。"（《切罗基》，第 202 页）由始至终，乔治都对眼前的惊心动魄漠不关心、只字不提，注意力都集中在收音机内的爵士乐节目，并适时地进行思考和点评。这样的处理大大弱化了这一骚乱场面的真实性，并且"这种情节的处理方式十分类似爵士乐特有的 ragging 演奏方式，即是指为了选择音符切进或强调重音而抢拍、拖拍的手法，它把本不切分的音型进行切分处理来造成散碎、摇摆的效果"①。这种摇摆效果打破了传统的叙事节奏，将叙事与音乐完美结合。

爵士乐的大量引入还有另一层含义。"爵士乐是被压抑的底层之音，是黑人沉重的呼吸"，是"在生存的压力下对物质的无奈"。② 爵士乐传递的是被压抑的个体内心的呐喊，满含对现状的不满与无奈。这种音乐形式也包含了现代个体对现状的无奈和对未来的彷徨。爵士乐是流淌于内心深处的乐音。

"斯托克豪森曾说：'以往被归为噪音的声响，现在正被补充进我们的音乐世界……利用一切声响的音乐才是今天的音乐、太空时代的音乐。声响的运动、方向及速度都被算做作曲的要素，这样做的目标是重新为已知的声响世界带来新鲜的活力，为我们的时代找出更多的意义。'"③任何声音经过再加工都可以被纳入现今音乐的范畴，包括噪音。而艾什诺兹正是通过文字将所有声音都转化为乐音，共同组成记录这一时代声响环境的一曲宏大乐章，一部代表现今时代的声响精品集。

当然，除了将现代都市空间的声音直接收入小说，艾什诺兹还通过字词的选用进一步调动读者的听觉，获得更加丰富的声音感知。作家对字词的选择经过反复斟酌，意思符合还不够，"还要在另一方面相符合……在

---

① 安蔚：《爵士乐与让·艾什诺兹的小说创作》，载《欧美文学论丛》2012 年 00 期，第 94 页。
② 李爵士：《爵士派》，北京：中国人民大学出版社，2004 年，"序"第 3 页。
③ 李爵士：《爵士派》，北京：中国人民大学出版社，2004 年，"序"第 55 页。

形式质地上，音质上，响亮程度上……作为字词的一种质地，一种形式上的特殊魅力，超越于意义本身"①。这尤其表现在部分人物姓名的奇特发音上，例如《切罗基》中的克罗克尼昂（Crocognan）、《高大的金发女郎》中的兹比格尼于（Zbigniew）、《我走了》中的拉基普泰科·弗拉克纳兹（Rajputek Fracnatz）等。这些奇特发音的名字造成的诙谐效果是显而易见的。还有《跑》的主人公艾米尔的名字，作家在小说中对其有一番评论："扎托佩克这个姓本来什么都不是，只不过是个可笑的姓氏而已，现在却开始以三个移动而机械的音节响彻全球……词末的 K 强化出传动杆或者是阀门的撞击声，开头的 Z 转瞬即逝：它发出 zzz 的声音，而且一滑而过，好像这个辅音就是个发令员。此外，这部机器由一个行云流水般的名字负责润滑：艾米尔油壶就是扎托佩克发动机的附带品。"（《跑》，第 85-86 页。）扎托佩克这一姓名的选用别有一番用意，不再停留于发音的响亮和奇特，而进一步与人物的职业和机械般永不枯竭的身体特质相关联，特殊的姓氏也如同发动机遇到润滑油一般在艾米尔这一再普通不过的名字的衬托下变得协调了。

艾什诺兹在《我走了》中写到费雷的北极之行时，有一处颇有意思的描写，巧妙地将原本只能通过听觉捕捉的声音具象化。"话语一旦从口中传出，响得实在也太短暂了，很快就凝固住了：由于它们在空气中一瞬间里就被冻僵了，你只消随后伸出一只手去，就可以让词语零散地从空中落下，词语慢慢地融化在你的手指头上，然后呢呢喃喃地消失。"（《我走了》，第 50 页。）在寒冷空气的作用下，话语一出口就凝结成冰，而后落在指尖慢慢融化，在呢喃中消失无踪。听觉感知的话语声在此处神奇地转化为视觉可感之物，并通过在指尖的融化消失实现触觉的联动，甚是精妙。

在艾什诺兹的小说作品中，与声音元素交替出现的，是无声的寂静状态。作家在《格林威治子午线》中描述了这种寂静：

---

① 出自艾什诺兹与布雷阿尔出版社的访谈《在作家的工作室中——与让·艾什诺兹的谈话》，收录于《我走了》中译本，第 256 页。

在这些声音当中，还不时地有一段沉寂，其实在这种环境之下，寂静也是一种声音形态。在农村里，这些寂静是各有特色的，它们当中的每一种寂静，都出现于特殊的声音之间。这些特殊的声音不但决定了某种寂静的长短，而且也决定了它的特殊韵味，它的密度，它的风格。（《格林威治子午线》，第144页。）

艾什诺兹认为，寂静也是一种特殊的声音形态。寂静前后的声音的多样性和特殊性也决定了每一种寂静的不同特色和意味。不同声音环境中长短不同的各种寂静有其各自的"特殊韵味""密度"和"风格"。

艾什诺兹的小说人物泰半置身于响亮的声响环境中，即便偶尔身处寂静之中，也不会持续太久，旋即又从短暂得恍如幻觉般的寂静中走出，再度陷入声音的包围。《出征马来亚》中，布斯特洛菲东号远洋货轮上的水手在对轮船故障进行维修时，轮船停在一望无际的宽阔海面上，"一片空荡荡的蓝天压在一片空荡荡的蓝海上"（《出征马来亚》，第319-320页）。读者还未来得及细细品味这海天一色的片刻宁静，声音又再度响起："马达停着，工具的撞击刺破了宁静同时升上了机房，被卡塔赫纳的粗话润色着。"（《出征马来亚》，第320页。）置身于宽阔的海面上，人物依然无法感受宁静，一再受到修理轮船的工具声和他人话语声的干扰。《我走了》中的北极也一改与世隔绝、寂静安宁的刻板形象，受到现代世界声音的侵扰："一个发电机组安置在露天，为录像机提供着电源，发出噼噼啪啪的声音，打破了寂静。"（《我走了》，第89页。）在冰天雪地的镭锭港，现代工具的使用为此地带来了千百年来从未出现过的来自远方文明世界的声音。北极地区的海面上也无法保持寂静。破冰船在海面行驶时，"没有一丝风，没有一艘船，很快，甚至连一只鸟儿都没有，不带来些许的动作，任何的声音。……一时间万籁俱寂，一直要到遇到大浮冰为止"（《我走了》，第20-21页）。破冰船犹如擅自闯入圣洁之地的不速之客，大浮冰与之相撞发出的巨大声响就如同发出不满和抗议的信号。

在艾什诺兹的作品中，相邻空间的并置可以实现寂静与喧闹的并存。

《我走了》中，欧特伊墓地的两面是破旧的公寓楼，"透过这些楼房的窗户，各种各样的声响碎片像披巾一样飞扬着落下，掉在寂静的墓地中，厨房的嘈杂声，浴室的冲水声，无线电中的欢呼声，孩子们的争吵与叫喊声"（《我走了》，第70页）。墓地的寂静与邻近公寓楼内的喧闹形成鲜明对比，并相互映衬，日常生活的喧闹声显得越发嘈杂。

"耳朵听着和分辨着视阈之外的声音，在空间中给它们定位。……在寂静（生命的悬置）和声音（生命的活动）之间拉开戏剧的帷幕……"[①]喧闹与寂静在小说中更多的是交替出现，这有其特定用意。寂静状态下的沉默"是一种具有积极意义的美学手段，通常成为表现死亡、缺席、危险、严重、不安和孤独的象征，沉默能发挥更大的戏剧作用。它比喧闹和嘈杂的声音更能有力地渲染某段时间内的戏剧紧张性"[②]。这是调节戏剧张力的有效手段。《一年》中的薇克图娃由于热拉尔连续两天没有露面而忐忑不安。失眠的女主人公深夜起床清扫房子，弄出许多声响，接着发现橱内的一大笔现金不翼而飞。"那一刻，家的嘈杂让位于一种更为喧嚣的沉寂。"（《一年》，第42页。）艾什诺兹运用矛盾修饰法，用"tumultueux"（"喧嚣的"）一词来修饰寂静，更能渲染人物此刻复杂的内心活动：震惊、空白、疑惑、不安、慌乱，各种情绪交织在一起，理不出任何头绪。

《格林威治子午线》中，孤岛上的激战过后亦是一片寂静："宫殿的二层楼上，噼噼啪啪的机枪声达到了顶点，到了不可逾越的连续击发阶段，而紧随其后的，只能是沉寂。事实就是如此。骤然，一切都停息了。一片真正的沉寂。"（《格林威治子午线》，第239页。）纷乱的喧闹过后，是完全的、彻底的寂静。这也让紧绷的情节弦线有所松动，短暂的沉寂之后，又将迎来比枪战更为巨大的声响：整座宫殿在震耳欲聋的爆炸声中化为废墟。《切罗基》里有里佩尔在混乱中被击毙后的寂静。《我们仨》中，汽车爆

---

① ［美］詹姆斯·费伦、彼得·J. 拉比诺维茨主编：《当代叙事理论指南》，申丹等译，北京：北京大学出版社，2007年9月，第450页。

② 周月亮、韩骏伟：《电影现象学》，北京：北京广播学院出版社，2003年，第85页。

炸和马赛大地震之后都出现了短时间的寂静。短短几秒的山崩地裂犹如噩梦一般，地震后的寂静是"一派宵禁和停火的迟钝寂静"，是"沉重的、化学的、手术后的、比一个星期日还更糟的安宁"（《我们仨》，第76页）。作家将这种寂静与令人难以忍受的星期天的寂静相比较，更加凸显了地震后寂静的可怖。

在艾什诺兹的作品中，寂静状态只能短暂维持，很快就会被及时出现的各种声音打破。喧闹过后，又会出现一阵寂静，继而寂静又再度被打破。声音和寂静如此频繁的循环交替令人头晕目眩、应接不暇。艾什诺兹正是通过这种方式再现了这个时代响亮丰富的声音环境。

在空间呈现的多模态知觉中，与听觉并重的是视觉感知的运用。而在视觉感知方面，令人印象最深的则是符码化的画面色彩处理。[①]

色彩是一种重要的艺术表现手段，在各种艺术形式中得到广泛应用。艾什诺兹通过画面色彩的精心处理，构建出充满魅力的小说影像。"色彩是对人物的情绪、意愿等心理空间的拓展，是表意性的，主要是起指代和象征的作用。"[②]色彩是由于投射到物体上的白光在反射或折射的过程中受到不同程度的损耗而产生的各种视觉效果。"正如我们所看到的，艾什诺兹的小说空间常常缺少深度：它具有画面的平面性特征。相反，立体感的缺失似乎通过色彩重要性的加强得到补偿。"[③]色彩在艾什诺兹的小说影像中发挥了重要的作用。我们分别从白色和黑色的明暗对应、蓝色和红色的冷暖对比、缤纷色彩的多元叠加三方面逐一考察，探究作家在呈现人与周围环境的应和、人与社会地位的应和以及人的情绪、性格刻画等方面所做的符码化色彩处理。

[①]　符码化的画面色彩处理这部分内容出自笔者发表的论文《让·艾什诺兹小说中的影像世界》，载《外国文学研究》2014年第1期，第106-109页。

[②]　周月亮、韩骏伟：《电影现象学》，北京：北京广播学院出版社，2003年，第78页。

[③]　Jérusalem C., *Jean Echenoz : Géographies du Vide*, Saint-Etienne：Publications de l'Université de Saint-Etienne, 2005, p. 108.

　　首先考察色彩的两种端点颜色：白色和黑色。"色彩中最强烈的明暗对比就是白色和黑色的对比。"①艾什诺兹选择黑白色作为某些小说或某个情节的主色调，进行了特殊的艺术处理，使人物形象的呈现与所处环境的描写实现色彩上的应和。"黑白影像与人的某种回忆、梦魇、恐怖等心理经验相契合……反而提供想象力驰骋的大空间。"②回忆常常通过黑白画面展现，如《湖》中提到的苏茜的童年就采用了这种表现手法，那是"一个黑白的和重叠的小小回忆"(《湖》，第21页)。

　　除了部分采取黑白处理的一些情节，作家还对某些小说进行了整体色调的黑白处理，如《一年》《我走了》《弹钢琴》和《拉威尔》等。其中，以《我走了》的黑白影像最为典型，该小说从整体上看是以黑白为主的灰暗色调。人物的衣着大多是黑色或近似的颜色。费雷的衣橱内挂满了深色西服和白色衬衫；索妮娅身着黑色外套和奶油色衬衫；埃莱娜每次都以不同的服饰出现，不过都避开了鲜亮的颜色，或是黑色衣裙，或是白色衬衫搭配白色牛仔裤，偶尔也会出现冷色调的蓝色外衣。小说人物身处的环境内也出现了大量的黑白色。白色既象征虚空(缺乏立体感的人物和地点的虚空)，同时也象征充盈(如同白色的巨大屏幕，可以呈现出大量的细节)。③ 作品中最显眼的大面积的白色主要出现在冰雪覆盖的北极地区，一眼望去几乎全是白色，白色到达极限就是北极圈内的极昼。夏季太阳终日不落，人们有很长一段时间完全陷入白色的包围中。不过，白色的环境并不仅限于北极地区，回到法国后，人物依然身处一片白色当中。费雷回到巴黎后心脏病突发，所住的病房内仍旧是一片白色："当他睁开眼睛时，首先映入他眼眶的，是他周围的一片白色……除了白色，就只有远处的一点点翠绿，那是从窗户的方框框中映现出的一段树木。床单、盖被、房间的四壁，还有

　　① 梁明、李力：《电影色彩学》，北京：北京大学出版社，2008年，第148页。

　　② 周月亮、韩骏伟：《电影现象学》，北京：北京广播学院出版社，2003年，第79页。

　　③ Voir Glaudes, P. & Helmut Meter (éds), *Le Sens de l'Evénement dans la Littérature Française des XIXe et XXe Siècles*, Bern：Editions Scientifiques Internationales, 2008, p. 294.

天空，都是一样的白色。"(《我走了》，第 148 页。)除了窗外象征着新生的一抹绿色，巴黎的病房和北极一样都呈现出一片白色。

与白色相对的黑色是对光线的全部否定，通常象征邪恶、阴暗和死亡等消极事物。黑色和白色既相互对立，又相互依存，二者常常同时出现。在北极的黑夜，从破冰船上看不到实质性的景物，"什么都没有，惟有隐在黑色中的无穷的白，那么少的东西，有时候竟是太多"(《我走了》，第 33 页)。无穷的白色隐藏在黑夜中，二者完全融为一体。瘾君子鲽鱼冻死在白色的小型冷藏卡车中，冷藏车有着白色的外壳，并且设定为零下 18 度的冷冻车厢内结满了冰霜，犹如北极大浮冰的白色，而冻死在内的鲽鱼就因其对毒品的依赖和边缘化的生活而象征着阴暗、被动和死亡。黑色和白色的同时出现可以形成强烈的反差效果，具有更加震撼的表现力。

"最黑色和最白色都只有一种，然而无穷数量的深浅灰色在白色和黑色之间构成一个连续的色阶。中性灰色是一种无特点的平淡的无彩色……"①在黑白色调的小说中，深浅不一的灰色也占据了一定比重，同样适于表现阴郁的小说氛围。《一年》的开头宣告了菲利克斯的死亡和薇克图娃逃亡生涯的开始，作家设置了符合小说阴沉氛围的背景环境。在天寒地冻的天气里，火车站呈现出灰暗的色调："站台那锃亮的黑灰色、混凝土的原铁色和快车金属车厢的珠灰色使得它们的使用者在一种停尸房的氛围中石化、僵硬。"(《一年》，第 7-8 页。)开头描写的车站画面就为整部小说定下了灰暗的基调。

《格林威治子午线》中的拉丰和《我走了》中的本加特内尔这两个人物均与灰色密切相关。艾什诺兹描写了身形高大的拉丰的衣着："他总是穿着那件巨大的灰色西服，简直就像马戏团的一顶灰暗的帐篷，仿佛在炼狱里有这种情形。"(《格林威治子午线》，第 88 页。)当拉丰被乱枪击毙后，作家又描写了他的眼睛："这个巨人的眼睛像空地一样空旷，其土灰色的色调

---

① 梁明、李力：《电影色彩学》，北京：北京大学出版社，2008 年，第 148 页。

和那空地的色调何其相似啊!"(《格林威治子午线》，第89页。)拉丰始终穿着灰色的西服，令人联想到炼狱，而眼睛和地面的颜色融为一体，都是晦暗的土灰色，且同样那么空旷虚无。人物整体表现出的灰色调预示了人物前途和命运的黯淡。本加特内尔也是一身灰色装扮："穿着一套灰黑色的毛料套装，上装是双排钮扣的，一件深灰色衬衫，一条铁灰色领带。尽管历法上的夏天刚刚来到，天空倒是跟这一身打扮十分相配……"(《我走了》，第79页)拉丰的外表与地面的颜色相似，本加特内尔的外表则与天空的颜色相配，都显现出昏暗的灰色。克里斯汀·耶卢萨兰指出，灰色是一种福楼拜式的颜色，在《包法利夫人》中被看作代表如鼠妇般深居简出的生活方式的一种颜色，灰色似乎概括了本加特内尔的平庸生活。[1] 本加特内尔一直独来独往，竭力避免与他人的接触，生活单调乏味，连叙述者都无法忍受了："就我个人而言，我已经开始对本加特内尔的生活有些厌倦了。他的日常生活也着实太枯燥乏味了。"(《我走了》，第173页。)无特点的平淡的灰色恰好可以体现其平淡乏味、没有波澜的生活。

作家运用白色、黑色以及介于其间的无数深浅灰色构建画面的明暗对应，实现人物形象与周围环境的黑白色彩应和，借此意指小说人物虚空消极、平庸乏味的生活状态。

艾什诺兹在小说作品中还注意了一组冷暖色的运用，即红色和蓝色。根据生理学试验的研究结果，"单纯的红色光线令人情绪异常激动"，"红色的感情效应极强，富于刺激性"。[2] 红色令人直接联想到火焰和鲜血，可以产生热情、活力、恐怖、危险等多种不同的感情效应。"色彩既有客观性，又有主观性。由于具体情景的不同，主观情绪、主观体验的变化，同一色彩现象具有了不同的意向特性和审美意蕴。"[3]在艾什诺兹的作品中，

① Jérusalem C., *Jean Echenoz: Géographies du Vide*, Saint-Etienne: Publications de l'Université de Saint-Etienne, 2005, pp. 111-112.

② 梁明、李力：《电影色彩学》，北京：北京大学出版社，2008年，第103页。

③ 周月亮、韩骏伟：《电影现象学》，北京：北京广播学院出版社，2003年，第81页。

不同场景内的红色也会传达不同的含义。《湖》的开头，维托为电话那头的女性构想的外形是嘴唇红艳的金发女郎，嘴唇的红色象征了金发女郎给人的传统印象：美丽、热情、活力十足。而肖班在电梯内则看到了有人在墙上用大大的红色字母写下了"纳塞拉我爱你"的字样。这句表白爱意的话语用红色字母写成，红色则象征了炽热的爱情。而与此同时，红色也是"边缘性的恒定特征"①。《出征马来亚》中的夏尔在成为四处流浪的无家可归者后，"他变成了棕发的人，短短的，密密的，配着红而粗糙的皮肤，红而粗的脖子，红色和白色的粗大的手指节"（《出征马来亚》，第 226 页）。红色和粗糙成为夏尔外表的两大特征，这是艰难的流浪生活在他身上引起的变化。红色作为表示危险的警示信号，也象征了夏尔在社会中所处的边缘位置。

作为典型的冷色调，蓝色会让人联想到天空、海洋和湖水，能够产生宁静、深远、哀伤、忧郁等情感反应。《切罗基》中，修道院里的少女埃弗莉娜因犯错误被修女训斥，她"穿着宝蓝色制服"，窗外"可以隐隐约约看见远处平坦的大海和海滨"，阳光透过一块菱形玻璃，"给她那苍白的、点缀着粉刺的脸涂上了一层蓝色"（《切罗基》，第 129 页）。画面主体呈现蓝色的冷色调，契合埃弗莉娜此刻忧郁、难受的心情。薇克图娃搭便车时碰到的那个保险经纪人身着"一套石油蓝色套装、一件带条纹的天蓝色衬衫"（《一年》，第 61 页）。《切罗基》中的商人弗雷德穿着"一件普蓝色马裤呢上衣"，佩戴"一条夜蓝色丝领带"（《切罗基》，第 23 页）。"金钱、物质利益、保险的世界是一个天蓝色的世界。"②具有寒冷和冷酷含义的各种蓝色系颜色也暗示了金钱世界的唯利是图、利益至上、毫无人情味可言的冷酷法则。蓝色也是小说《湖》的整体色调，其中出现了各种存在细微差别的蓝色："肖班海蓝色的风雨衣与其他几种蓝色形成对照：费尔南德兹的宪兵

---

① Jérusalem C., *Jean Echenoz*：*Géographies du Vide*，Saint-Etienne：Publications de l'Université de Saint-Etienne，2005，p. 110.

② Jérusalem C., *Jean Echenoz*：*Géographies du Vide*，Saint-Etienne：Publications de l'Université de Saint-Etienne，2005，p. 110.

蓝上衣，塞克上校的夜蓝色衣服，韦伯的国王蓝领带和长裤，贝尔孙斯大夫的油蓝色上装和海蓝色蝴蝶结。"①还有不少蓝色物品：韦伯的夜蓝色欧宝车，吉姆的蓝色羊毛袜，天蓝底色的塑料便桶……这些深浅不一的蓝色与小说的标题《湖》相映衬，遵循了小说的整体色调。蓝色创造了深远的空间感，给人留下幽深、神秘的印象，符合作家借用的间谍题材的小说形式应当具有的神秘氛围。

当暖色调的红色和冷色调的蓝色并置时，可以产生独特的视觉艺术效果。在小说《我们仨》中，作家描写了一起交通事故现场的丰富颜色："灰白色的救护车，鲜红色的清障车，皇家蓝的宪兵军车。"（《我们仨》，第 18 页。）在灰色的路面和灰白色的救护车构成的近乎无色的灰色背景下，清障车的鲜红色和宪兵军车的皇家蓝显得格外醒目。冷暖色同时出现并相互映衬，可以引起两种截然相反的情感反应，形成强烈的视觉冲突，从而使对方的色彩更加鲜明。与此同时，灰暗的背景和红蓝车辆的醒目颜色对比强烈，造成视觉上的活跃和跳动的感觉，颜色的选择恰到好处。作家借用画面色彩的跳动感构建出交通事故现场救援时的忙乱景象。

艾什诺兹运用红色和蓝色的冷暖对比，呈现人物情绪及社会地位的强烈反差。红色象征着热情、活力和边缘化的社会处境。蓝色则意指忧郁低落的情绪及现实金钱世界唯利是图的冷酷。此外，作家也巧妙地借助冷暖色并置造成的强烈视觉反差，营造画面的动态感，让读者在阅读文字时感受到涌入眼帘的动态场景，获得深刻的视觉印象。

有时，艾什诺兹又会为小说的某些画面绘上眼花缭乱的缤纷色彩。《我走了》中的北极小镇镭锭港就呈现为一幅五光十色的画卷，"二十来栋小小的房屋，色彩悦目……漆成黄颜色的门诊所，绿色的邮政所，红色的超级市场，还有门前停着一排排车子的蓝色的修车场"（《我走了》，第 88-

---

① Schoots F., «Passer en Douce à la Douane»: *L'Ecriture Minimaliste de Minuit*: *Deville*, *Echenoz*, *Redonnet et Toussaint*, Amsterdam/Atlanta: Rodopi, 1997, p. 207.

89 页）。那是一片遥远、神秘的天地，人们对那里充满了好奇和向往。五颜六色的房屋在冰天雪地的一片白色中显得格外醒目，其色彩之浓烈让人不禁联想到荧幕上卡通片中的景象。作者借助画面的绚烂色彩构建了那个世外桃源般的北极小镇。

《高大的金发女郎》中，格卢瓦尔在隐姓埋名的那段日子里一直竭力掩饰自己的真实面貌。她往脸上堆积尽可能多的颜色让装扮显得粗俗不堪："苹果绿眼皮，睫毛上两道紫色眼线，脸蛋上涂着两块圆圆的陶土色脂粉，石榴红唇膏超出了嘴唇的疆域。"（《高大的金发女郎》，第 441 页）服饰颜色的搭配也十分杂乱："一件杂色毛衣，上面有白色晶体和绿色黄色以及浅紫色小熊图案，下面套上一条厚厚的灯笼式海蓝色运动裤。"（《高大的金发女郎》，第 466 页。）全身上下活脱脱一幅水彩画作品。

《切罗基》中的大块头克罗克尼昂的衣服颜色同样丰富多变，他时而身穿"一件手织的红黄条纹套头毛衣"（《切罗基》，第 11 页），时而"头戴一顶晃来晃去像烘饼一样的软帽，穿着群青色套头毛衣和磷绿色短裤"（《切罗基》，第 46 页）。在他对自己的形象进行了一番改造过后，依旧不太成功："他没有帽子了，但他对鲜艳色彩的偏爱却依然如故：鲑肉色圆领衬衫、带有电蓝色波纹闪光的深蓝色上衣、用帐篷漆布裁剪的裤子和淡红色短袜……"（《切罗基》，第 140 页。）这个大力士仿佛是从荧屏上走出来的卡通人物。艾什诺兹在小说中也使其他一些动物拥有与该人物形象相同的丰富色彩。斯皮尔沃格博士养的一只鹦鹉"嘴是橙黄色的，头是鸭蓝色的，上面有血红的眼睛，脖子是浅绿色，脖子的顶端是翠绿色，喉咙是柠檬色，肚皮是酒渣色，翅膀是玫瑰色，带有紫罗兰色的条纹，海蓝色的反光沿着这些条纹渐渐变为鸽灰色"；克罗克尼昂走过草地时，脚下"飞起一群群蚱蜢，有的碧蓝，有的鲜红，还有一些果绿色的大蝗虫"。（《切罗基》，第 35 页、第 175 页。）纷乱的色彩让人目不暇接，这些动物与克罗克尼昂都能产生同样的视觉效果。这让读者感觉到，力大无比的克罗克尼昂就像一只与其他动物一样色彩丰富的巨形动物。

克里斯汀·耶卢萨兰将艾什诺兹作品画面的丰富色彩与希区柯克①的作品联系起来。希区柯克的独特之处在于，他摒弃了传统犯罪电影惯用的黑白主色调的画面，除了黑色和白色之外，还别出心裁地运用了大量的色彩来表现悬疑和犯罪场景或人物。艾什诺兹也借用了同样的手法。② 当然，我们也可以借助小说内的一句话语来理解作家对人物形象进行彩色处理的意图。作家在《切罗基》中曾对另一个人物吉布斯作了如下评论："他衣服上那些鲜艳的色彩和他变化无常的身体上那些糟糕的品质，使他在一段时间里看上去就像一个患性格障碍症的儿童，一张患性格障碍症的儿童画的图画。"(《切罗基》，第 102 页。)鲜艳的色彩与性格的障碍之间建立了联系。克罗克尼昂是一个神情呆滞、动作迟缓但又力大无比的大力士，身上仍旧残留着野蛮人的气息，看上去与这个社会格格不入。而格卢瓦尔总是生活在自己的世界中，患有妄想症和狂躁症，长久以来一直无法控制自己将别人推入深渊的可怕欲望。性格障碍是艾什诺兹小说人物共同面临的问题，他们都存在一定的性格缺陷，孤独封闭，无法与他人顺利地交流。画面的鲜艳色彩辅助展现了人物的性格问题。

作家通过缤纷色彩的多元叠加，构建出卡通画面般绚烂的世外桃源，突出其与人物所处的现实黑白世界的迥异。更重要的是，多元色彩的运用指涉了作家笔下人物普遍存在的性格障碍问题，使人物的内在性格得到外化呈现。

艾什诺兹对丰富的色彩进行精心的艺术处理用以展现小说画面，给人留下深刻的视觉印象。当然，除了充分调动听觉和视觉之外，艾什诺兹的小说也将触觉、味觉、嗅觉描写一并融入空间感知，例如《弹钢琴》中马克斯遇刺身亡时的身体触觉，《我走了》中费雷心脏病发时口腔中涌上来的酸溜溜的金属味和干辣辣的灰尘味等味觉感知，《格林威治子午线》中的盲人

---

①　希区柯克(Alfred Joseph Hitchcock, 1899—1980)，英国著名导演，以悬念电影著称，代表作品有《三十九级台阶》《火车上的陌生人》《精神分析》等。

②　Voir Jérusalem C., *Jean Echenoz: Géographies du Vide*, Saint-Etienne: Publications de l'Université de Saint-Etienne, 2005, p. 110.

杀手鲁塞尔建立在气味基础上的地理划分知识等。而且这种知觉可以进一步被赋予更深层次的社会和阶层含义。《高大的金发女郎》中，格卢瓦尔和拉谢尔在孟买街头漫无目的地闲逛时，通过嗅觉感知认识这座城市：这是一种浓稠的气味，其来源复杂多样：以蜜饯、乳香、香精油、水果、花卉、糕点等甜腻的气味为主，混杂着香烟、樟脑、沥青、灰尘、腐烂物、泄漏的煤气和排泄物等多种气味，让人在嗅觉中构想城市空间。这当中还混有一种特殊的气味让人物痴迷——火葬场内燃烧的尸体气味。每经过一处火化点，格卢瓦尔和拉谢尔都会徘徊逗留许久。乍一听骇人听闻，继续往下读便能知晓个中缘由："这种气味因死者的社会地位以及堆放在他们身体上下使他们化为灰烬的劈柴的等级不同而呈现出微妙的差异。有钱人用的是檀香木或香蕉树，平民百姓用的则是芒果树。"(《高大的金发女郎》，第518页)社会地位和阶级差异由生前延续至死后，焚烧尸体选用的木柴也因此而有所差别，这种差别通过木柴燃烧的气味差异得以体现，因而嗅觉感知也能成为传递社会和阶层符号所指的载体。

艾什诺兹通过多重感官的融合来接收并传递空间信息，构建和定义文学空间，通过多模态感官叠加并用的互动联觉实现对文学都市空间的认知。

艾什诺兹的小说以地理空间为核心要素，描绘了失重和静止的时间状态交替下空间的变换，空间呈现出流动性和同质性特征，在多层次的感官联觉中，都市空间的文学形象得以构建并逐渐清晰。身处其中，现代个体呈现出多种病态化表征。

第四章 都市个体的病态化表征[①]

艾什诺兹笔下的小说人物涵盖了社会各个阶层和不同领域，上至政府要员，下至街头流浪者，职业涉及翻译、电影明星、商人、科学家、音乐家、运动员等，还有更多普通职业者、无固定职业者和无业者。尽管背景千差万别，但这些人物在性格、行为等诸多方面体现出趋同性，均被内心的压抑和虚空缠扰，渴望摆脱现状，体验全新的生活。现代个体的都市生活表面便捷安逸，实则是"笼罩着物质之光的虚假乌托邦"[②]，只有细节的无限堆积，缺乏心灵的体验，个体身陷其中，与其他个体相区别的异质性被抹杀。在精神荒芜的困境中，现代个体表现出相仿的都市病症。

第一节 都市个体的去个性化

艾什诺兹的小说塑造的是现代西方社会的普通人形象，街头巷尾随处可见。虽然有几部小说以名人作为主人公，但作家并未着重叙述他们的辉煌成就或是渲染人物的传奇色彩，而是采取解神话处理，着力还原人物平凡普通的真实一面。艾什诺兹对完美的英雄形象毫无兴趣，相反，他乐于呈现人物的缺陷，诉说人物的烦忧。拉威尔在经济上不宽裕，不善言辞，脾气稍显古怪，情感经历几近空白，且常年被严重的失眠问题困扰。艾米

---

① 本章节的部分内容以论文形式发表：戴秋霞：《让·艾什诺兹小说中的都市群像与生存追问》，载《法语国家与地区研究》2021年第1期，第53-62页。

② 刘春芳：《〈星期六〉中的当代都市文化逻辑》，载《外国文学》2016年第6期，第148页。

尔凭借惊人的速度名震国际体坛，却因为捷克国内的高压政治最终销声匿
迹。以特斯拉为原型的发明天才格雷高尔孑然一身，孤僻的性格近乎执
拗。他们都符合艾什诺兹小说人物的典型形象。

　　人物大多是独身一人，孤独是艾什诺兹小说的特质空气。这种孤独无
助感在一定程度上源于生活中经历的各种挫败。

　　小说人物在生活、事业和性格等各方面都体会到深深的挫败感。人物
时刻面临失去的痛苦。《出征马来亚》中的保尔被伊莉莎白抛弃；《湖》中的
苏茜遭遇丈夫的人间蒸发，六年时间音讯全无；《高大的金发女郎》中的格
卢瓦尔在成名不久就卷入一场命案，随后身陷牢狱，匆匆告别璀璨的演艺
生涯；《格林威治子午线》中的保罗、《一年》中的薇克图娃、《弹钢琴》中
的马克斯和《跑》中的艾米尔都因各种原因受到操控和约束，失去了对生活
和道路的自主选择权。更有甚者，"人物也可以失去他从未拥有过的事
物"[1]。《弹钢琴》中，马克斯苦寻多年的罗丝，在小说结尾终于现身，而
马克斯却又不得不眼看着她在视线中消失。艾什诺兹的小说人物无时无刻
不在承受失去和被遗弃的痛苦与无奈，以至于从太空凝望地球时，"这行
星像是一种被抛弃的样子"(《我们仨》，第 189 页)。

　　小说人物的事业也面临诸多问题，如《一年》中的薇克图娃做过的几份
工作都不长久，合约到期后均未能续约。她在逃亡之前总是心不在焉地找
工作，"与其说寻找倒不如说是坐等机会"(《一年》，第 20 页)，在经济上
主要依赖菲利克斯。人物普遍缺少自身应具备的职业品质，行为表现极不
专业。《切罗基》中的吉尔维内克和克雷米厄在驾车执行任务时迷了路，
"沦落到向一个穿制服的同事问路的地步"(《切罗基》，第 84 页)。《湖》
中，塞克上校让肖班看住韦伯，后者身上却没有携带枪支，上校恼怒地质
问："你还是职业侦探不是？"(《湖》，第 169 页。)在作家的笔下，"平庸的

---

　　① Dangy I., «Orphée *Au piano*：Rien N'égale sa Douleur», voir Jérusalem C. et Jean-Bernard Vray (sous la direction de), *Jean Echenoz*：«une Tentative Modeste de Description du Monde», Saint-Etienne：Publications de l'Université de Saint-Etienne, coll. «Lire au présent», 2006, p. 87.

调查者"有着"惊人的不专心的能力"。①《我走了》中，费雷的宝物被窃后，司法专家保尔·叙潘来到画廊，并未直接着手工作，"而是先在画廊中转了几圈，细细地欣赏着艺术品"，以至于"费雷一开头把他当作了一个可能的顾客"（《我走了》，第141页）。调查者的不专业显露了他的平庸无能。"叙潘进行的调查依靠的是幸运的巧合，而不是针对犯罪形迹展开的细致、理性的研究。"②由叙潘的自述便可知晓："没什么，叙潘说，这是凭运气。我们跟西班牙海关的关系不错，他强调说，在那边的宪兵摩托队中，有我一个朋友，是个卓越的同行，他为了这桩案子额外地做了一次跟踪。"（《我走了》，第203页。）叙潘凭借运气掌握到本加特内尔的行踪和宝物的下落，而他口中所谓"卓越的同行"在读者看来却滑稽可笑，举动表现不合情理。这位同行在执行跟踪任务时似乎并未刻意隐匿自己的存在，"穿红衣服戴红头盔"，一身鲜艳的红色装扮着实高调。一次跟踪任务中这个警察的摩托车出了故障，本加特内尔从他身边驾车驶过时故意溅起一大片泥水，在后视镜中得意地看他"在泥泞的草丛中乱蹦乱跳"（《我走了》，第186页）。在该人物身上丝毫看不出作为一名卓越的警务人员应当具备的专业素质，而是扮演着一个小丑似的角色，为本加特内尔乏味至极的生活增添了一味调味剂。和这位西班牙警察一样，艾什诺兹的小说人物在跟踪行动中都没有掌握自我隐蔽的基本技能，时常弄巧成拙，笑话百出，成为作家调侃的对象。卡里耶跟踪阿贝尔，并佯装坐在路边的长凳上休息："卡里耶从口袋里掏出一份报纸，打开，装作阅读的样子，虽然天气太冷，是不宜在长凳上阅读的。"（《格林威治子午线》，第135页。）这一举动笨拙做作，不合常理，反而让人物看起来更加可疑突兀。《切罗基》中的弗雷德用一份名为《陆海空》的杂志遮住脸隐藏自己，而这期专号的主题恰好是"现行号潜艇下水"（《切罗基》，第53页）。既为潜艇，要潜入海中销声匿迹，却又取名

---

① ［法］让-克洛德·勒布伦:《让·艾什诺兹》，邹琰译，长沙：湖南美术出版社，2004年，第52页。

② Jérusalem C., *Je M'en Vais de Jean Echenoz*, Paris: Hatier, 2007, p.21.

为"现形号"，讽刺调侃的意味十足。

性格的优柔寡断、怯懦被动也是人物受挫的原因之一。人物在处世时的犹豫不决和缺乏果断，从生活的细枝末节可以窥见。阿尔班的发型泄露出"在头发该长还是该短方面的优柔寡断"（《格林威治子午线》，第 66页）；塞尔默的皮夹里塞满了各种无用的文件，但他"总是下不了决心将它们丢弃"（《格林威治子午线》，第 22 页）；《我走了》中的商人雷巴拉在购买艺术品前反复斟酌并征求妻子的意见；《高大的金发女郎》中的博卡拉厌倦了与情妇维持的关系，却不愿主动离开。优柔寡断的性格使得人物在行动时瞻前顾后，处于被动地位。《弹钢琴》中的马克斯年轻时倾心于罗丝，却始终未能鼓起勇气与之攀谈。直至罗丝消失，他才从别人口中得知，罗丝也钟情于自己，却同样不敢主动靠近。马克斯懊悔至极，多年来一直渴望与罗丝重逢，最终也是落得一场空。马克斯和罗丝都没有勇气走近对方，怯懦被动，只能在遗憾中错过彼此。

小说人物沉浸在种种挫败带来的消极情绪中，没有强烈的情感反应。人物时常不顾及身体，过度消耗精力，或是在面临死亡和危险时表现得平静淡漠。《我走了》中的费雷不顾医生的忠告，往返于气候对心脏极其不利的北极和炎热的巴黎，最终心脏病发。《跑》的主人公艾米尔常常在跑步训练中挑战身体极限。普遍存在的滥用药物以及酗酒问题也反映了对自身身体的忽视，我们将在第三节中具体展开论述。人物在面临死亡或危险时也往往表现得平静淡漠，并且将自我从身体中抽离出来冷静地审视，透露出一丝荒诞甚至滑稽的意味。《热拉尔·富勒玛尔的一生》中，热拉尔在临死前，眼睛还在注视着塞纳河景，并试图辨别一个女人广告伞上的文字。《出征马来亚》中，托马索在遭到凡·奥斯的袭击后，出现了少有的心理活动描写："如果他们杀了我，他心想，我就白做所有这些温泉疗法了。这是否是他最后的思想？是否可以理解一生中最后的想法平庸到了这种程度？不。这一回答使他安心了一会儿。"（《出征马来亚》，第 381 页。）人物最直接感受到的不是内心的恐惧和身体被袭的痛楚，首先冒出的念头竟是对先前为了这一身体躯壳所做的所有温泉疗法白白浪费了而感到惋惜，并对自己临死前的念头是否平庸至此进行自省，俨然一副局外人的态度。

　　艾什诺兹笔下的一众人物被抹去了个体的异质性，呈现出去个性化的表征，在各种挫败中完成了怯懦被动的性格塑形和情感淡漠的态度养成，在孤独中品味内心的荒芜虚空。作家在小说中也借用主体身份的不确定性巧妙地传递无处不在的虚空感的侵袭。

第二节　主体身份的不确定性

　　艾什诺兹小说人物的姓名时常展现出一种"字词的质地"，在谈及人物姓名的选择时，艾什诺兹坦言："有一段时间，我很喜欢发明姓名。随后我又停止这样做，说不出是什么原因，我对我发明的这些姓名不再感到很自在，所以，今天，我只使用那些或存于我记忆之中的、或在这儿遇到过的姓名。"①如作家所言，人物姓名的选择方式有三：自己发明创造、在记忆中搜寻、从现实世界借用。其中最引人注目的是小说中出现的名人姓名。

　　《拉威尔》和《跑》分别以法国作曲家莫里斯·拉威尔和捷克著名运动员艾米尔·扎托佩克作为主人公。小说引入传记成分，又有别于普通的传记，添加了许多虚构成分。主人公虽然有现实世界的原型，但俨然就是艾什诺兹文学世界里走出的人物，性格、举止与作家笔下的其他人物相仿，给人似曾相识的感觉。

　　如果说这两个人物仍然与现实中的名人存在联系，其他一些姓名则与现实中对应的名人毫无关系。这些借用的姓名主要涉及音乐家、画家、作家等多个领域的艺术家。② 让读者联想到音乐家的人物姓名包括《湖》中的弗兰克·肖班(Franck Chopin)、维塔尔·韦伯(Vital Veber)、《格林威治子

---

　　①　出自艾什诺兹与布雷阿尔出版社的访谈《在作家的工作室中——与让·艾什诺兹的谈话》，收录于《我走了》中译本，第257页。

　　②　名人姓名的借用参见 Jérusalem C., *Jean Echenoz：Géographies du Vide*，Saint-Etienne：Publications de l'Université de Saint-Etienne，2005，p. 30.

午线》中的阿姆斯特朗·琼斯（Amstrong Jones）等。韦伯令人联想到德国音乐家韦伯①，肖班这个姓氏很自然地让人想到波兰音乐家弗雷德里克·弗朗索瓦·肖邦②，而人物肖班的名字弗兰克"制造了一种饱和效果，因为弗兰克也是一位大音乐家的姓氏"，而音乐家肖邦的名字弗雷德里克则安在了另一人物身上，即苏茜的一位仰慕者，他长期以来一直为其打听失踪丈夫的下落。阿姆斯特朗·琼斯的名字也具有同样的饱和效果，结合了两位音乐家——路易斯·阿姆斯特朗③和昆西·琼斯④的姓氏。我们还可以找到多组与现实中的艺术家相呼应的人物姓名：《湖》中的维托·皮拉内塞（Vito Piranese）——17世纪意大利画家皮拉内塞，《切罗基》中的雷蒙·德加（Raymond Degas）——法国画家艾德格·德加⑤，《一年》中的让-皮埃尔·布森（Jean-Pierre Poussin）——法国画家尼古拉·布森⑥，《格林威治子午线》中的拜伦·凯恩（Byron Caine）——英国作家拜伦⑦，《高大的金发女郎》中的让-克罗德·卡斯特内（Jean-Claude Kastner）——德国作家卡斯特内⑧等。也有学者将《湖》中的奥斯瓦尔德（Oswald）与1963年刺杀美国总统约翰·肯尼迪的李·哈维·奥斯瓦尔德（Lee Harvey Oswald）联系起来。⑨这些名字都与现实中的名人毫无联系。"用艺术家的名字为小说人物命名也许反映了作家的某种怀旧心理……这些名字似乎要给人一种暗示，让人

---

① 卡尔·玛里亚·恩斯特·冯·韦伯（Carl Maria Ernst von Weber，1786—1826），德国作曲家、指挥家、钢琴家。

② 弗雷德里克·弗朗索瓦·肖邦（Frédéric François Chopin，1810—1849），波兰作曲家和钢琴家，欧洲19世纪浪漫主义音乐的代表人物。

③ 路易斯·阿姆斯特朗（Louis Amstrong，1901—1971），美国爵士音乐家。

④ 昆西·琼斯（Quincy Jones，1933— ），美国黑人音乐家及制作人。

⑤ 艾德格·德加（Edgar Degas，1834—1917），法国古典印象主义画家。

⑥ 尼古拉·布森（Nicolas Poussin，1594—1665），17世纪法国古典主义绘画的奠基人，代表作有《阿尔卡迪的牧人》。

⑦ 乔治·戈登·拜伦（Georges Gordon Byron，1788—1824），英国浪漫主义文学的杰出代表，代表作品有《恰尔德·哈罗德游记》《唐璜》等。

⑧ 埃里希·卡斯特内（Erich Kastner，1899—1974），德国作家。

⑨ Schoots F., *Passer en Douce à la Douane：L'écriture Minimaliste de Minuit：Deville，Echenoz，Redonnet et Toussaint*，Amsterdam/Atlanta：Rodopi，1997，p. 93.

物带有一点艺术气质，但读者最终会发现，他们与艺术毫无干系。"①人物肖班的身份是间谍，阿姆斯特朗·琼斯是一个患有白化病的杀手，而让-皮埃尔·布森则是个流浪汉。"这种不协调更具有讽刺性、游戏性。这些名字似乎也在告诉读者：人的身份是多么容易改变。"②

在艾什诺兹的小说中，不但这些耳熟能详的名字与新身份建立了联系，而且同一人物在小说中的姓名与身份也可能发生变化。首先，随着人物对另一人物的了解逐渐深入，可以获得更多此前未知的信息。《我们仨》中，梅耶与吕西数次相遇，吕西始终未曾透露自己的姓名，梅耶内心一直以她驾驶的轿车品牌"梅赛德斯"来称呼这名女子。很久之后才得知她也是参加航天飞行任务的生物学家吕西·白朗什，梅耶一直"暗自念叨着吕西·白朗什吕西·白朗什吕西·白朗什以便让自己习惯于这一新的身份"（《我们仨》，第168页）。

其次是人物主动改名换姓，以《出征马来亚》中的蓬斯、《高大的金发女郎》中的格卢瓦尔以及《我走了》中的德拉艾为代表。让-弗朗索瓦·蓬斯在追求尼科尔·菲希尔未果后离开法国，来到陌生的马来亚开始新生活，改名为杜克·蓬斯(Duc Pons)。蓬斯摇身一变成为蓬斯公爵，这一头衔为他在马来亚的生意提供了诸多便利。蓬斯通过改名获得了公爵的新身份。同样为了开创新生活，德拉艾自编自演了一场假死的戏码，而后以本加特内尔的新身份再度出场。姓名的更换在格卢瓦尔的身上得到了极致展现。格卢瓦尔·阿布格拉尔先后更名为格卢丽雅·斯泰娜、克里斯蒂娜·法布莱格，在去澳大利亚之前又交代拉格朗日说："我也需要一些新的身份证件。给我起个名字。"（《高大的金发女郎》，第490页。）格卢瓦尔不断更换姓名，让自己也陷入一种身份混乱的状态，"直到忘掉她的名字，她的所有名字"（《高大的金发女郎》，第491页）。当然，伴随姓名的更换，人物

---

① 由权：《艾什诺兹小说的不确定美学》，载《外国文学评论》2008年第3期，第128页。

② 由权：《艾什诺兹小说的不确定美学》，载《外国文学评论》2008年第3期，第128页。

的外表也会发生改变。德拉艾和格卢瓦尔的外表都与之前有着天壤之别，人物期望以此与过去彻底决裂。

第三种情况最为特殊，人物被动更换姓名，告别过去。此种情况发生在特殊空间内，即《弹钢琴》中人死后所到的彼世空间。在这个"中心"内，人们需要告别生前的身份。演员迪恩·马丁死后更名为迪诺，在"中心"内从事服务生的工作，并且不愿承认过去的身份。马克斯被分配去城区时，贝里阿尔嘱咐道，他必须彻底断绝与过去的一切联系，禁止重操钢琴家的旧业。马克斯获得新身份萨尔瓦多·保尔，并被安排在一家酒吧内做服务生，被动割断了与过去的联系。

姓名在不同小说中的复现也会造成身份的模糊和混乱。《一年》与《我走了》这两部小说的情节线索存在交叉。《我走了》中的一个次要人物薇克图娃是《一年》的主人公，在《一年》的开头便没了呼吸的菲利克斯在《我走了》中以他的姓氏费雷出现，另一个人物路易-菲利普也在《我走了》中以姓氏德拉艾出现，并且在小说结尾，读者发现，德拉艾与另一人物本加特内尔竟是同一人。《高大的金发女郎》中，萨尔瓦多尔是一家电视节目制作公司的制片人，有时会借酒浇愁，格卢瓦尔的守护神贝里阿尔是个相貌丑陋的侏儒。而在《弹钢琴》中，马克斯在死后以萨尔瓦多·保尔的身份重返人间，但职业却是一间酒吧的服务生，并且戒掉了生前酗酒的恶习。在"中心"工作的贝里阿尔衣着考究、举止斯文，与另一部小说中的形象相去甚远。不过在《弹钢琴》中，贝里阿尔曾在一次酒醉后回忆过去的实习生生涯，述说他在"中心"当实习生时，曾经负责照顾一个有困难的年轻女子，那时的他被迫变成"小人、丑人和恶人"（《弹钢琴》，第 194 页）。而在《高大的金发女郎》的结尾，贝里阿尔已经从格鲁瓦尔的身边消失，但某天后者隐约看到一个西装革履、商人模样的男人在等火车，"她没认出这位正是贝里阿尔"（《高大的金发女郎》，第 609 页）。昔日的侏儒在小说结尾已经改头换面，由此看来，这两个人物或许是同一人。

还有许多姓名在不同小说之间似乎缺少必然联系。《我们仨》中梅耶的前妻薇克多丽娅的姓氏也是萨尔瓦多，与保尔·萨尔瓦多是否沾亲带故，我们无从知晓。保尔这个名字在《格林威治子午线》《我们仨》《高大的金发女郎》和《一年》几部小说中多次出现，不过人物的身份并不具备连贯性。《湖》中的两个画家夏尔·艾斯特雷拉和艾利塞奥·施沃兹在《我走了》中以塑型艺术家的身份出现。埃莱娜、拉谢尔、艾丽斯、伊莉莎白、乔治、蓬斯、热拉尔、弗雷德、萨皮尔、布里福等多个人名均在作家的小说中反复出现，有些职业不同，而有些是否指代同一人物也不得而知。更不用提还有一些拼写相近的名字，如薇克图娃（Victoire）和薇克多丽娅（Victoria）、施密德（Schmidt）和施密茨（Schmitz）等。这些人名反复出现，对于把握人物并无益处，相反大大增加了人物辨识的难度，使得主体身份更加难以确认。

小说人物主体身份的不确定性特征，既反映在人物姓名的模糊乱象，也体现在人物难以把握的外表。有些人物的样貌难以辨认或被记住。《湖》中韦伯的两个保镖佩尔拉和拉特诺押着肖班走进房间时，韦伯细细打量他们，"一副完全陌生的神态，仿佛他得努力回忆，才能想起他们的身份"（《湖》，第160页）。《我走了》中，本加特内尔在雨夜让路边的一名女子搭便车，但他并没有立即认出那就是薇克图娃。而费雷每次见到埃莱娜都在辨认她的样貌时遇到障碍：

> 这些线条确实美丽动人，比例和谐，这是毋庸争辩的，费雷可以分别地欣赏它们，但是，它们之间的关系却在不断地变动，永远也无法真实无疑地导致同一张脸孔。它们老是处于一种不稳定的平衡状态，仿佛它们之间的关系是动荡不定的，人们甚至会以为，它们在永不疲倦地移动着。每一次他重新看到埃莱娜，都觉得眼前的她已经不完全是同一个人。（《我走了》，第201-202页。）

每次与埃莱娜的相遇，对费雷而言都是一次再认识的过程，必须重新认识眼前的这个女人。埃莱娜脸孔的飘忽不定与其性格一样难以捉摸，始终让费雷困惑不解。

　　人物衣着、外表的改变也是造成身份不确定性的原因之一。人物德拉艾和格卢瓦尔在改名换姓后，也彻底改变了自己的着装打扮。德拉艾过去邋邋随性，成为本加特内尔后西装革履、精心装扮。格卢瓦尔则将一头迷人的金发染成褐色，化鲜艳难看的浓妆，身着五颜六色的肥大衣衫，以至于卡斯特内"没有认出身边这个女人就是他要找的那个女人"（《高大的金发女郎》，第 445 页），最终稀里糊涂地丢了性命。这两个人物是借助衣着、妆容等外在修饰改变外表，而马克斯则是容貌本身发生了变化。重返人间后，"首先他得习惯让自己就这样活下去，活在他的新外貌中，同时等着他新的身份证件"（《弹钢琴》，第 151 页）。新的外表和身份对他而言还很陌生，人物主体与自己的新外表和新身份之间尚处在分离状态，还未成功融合，人物还没有完全摆脱从前的自己、接纳新的身份。这一尴尬处境恰恰反映出一种身份认同危机，这也是小说人物普遍面临的困境。

　　身份认同危机还体现在对身份证件的态度上。《一年》中提到，护照不过是"一本持有人特征为'无'的"的无意义的证件（《一年》，第 12 页）。夏尔在翻看自己的护照时，"目光落在他的肖像上，这之间并无默契，然后他将他的身份再次折叠进套子"（《出征马来亚》，第 282 页）。面对自己的护照，夏尔无动于衷，仿佛上面的肖像与自己毫无关系。对于这个游走在社会边缘的流浪者而言，作为社交生活中个人身份标志的证件并没有太多实质作用，人物长期脱离社会，早已与自己的身份疏离。

　　克里斯汀·耶卢萨兰也关注到小说人物的身份认同危机。[1] 她在研究中指出，人物很难与自己面对面：凯恩和费雷都讨厌在镜子前面刮胡子、刷牙；苏茜把自己的画像搁置在橱里；格卢瓦尔闭着眼撕碎了自己在纸上胡乱涂画的肖像等。而马克斯在改变容貌后，也觉得镜中的自己格外陌生。《弹钢琴》可以说是重新改写了《奥德赛》（*L'Odyssée*），马克斯是现代版本的奥德修斯。与奥德修斯一样，马克斯易容重返人间后初次回到过去居住的街

---

　　① Voir Jérusalem C., *Jean Echenoz*, Adpf Ministère des Affaires Étrangères, 2006, p. 65.

区，只有那个遛狗女人牵着的狗认出了他。不过，他的结局又不同于奥德修斯，奥德修斯最终与妻子团聚。而马克斯没有妻子，他多年来苦苦寻找的罗丝在小说结尾也从他的视线中消失，人物身上的悲剧色彩更胜一筹。

人物姓名的含混性和外表的不稳定性与人物逃避自己外表的种种举动相结合，共同揭示了小说人物普遍存在的身份认同危机。身份得不到他人的认同，甚至连人物自己都不认得自己的样貌、不确定自己的身份，一切皆飘忽不定、无从掌控，人物由此陷入恐慌、迷茫和无助的深渊。这是小说人物之间消极情绪蔓延的一个主因。

第三节　身心疾病的纠缠

都市个体的病态化表征中，最为显见是身体和心理上的多重缺陷，艾什诺兹的小说人物饱受各种身心疾病的纠缠。首先是生理上的缺陷，除了之前提到过的视力缺陷，还有身体上的残疾，例如《湖》的开头就描写了维托每日的例行动作：在穿裤子之前用一连串娴熟的动作安装好义肢。也有战争带来的伤疾：《14》中因被毒气熏瞎而离开前线的帕迪奥罗，《纳尔逊》①中因战场上的炮弹炸起的碎片而失去右眼，后又被火枪击中而失去右臂的纳尔逊。

其次是各种身体疾病。纳尔逊二十年前在印度染上疟疾后，"就再也没有摆脱反复发作的发烧、头疼、多发性神经炎以及各种震颤的折磨"（《王后的任性》，第 4 页）。格雷高尔晚景凄凉，心脏病数次发作，时常昏厥，在旅馆的房间内孤独地离世。《我走了》中的费雷同样患有心脏病。而《拉威尔》中关于疾病的描述更加详尽。拉威尔在生命的最后十年，开始表现出容易忘事，出现记忆空白。遭遇车祸后，症状更加严重，越发频繁地走神，开始忘记曲谱、迷路，进而逐步丧失触觉和书写、阅读、表达能

---

① 《王后的任性》中收录了 7 个短篇故事：《纳尔逊》《王后的任性》《在巴比伦》《卢森堡花园中顺时针排列的二十个女人》《土木工程》《尼托斯》和《布尔热的三个三明治》。

力，并最终丧失生活自理能力，在进行脑手术十天后离世。这样的病痛他人无法真正理解，也爱莫能助，唯有自己知道个中苦涩，拉威尔"几乎闭口不语，感觉自己比任何时候都更脱离世界"（《拉威尔》，第98页）。我们可以从下面这段文字中感受到人物内心的绝望：

> 如果说他已经认不出太多人来，他却清楚地意识到一切。他看到他的动作缺少目的，他会捏住一把刀的刀刃，他会把香烟点燃的那一头送到嘴边，每一次却又能迅速改正——不，这时他又对自己喃喃道，不是这样的。他看得很清楚人们不是这样剪指甲的，人们不是往这个方向戴眼镜的，假如他还要这样戴上眼镜来尝试着读《大众报》，他眼睛的肌肉却不再允许他一行行地读下去了。他清楚地观察到这一切，即是自己坠落的主体，同时又是认真的观众，被活埋在了一个已不再能回应其智力的肉体中，生生地瞧着一个局外人活在他体内。（《拉威尔》，第101页。）

在漫长煎熬的疾病进程中，拉威尔清楚地意识到身体机能的一步步退化，如同一个局外人一般仔细关注身体一点一滴的变化，意识被困在迟滞的躯体中，再也感受不到躯体的回应，无法建构自身的主体性。艾什诺兹小说人物身上普遍存在的行动能力的萎缩在拉威尔身上得到了最直观的展现。如溺水般不断下沉的绝望令人感受到无比的压抑和强烈的窒息。

再次，现代个体承受着心理疾病带来的痛楚和压力。譬如《女特派员》中出现的斯德哥尔摩综合征①和利马综合征②。《格林威治子午线》中的凯恩和《高大的金发女郎》中的格卢瓦尔都曾患有精神疾病。更多人物经受着

---

　　①　斯德哥尔摩综合征：又称人质综合征，是指被害者对于犯罪者产生好感和依赖，甚至反过来帮助犯罪者的一种情结。

　　②　利马综合征：与斯德哥尔摩综合征相对，是指劫持人质者或加害者被人质或受害者同化，逐渐同情并认可人质或受害者的意愿及需要，与其立场趋于一致，攻击心态发生转变的现象。

精神折磨和神经衰弱之苦，表现得脆弱焦虑，有的会选择通过酗酒的方式排遣愁思。《弹钢琴》中的马克斯"近二十年来接受过各种各样的心理或化学治疗"（《弹钢琴》，第 11 页），依旧无法消除每次登台演出前的恐惧，在演出之前都要通过酒精来试图克服这种恐惧。《14》[1]中贯穿着士兵的酗酒，酒精是抵御对战争的恐惧，抚慰战争创伤的安慰剂。长期的精神折磨也会导致幻觉的出现。格卢瓦尔在脑海中臆想出一个名叫贝里阿尔的侏儒，在她独处时随时随地会现身。纳尔逊在战场上负伤失去右臂后，"每天都得借助鸦片来缓解右边的幻肢带来的疼痛"（《王后的任性》，第 5 页）。人物不愿接受截肢的现实，幻想着右臂的存在，并且真切感受到曾经严重负伤的右臂带来的剧烈疼痛。为了缓解臆想中的疼痛，纳尔逊借助鸦片来自我麻痹。

失眠也是小说人物普遍表现出的一种病征。失眠是指睡眠时间和睡眠质量得不到保证，并且影响日间社会功能的一种主观体验。失眠的具体表现有入睡困难、睡眠质量下降和睡眠时间减少，以及由此引发的注意力、记忆力的下降等。失眠是一种典型的高压疾病，来自职业和生活等各方面的压力使得小说人物普遍存在失眠的困扰：《高大的金发女郎》中的格卢瓦尔，《我走了》中的费雷，《一年》中的薇克图娃，《拉威尔》的主人公，《弹钢琴》中的马克斯，等等。甚至带狗女人的那条狗也面临同样的困境，"它受失眠的困惑，夜里爱待在窗户前瞧街景作为消遣"（《弹钢琴》，第 80 页），并因此恰好见证了马克斯被袭身亡的一幕。

为了抵抗失眠的困扰，小说人物想尽各种方法。关于拉威尔的催眠技术的描写令人印象深刻。起初，拉威尔尝试借助阅读来寻找困意，历经数小时才能勉强入睡。在阅读不再奏效后，拉威尔转向催眠术。小说详细描述了四种催眠术。第一号技术：虚构一个故事，组织好所有细节，并搬上舞台，构建布景，掌握灯光，控制音响。第二号技术：在床上辗转反侧，寻找身体和床相适应的最佳姿势。第三号技术：迫使自己进行某种列举，譬如从童年起曾经睡过的所有床。催眠技术的转换预示着成效的不理想，

---

[1]　[法]让·艾什诺兹：《14》，余中先译，长沙：湖南文艺出版社，2017 年。

人物越来越无法掌控自己的睡眠，最终不得不尝试第四号催眠技术："溴化钾，阿片酊，佛罗那，耐波他钠，甲苯比妥，丁巴比妥以及其他的巴比妥酸剂。"（《拉威尔》，第 103 页）。各种安眠药的登场在短时间内发挥很大用处后，终究也不再起作用了。安眠药的失效也意味着失眠病征的积重难返，人物最终在对抗失眠的斗争中败下阵来。

第四号技术也是许多人物采用的一种催眠技术。格卢瓦尔的床边放着"五花八门、色彩各异的安眠药"，"随时准备发挥作用"（《高大的金发女郎》，第 456 页）。《我走了》中的费雷、《弹钢琴》中的马克斯等人物均有服用安眠药的习惯。安眠药是现代个体赖以找寻睡眠的常用手段，而面对其他病征，则可以寻求更多药物用以治疗或缓解痛楚。药物已成为现代都市生活的必备物品。

在小说人物的日常生活中，作家对人物的饮食不感兴趣，关于食物的具体描写极为少见，人物吃饭的情节往往寥寥几笔一带而过。相反，艾什诺兹对人物服用的各式药物投入了更多关注。人物对药物有着强烈的依赖，时常随身携带，如《我们仨》中吕西手提包内的避孕药、《出征马来亚》中夏尔口袋内用以退热和镇痛的阿司匹林，《弹钢琴》中马克斯曾经服用的抗抑郁药等。人们已经成为这些现代药品的信徒，动辄服用药物，依靠药物缓解身体的不适或治疗心理的疾患，在精神上过度依赖药物的效用，却忽视了它们对人体可能造成的伤害，忽略了如何真正爱惜身体。受到忽视的身体也表现出失去温度的机械化趋势。

第四节　都市个体的机械化

在艾什诺兹的小说中，社会心理空间的不断压缩使得小说人物趋于平面化，不再如传统小说般拥有鲜明的个性，而是成为标签化、符号化的现代都市构成因素，不再那么鲜活，有血有肉，呈现出机体机械化的倾向。

小说人物的机械化倾向表现为身体动作的机械化和机体器官的机械化。艾什诺兹有意将身体与机械之间建立起关联，在描写中通过比喻、类比等方式塑造身体的机械化特征。蓬斯在饮酒后身体逐渐不听使唤，"他的舌头就像一台老的离合器那样颤着"（《出征马来亚》，第320页）。在酒精的麻痹作用下，蓬斯的舌头表现得如年久失修的机器一样地迟钝。即便没有酒精的介入，身体的动作也时常表现出机械运作时的节奏和频率。巨人拉丰在写字时，身体的大幅度动作犹如一台运作中的大型书写机器，表现出剧烈的震荡："写字对于他，并不局限于手和手腕的一个简单的组合动作，书写的动作使得他的小臂活跃起来，大臂上下拍击，并且扩大到双臂，其肩膀犹如狂风中的大树一般抖动着；而后来，他的上半身都在无序地摆动，双脚击打着地面，好像整个身体都处在剧烈的震荡之中。然而，当这种奇异现象达到顶点的时候，这个全面受到严重震撼的硕大身躯的手端，却迅捷、沉着而明晰地生出一段蝇头小字来。"（《格林威治子午线》，第52页。）拉丰的巨型身躯仿佛一台笨重的大型机器，复杂的构造连接和配合在写字时缓慢地运作起来，并逐渐产生剧烈的震动。而在这样一番壮观的机械运转的场景之后，硕大身躯的手指端却书写出一段字迹明晰的蝇头小字，达到强烈的反差效果。

　　不仅仅是身体的动作，人物在说话和发声时也是一台输送和传递声音的机器。《一年》中的卡斯特尔和布森曾在同一家电路元件公司工作，而后一步步成为无家可归者。二人少言寡语，但语言表达简洁准确，只传递最低限度的必要信息。"卡斯特尔的声音有些沙哑、生硬、干巴，像是冷冰冰的发动机在向外排气，而布森的声音丰满润滑，他说的分词像阀门喷气一样一滑而过，他说的宾语像在油中滑动。"（《一年》，第86页。）卡斯特尔有着发动机排气般生硬、干哑的声音，而布森的声音则如阀门喷气般丰满润滑，作家借不同的机械声音区分修饰人物不一样的音色。

　　人体的视觉器官——眼睛，在艾什诺兹的小说中表现出明确的机械化特性。作家将人物的眼睛作为记录影像、呈现视觉图像的机器。①

---

①　眼睛的图像记录功能这部分内容出自笔者发表的论文《让·艾什诺兹小说中的影像世界》，载《外国文学研究》2014年第1期，第109页。

首先，眼睛可以充当在动态过程中抓住瞬间图像的照相机。《一年》中的薇克图娃在早晨醒来时看到热拉尔站在窗前穿衣，逆光的阴暗剪影镶嵌在窗框内明亮的四边形中："薇克图娃睁眼片刻，使这轮廓印刻在视网膜上，黑白底片，她再度睡去，同时在合上的眼睑之内注视着这张热拉尔对着她的照片。"(《一年》，第34页。)薇克图娃的眼睛如同照相机，在睁开眼睛的一刹那记录下了停留在视网膜上的影像。

其次，眼睛也可以作为记录连续动态画面的摄影机。《我走了》中费雷的眼睛就如同处于工作状态的摄影机，在其心脏病突发时，"他眼睁睁地看着自己从沙发上倒下，他看到地面飞快地朝他迎过来，尽管同时在减速"(《我走了》，第146页)。倒地短暂昏迷后，费雷又恢复了知觉，眼睛继续记录着映入视帘的画面："他的视野继续存在着功能，就像一架摄影机，在它的操纵者突然死掉后，摔翻在地上，但仍然继续拍摄，它以固定的画面，记录着落到镜头中来的一切：墙壁和镶木地板的一角，一段没有框定的柱脚，一截子管道，机割地毯边缘上一段黏合的毛口。"(《我走了》，第146页。)费雷的眼睛犹如一架开机状态下摔翻在地的摄影机，在其恢复知觉后仍继续工作着，客观地记录下进入镜头的所有细节。

当然，对于人物自身而言，眼与耳的组合可以构成同时播放画面和声音的电视机。《切罗基》和《湖》中均描写了人物昏迷时视觉功能暂停的状态。《切罗基》中的乔治被打晕时，感觉眼前的影像经历了类似于关闭电视机时图像消失的过程性变化："整个宇宙缩小了，变成一个非常明亮的白色光点，它的光芒短暂地照亮了周围黑暗的空间，然后慢慢消失了，有一些电视机在关闭时就是这样的。"(《切罗基》，第181页。)《湖》中的肖班被韦伯的保镖注射了一针药物后，也体会到同样的感受，"那是一种温和的感觉，几乎不怎么疼，但是三秒钟之后，形象与声音分离了，肖班立即陷入在昏迷中"(《湖》，第131页)。艾什诺兹将人物的眼睛与记录和播放影像的照相机、摄影机和电视机联系起来，以影像机器的客观化视角来呈现小说画面，充分展现出人物的机械化特性。

在艾什诺兹的小说中，机械化倾向的代表人物是《跑》中的艾米尔。艾米尔在唱歌方面缺乏天赋，唱起来"好像一支喷射器"（《跑》，第13页），但他在跑步方面的天赋却是与生俱来，似乎有着永不枯竭的动力，但姿势却极不协调，"整个身体都成了一部错乱的、拆散的、痛苦的机器"，但他毫不在乎，以这样奇特的姿势坚持训练，他的身体"就是一部与众不同的发动机"，对他而言，"让机器运转，不断地改善它，让它产生好的结果，这才是唯一重要的"。（《跑》，第47页、第51页、第50页。）艾米尔正是凭着他"机械般的力量，机器人似的一板一眼"（《跑》，第57页），在赛道上不停地奔跑，斩获多个奖项，并获得一个"火车头"的绰号。在巅峰过后，传奇光辉逐渐褪去，艾米尔的身体面临"无可挽回的衰退的威胁"，就如同"一部生锈的武器"（《跑》，第100页），昔日的杀伤力不复存在。在艾什诺兹的描写中，我们看到的仿佛就是一部机器如何被组装成型、投入使用、发挥效能，直至最后废弃淘汰的全过程。那么，人物机械化塑造的意图何在？

18世纪后半叶西方的第一次工业革命使得资本主义生产完成了从工场手工业向机器大工业的过渡。资本家将雇佣劳动者集中在一定规模的工厂里，按照严格的规章制度和劳动分工，有序地使用机器进行生产，现代工厂制度得以确立。机器生产代替了人力生产，西方社会由农业社会向工业社会转型，原先以农业为主的产业结构发生变化，工业和服务业比例大幅提高。工厂的集中促成了工业城市的形成，城市化进程明显加快。第一次工业革命以蒸汽机的发明及运用为标志，开启了"蒸汽时代"。工业革命极大地推动了交通运输业的发展，运河、公路、铁路等水陆运输的普及加强了城市之间和城乡之间的经济往来，处于交通枢纽地位的乡镇迅速成长为城市，城市化进程提升到一个新的水平。然而，在生产力大大提高的同时，工人面临着超负荷的工作强度、工作时长和危险恶劣的工作环境。流水生产线的大规模投入使用使得工人完全丧失了自由时间，一旦机器开始运转，工人便如同机器的一环，开始高度紧张、毫无停歇的陀螺般的劳作，从而产生人的异化。"工厂体制要求通过对手工匠人或外包工人骤发性的工作节奏进行例行化处理，直至适应机器的纪律/规训，以此实现人性的转型。……工厂体制对待工人就像机器，清楚他们身上最后一丝独立

143

活动的痕迹……"①艾米尔便是工业化时代的典型产物，他出生在煤炭和钢铁之城——俄斯特拉发附近，这里工业繁荣，其中最重要的是塔特拉和巴塔两家工厂，一家生产汽车，一家生产鞋子，解决了当地几乎所有劳动力的就业，艾米尔在成为运动员之前就在巴塔的橡胶车间做学徒："一开始，艾米尔被安排进每天能生产两千两百双胶丝底网球鞋的车间，他的第一份工作就是用齿轮把鞋底削得大小一致。但是这份工作的强度十分恐怖，空气简直不能呼吸，节奏也非常快，即使产品有一点点瑕疵也会被罚款，哪怕稍微落后一点也会被记在他本已微薄的薪水中。"（《跑》，第10页。）资本家通过剥削压榨工人，以追求最大限度的利润。恶劣的劳动环境，高强度的劳动时长和劳动节奏，近乎苛刻的惩罚制度，使得工人极度穷困，处境艰难。成为运动员之后，高强度的劳作变为高强度的训练，艾米尔如同一台不知疲倦的机器在跑道上永不停歇地跑步训练，不断挑战身体极限，艾米尔在跑道上就像在不停运转的流水线旁一般无法停歇，这种高强度的劳动成为一种习惯刻进肌肉和记忆。"我们所面对的是工业化时代的人，有着机器一样被塑造的行为和习惯，有着机械一般强健的肉体和智力，惊讶并臣服于工业文明的人。"②但是这种机械化的身体在小说中被塑造成一台与众不同的机器，一个空洞的躯壳，奔跑时姿势奇异，似乎随时都会散架，最后也难逃破旧腐朽、被淘汰的命运。

而另一个小说人物格雷高尔则是第二次工业革命的代表。第二次工业革命自19世纪70年代起，以电器的广泛应用为主要标志，人类进入"电气时代"。1866年发电机问世以来，出现了许多重大发明，电器开始取代蒸汽机成为主要的能源方式。电灯、电车、电影放映机、电话等的相继问世极大地促进了生产力的发展，改变了人们的生活方式，也彻底改变了城市

---

① ［英］克里斯·希林：《文化，技术与社会中的身体》，李康译，北京：北京大学出版社，2011年，第39页。转引自赵佳：《艾什诺兹"传记三部曲"中的机械和反机械原则》，载《法国研究》2018年第3期，第84页。

② 赵佳：《艾什诺兹"传记三部曲"中的机械和反机械原则》，载《法国研究》2018年第3期，第80页。

的面貌。格雷高尔的原型正是发明交流电的美籍塞尔维亚裔发明家尼古拉·特斯拉。这位传奇的天才发明家是爱迪生最强大的竞争对手，一生有700多项发明，取得了100项专利。《电光》就写到了发电厂的建立，无线电、电话和电影的相继发明。格雷高尔带着天才的创造热情，以令人晕眩的速度推出一项项新式发明，阅读的同时可以感受到当时的人们对全新的科学技术的惊愕和赞叹。前面提到过时间的不确定性给格雷高尔带去的焦虑，"对机器的狂热来自于时间定位的缺失所带来的不安全感，他体现了工业化社会中被时间规范和塑造的人一旦失去时间坐标而产生的焦虑"①，格雷高尔"一生致力于发明机器的过程也是旨在控制机器的过程，他的故事重演了人和技术之间模糊的关系：人既是技术的发明者也是技术的受害者；人企图通过控制机器来保留最后一点主体的权力，最后发现机器蚕食了主体性，使人降格为和机器一样的存在"②。身体的机械化塑造隐隐透露着对现代工业文明的疑惑和担忧。

第五节　女性书写的欲望困围

艾什诺兹的小说大多以男性作为小说的主人公。然而，女性人物也是作家小说中不容忽视的一个群体，出现的女性人物多达70余个，形成了一个庞大的群体，在小说框架的构建方面起到了至关重要的作用。

索菲·德拉蒙将这些女性人物划分为两类：四处流浪者和深居简出者。③ 四处流浪者属于艾什诺兹小说的典型人物，始终过着漂泊不定的生活，在女性人物中较为突出，形象也相对鲜明。深居简出者常常是上了年

---

① 赵佳：《艾什诺兹"传记三部曲"中的机械和反机械原则》，载《法国研究》2018年第3期，第85页。

② 赵佳：《艾什诺兹"传记三部曲"中的机械和反机械原则》，载《法国研究》2018年第3期，第85页。

③ Voir Deramond S., «Les Cercles Concentriques de l'Espace Décrit chez Jean Echenoz», Sophie Deramond | Les cercles concentriques de l'espace décrit chez Jean (…) - remue.net，2022-07-07.

纪的女性或者是已为人母的女性人物。对她们而言,居所就是她们的"巢穴",外出后必须返回这里,就如同鸟类还巢、牲畜归圈一样。这类人物在作家的小说中往往是次要人物,出现频率不高,并且不会对情节发展起关键性作用。例如,《出征马来亚》中的尼科尔·菲希尔、吉娜·德·比尔,《高大的金发女郎》中的儒弗夫人,《弹钢琴》中的费利西安娜等都属于这类人物。以儒弗夫人为例。这一人物可以称得上是"新包法利夫人"①。她有着和包法利夫人一样的极度细腻和感性,向往文艺作品中感人肺腑的美好爱情。她整日手捧一本动人心弦的小说独坐在电视机前的沙发上,"一会儿进入书中,一会儿又进到电视里,这样,她就得将那副眼镜摘下来又戴上去,但不管在镜片后面,或是不在镜片后面,她的泪水都会不住地流淌"(《高大的金发女郎》,第574页)。现实的婚姻生活并没有带给她理想中的完美爱情,儒弗夫人深感失望,整日沉迷于小说和电视剧中,任由家中脏乱不堪,对丈夫也有诸多不满。她与艾玛之间有着许多相似之处,我们可以在这个人物身上看到艾玛的影子。这类人物的居所中笼罩着令人窒息的沉寂,对于艾什诺兹笔下的典型人物而言,这里仅仅是偶尔可以稍作休息的临时栖息地,倘若过久逗留,就会令人心生厌倦。

在艾什诺兹的小说中,只有《高大的金发女郎》《一年》和《女特派员》三部小说以女性人物作为主人公。因此,在70余个女性人物中,这三个人物地位也较为特殊。格卢瓦尔、薇克图娃和康斯坦丝或多或少都存在精神方面的问题。薇克图娃是个异常敏感、想象力极为丰富的女人。而格卢瓦尔则常常与并非真实存在的贝里阿尔对话,并且无法控制自己的情绪和行为,一次次地将那些男人推入深渊。康斯坦丝在被绑架很长一段时间后,患上了斯德哥尔摩综合征,回到家中已无法适应从前的生活,感觉在世界和自己之间竖起了一道墙。此外,薇克图娃和格卢瓦尔的名字与实际经历之间也存在强烈的反差,达到了反讽的效果。薇克图娃(Victoire)这个名字

---

① Houppermans, S., *Lectures du Désir : de Madame de Lafayette à Régine Detambel et de Jean de La Fontaine à Jean Echenoz*, Amsterdam-Atlanta : Rodopi, coll. «Faux titre», 1997, p. 422.

意味着胜利，而拥有这样一个名字的人物却经历了一连串的失败。她始终未能明白为何睡在身旁的菲利克斯会没了呼吸。来到圣让德吕兹，薇克图娃租了一家靠海的民居，在那里结识的热拉尔却将其藏在屋中的一大笔钱悉数卷走。流浪途中自行车意外被盗，在食品店偷罐头被逮个正着……最为讽刺的是，薇克图娃为了逃避可能背负的罪名，经历了一年穷困潦倒的流浪生活后偶然发现菲利克斯尚在人间，一年的流浪毫无意义，瞬间变得荒诞可笑。格卢瓦尔（Gloire）这个名字意味着光荣、荣誉。格卢瓦尔虽然曾经是红极一时的明星，但很快就卷入一桩命案，蹲了几年监狱，获释后隐姓埋名地生活，后又犯下几桩命案，一直生活在阴暗中，直到遇见萨尔瓦多尔。她的经历与荣誉并无太多关联。

　　布鲁诺·布朗克曼和奥利维埃·贝萨尔-邦基对格卢瓦尔的姓名解读也颇有见地。布朗克曼注意到①，格卢瓦尔的艺名格卢丽雅·斯泰娜（Gloria Stella）喻指流星，暗示了人物短暂的演艺生涯和不断逃逸的生活状态。贝萨尔-邦基认为②，在格卢瓦尔的姓氏阿布格拉尔（Abgrall）中，字母"A"是否定性的前缀，"grall"与"Graal"同音，即圣杯。"Abgrall"意指圣物的缺场、上帝的缺失。荣誉的到来并没有伴随着圣物的出现，暗示有流血事件的发生，格卢瓦尔夺去了多条人命。该姓氏的另一种变体即"happe Graal"：犹如一颗陨落的星星，她渴望抓住公开亮相、能够得到认可的一切机会，包括电影、社会新闻和电视节目等。仔细阅读小说，我们会发现，贝里阿尔一语道破了格卢瓦尔内心深处最隐秘最真实的担忧："你怕的并不是人家谈到你，一次贝里阿尔幸灾乐祸地猜测说，你怕的是人家不谈论你。"（《高大的金发女郎》，第 581 页。）我们也可以尝试做另一种解读。渴望找寻圣杯、抓住圣杯，这是对于上帝的追寻、对于了解上帝的渴望，

---

① 详见 Blanckeman, B., *Les Récits Indécidables*: *Jean Echenoz*, *Hervé Guibert*, *Pascal Quignard*, Villeneuve d'Ascq, Lille: Presses Universitaires du Septentrion, coll. «Perspective», 2008, pp. 85-86.

② 详见 Bessard-Banquy O., *Le Roman Ludique*: *Jean Echenoz*, *Jean-Philippe Toussaint*, *Eric Chevillard*, Lille: Presses Universitaires du Septentrion, 2003, p. 234.

是对于圣杯意义的永无止境的寻觅。这就寓示了人物不断漂泊的彷徨状态，她一心想要寻找一种精神寄托，却又始终无法触及。

艾什诺兹笔下的女性人物多数拥有美艳的外表，具有让人捉摸不透的神秘色彩和诱惑力，且通常沉默寡言。吉尔·恩斯特总结了小说描写女性外表的三种方式：综合性评语、常用形容词和服饰评价。① 第一种利用综合性评语的描写方式符合新一代小说家在描写方面的极简特征，譬如罗丝"貌若天仙，美艳动人"（《弹钢琴》，第25页）；"埃莱娜是一个相当漂亮的女人"（《拉威尔》，第10页）。第二种方式是运用描写出色外表的一些传统修饰语。例如《弹钢琴》中对于桃乐丝·黛的外貌描写："脸很大，胖嘟嘟的，胸脯很鼓，脑门很高，颧骨很尖，大嘴巴，下嘴唇极其丰厚"（《弹钢琴》，第85页）。《跑》中的达纳"很漂亮，身材高大苗条，留着栗色的短发，灰色的眼睛眼神清澈，她的微笑很美，充满活力而且温柔"（《跑》，第55页）。第三种方式是对于衣着的评价。《高大的金发女郎》中，多纳蒂安娜的"衣着出奇的短，惊人的露"，因而"装备着核能"，具有强大的杀伤力（《高大的金发女郎》，第447页）。埃莱娜在《我走了》中初次登场时，"身穿一套轻飘飘的黑色衣裙，背脊处凹得很低，肩膀处和腰身处点缀着一些亮闪闪的人字形的小玩意"，身边路过的异性"都会认为，这些衣服在那里只是为了脱了给他看，或者甚至扒了给他看"。（《我走了》，第145页。）衣着的若隐若现引人遐思，这些女性人物都具有令人难以抗拒的诱惑力。

然而与此同时，艾什诺兹笔下的女性人物又十分神秘，让人捉摸不透、无从了解。《切罗基》中的乔治对詹妮·韦尔特曼一见倾心，但除了姓名，乔治对她一无所知，费尽千辛万苦寻找这个女人。《出征马来亚》中，保尔第一次在电影院偶遇朱斯蒂娜也对她留下了深刻的印象，第二次相遇时他得到朱斯蒂娜的电话号码，却一直未能知晓其姓名。《我们仨》中，

---

① 详见 Ernst, G., «Les "Grandes Blondes" et les Autres, ou eros en mode mineur», voir Jérusalem C. et Jean-Bernard Vray (sous la direction de), *Jean Echenoz: «une Tentative Modeste de Description du Monde»*, Saint-Etienne: Publications de l'Université de Saint-Etienne, coll. «Lire au présent», 2006, pp. 117-119.

"梅赛德斯"始终不愿向梅耶透露自己的姓名，直到很久以后，梅耶才在工作场合得知她就是吕西·白朗什。《高大的金发女郎》中，格卢瓦尔屡次更名改姓、改头换面，前后的装扮判若两人，且性格着实古怪。《我走了》中，薇克图娃神秘地人间蒸发，在小说结尾又突然出现，令人摸不着头脑。《弹钢琴》中，马克斯多年来一直寻找的罗丝在小说结尾终于出现，但她早已离开人世，在贝里阿尔的劝说下决定回到公园。马克斯终于见到了他多年来苦苦寻觅的罗丝，却又眼睁睁地看着她和贝里阿尔一起渐渐走出他的视线。对于这些女性人物的不断追寻始终无法增进对她们的了解。无论在身份、外表、性格抑或经历上，女性人物均充满了浓厚的神秘色彩，每位女性都是一个美丽、独特的谜。

女性人物之所以神秘，很重要的一个原因在于她们的沉默寡言，不愿吐露内心的真实想法。沉默是艾什诺兹小说中多数女性人物的一个共同特征，以吕西·白朗什、薇克图娃和埃莱娜最为典型。梅耶始终无法从"梅赛德斯"的口中问出其姓名。即便两人长时间在狭小的汽车空间内独处，梅耶多次试图寻找话题，吕西都沉默以对，或者应付性地吐出只言片语，拒绝深入交流。《我走了》中的薇克图娃也少言寡语，整日坐在静音的电视机前看书，而后又不辞而别突然消失。埃莱娜与费雷见面时对自己的过去避而不谈，且每次见面都会出现令人尴尬的沉默："这只是黏糊糊的、沉甸甸的、木笃笃的缄默，像是一块粘在鞋底上的胶泥。一段时间之后，谁都受不了啦。"(《我走了》，第182页。)正是这种令人困惑、窒息的沉默使得男性在面对女性人物时不知道该以何种方式相处。小说结尾，除夕之夜，埃莱娜向费雷坦言对即将到来的共同生活图景不太确信，宁愿撇下费雷，独自去参加画家马尔提诺夫家的晚会，这与我们先前所了解的埃莱娜完全不符。"所有与埃莱娜有关的事情都混合了惊奇——她的外貌——与苦涩——不可捉摸的性格。"①

① Rochlitz, R., «Affres du Coeur», *Critique*, Paris：Editions de Minuit, n° 634, mars 2000, p. 200.

　　由于交流障碍，男性和女性人物无法向彼此敞开心扉，诉说内心的情感和想法。缺少了真情实感的交流，男性只能将追寻女性看作捕获性猎物。《我们仨》中，梅耶与妻子薇克多丽娅离婚后，与妮可儿、伊丽莎白保持过短暂的情人关系，向模特辛蒂娅索要过电话，与玛丽雍·莫朗日在海滩发生过一夜情，后来又与吕西·白朗什走到了一起。而《我走了》中，费雷的生活中先后出现过八个女人：苏珊娜、萝兰丝、若丝琳、薇克图娃、蓓琅瑞尔·艾森曼、极地姑娘、索妮娅和埃莱娜。在小说结尾，费雷与一个温和的年轻姑娘邂逅，这似乎是又一段情感经历的开始。小说中的爱情被性欲化了，只剩下身体的欲望与激情。"情爱甚至性爱这些字眼在先锋文艺家那里都显得那么荒唐，只有生理的欲望，肉体的迷醉，形而下的消受贯穿于先锋文本之中。"①利波维茨基在《轻文明》中曾经针对性爱娱乐主义进行过探讨。20世纪60年代，整个西方社会都弥漫着对于现状的不满和反抗斗争的强烈欲望，这时"出现了一种新的性生活模式，它摆脱了过去那些道德的、强制的约束"，"情欲被等同于一种无关任何道德的、社会无权干涉的乐趣"，"艳遇的世界已经进入了一个崭新的时代：一个流动的、来去自由的、短暂的、虚拟的轻时代"。②这与现代都市空间的流动性特征相呼应，同时也是消费社会的享乐主义价值观带来的影响。

　　此外，女性人物在职业、地位上的相对劣势使得她们很容易成为男人的猎物和附属。除了曾经当过明星、在经济上独立的格卢瓦尔和生物学家吕西·白朗什，女性人物通常没有固定职业，或者仅仅从事辅助性质的工作，如接待员、助手、秘书等。《我走了》中的埃莱娜过去的职业虽然是医生，但"她从来没有医治过任何人，她更喜欢基础研究"（《我走了》，第159页）。职业上的劣势和经济上的不独立使得女性成为男性的附属，居于弱势地位。女性的弱势地位也存在生理上的原因，身形和力量上的相对弱

---

　　①　王洪岳：《审美的悖反——先锋文艺新论》，北京：社会科学文献出版社，2005年，第107页。

　　②　详见[法]吉勒·利波维茨基：《轻文明》，郁梦非译，北京：中信出版社，2017年，第199-201页。

势使得女性更易于成为被侵犯的对象。《一年》中的薇克图娃在流浪时曾经受到流浪汉的骚扰。《高大的金发女郎》中，格卢瓦尔在澳大利亚时，曾在深夜将一个男人从桥上推落，原因也是由于这个男人意图不轨。《我们仨》中的吕西在手提包内随身携带用以防身的催泪瓦斯喷雾器。这些都反映了女性的弱势地位。尽管与过去相比，现代女性的社会地位得到了一定程度的提升，但是其相对弱势的现实并非一朝一夕能够彻底改变。

正由于女性所处的弱势地位，她们才更加缺乏安全感，将自我封闭起来，拒绝与外界的交流，以抵挡外来的伤害，从而实现自我保护。在自我封闭中，女性人物的内心越发地孤寂和空虚。

都市个体的诸多病态性表征揭示了个体脆弱的内在，都市空间的外在挤压和个体内在的自我压抑共同造成了现代个体的行动困境。然而，小说人物始终在不断的奔走中进行自省，找寻希望的微光，希冀走出困境。

第五章　都市书写的现实镜像

艾什诺兹借由小说再现了当代西方的社会图景，凭借其独特的文学魅力带给读者强烈的震撼。在作家的引导下，人们可以从都市社会中跳脱出来，客观冷静地进行审视，或许会有一番"不识庐山真面目，只缘身在此山中"的感悟。

当然，作家曾多次表明，他无意通过小说进行社会介入："我的小说只代表自身，不承担任何政治或社会意图……我的书将聚光灯投照在每日透过窗户，或是在电视上可以看到的现实中……有一次，一些年轻人告诉我，对于我在《我走了》中提及申根协定，他们很吃惊……他们在其中看到了一种政治立场，而我则认为，这是文本装置中的一个部件，没有任何诉求。"[①]艾什诺兹明确否认了作品中可能存在的政治诉求或社会介入，但不可否认的是，其小说中用冷静极简的笔触书写的都市空间客观地映射出现实世界的镜像。这其中显见的异化现象、符码化的消费景观和迷失其中的现代个体迷茫挣扎的内心困境，随之暴露在聚光灯下，无处遁形，值得我们深刻反思，引以为戒。

第一节　都市生活的异化形态

随着经济的迅速发展和都市化进程的加快推进，一系列弊端和负面效

---

① Huy M. T., «Entretien avec Jean Echenoz», *Magazine Littéraire* n° 459, décembre 2006, p. 124.

应随之产生。关于城市问题的研究最早可追溯至英国历史学家哈孟德夫妇（J. L. Hammond 和 Barbara Hammond）所说的"迈达斯（Midas）灾祸"。迈达斯是希腊神话中的弗里吉亚国王，非常富有，关于他的神话中最有名的就是"点石成金"。迈达斯救了酒神狄俄倪索斯的老师西勒诺斯。酒神为了报答迈达斯，许诺满足他的任何愿望，因而迈达斯如愿拥有了点石成金的本领，触碰到的任何物品都会即刻化为金子。没高兴多久，迈达斯就发现，他一触碰食物，食物就会变成金子，这样他便无法进食，肯定会被饿死。更可怕的是，他一触碰自己的女儿，就把她变成了一尊黄金雕像。迈达斯后悔不已，最终请求酒神收回了他的这项本领。与迈达斯的期望相反，点石成金带给他的是巨大的灾难。现代城市中的人类同样如此，他们在为现代科技的飞速进步欢欣鼓舞、在享受城市建设带给人们各种前所未有的奇迹和便利的同时，也慢慢发现，环境污染、资源紧缺、局地冲突、治安恶化等问题层出不穷。哈孟德夫妇在《近代工业的兴起》中对英国工业革命带来的城市问题进行了细致深入的论述："城市拥有利的尘埃、利的烟雾、利的贫民窟、利的混乱、利的愚昧、利的渴望。迈达斯的灾祸降临于这个社会了：它降临于这个社会的共同生活中，降临于这个社会的共同心理上，降临于这个社会从农民时代转入工业时代所采取的坚决而急躁的步骤上。因为新式城市并不是这样一个地方，在那里人们可以找到美丽、幸福、安逸、学问、宗教，移风易俗的各种影响，而是荒凉不毛之地，没有色彩、曲调或笑声，只有男女老幼在里面劳动、吃饭和睡觉。这将是人类大众的命运；这将是他们生活中的阴郁的韵律。新式机械厂和新式钢铁厂就好像金字塔一样，把它们的长长阴影投射在这个以它们为自豪的社会之上，只说明人类被奴役而不能说明人类有力量。"① 人类建设城市的美好愿望被各种城市疾病的阴霾驱散，城市异化出现。

　　环境问题业已成为亟待解决的全球性问题。随着社会经济的飞速发

---

　　① 转引自张经武：《意识、理念与策略：刍议"城市病"及其防治》，选自孙逊、陈恒主编：《书写城市：文学与城市体验》，上海：上海三联书店，2014年，第119-120页。

展，人类赖以生存的生态环境也遭到了严重破坏，并且这种破坏造成的后果以惊人的速度凸显出来，直接威胁到子孙后代在地球上的生存。面对这一严峻形势，采取有效的应对措施解决环境问题刻不容缓。我们必须在发展经济的同时重视环境的治理和保护，寻找一条可持续发展的道路，携手守护人类共同的家园。

1972年6月5日，联合国人类环境会议在瑞典首都斯德哥尔摩召开，会议通过了《人类环境宣言》，并将每年的6月5日定为世界环境日。自此，联合国环境规划署每年均会根据环境热点问题制定环境日的主题，并于该日发表《环境现状的年度报告书》。各国政府和民间机构也会在这一天举办各种活动来宣传环保的重要性，全球环境意识逐渐形成。面对日益严峻的环境问题，人类已经开始用实际行动努力协调人类与环境的关系。纵观历年环境日的主题，全球主要有10大环境问题：气候变暖，臭氧层破坏，生物多样性减少，酸雨蔓延，森林锐减，土地荒漠化，大气污染，水体污染，海洋污染和固体废物污染。[①]

在艾什诺兹的小说空间中，臭氧层破坏、生物多样性减少、大气污染、水体污染和固体废物污染等多个环境问题均有所反映。20世纪后半叶伊始，南极上空出现的臭氧层空洞开始受到世界各国专家、学者的普遍关注。自1995年起，每年的9月16日被定为国际保护臭氧层日。臭氧层犹如地球的保护层，对紫外线具有极强的吸收作用，能够抵挡紫外线直线辐射地面对生物造成的侵害，保护地球生命的生存繁衍。《高大的金发女郎》中，格卢瓦尔在澳大利亚的一家夜总会与一位负责环境问题的瑞士人交谈时，后者简明概括了澳大利亚生态环境的黯淡前景："地上的游客越来越多，天上的臭氧越来越少。"（《高大的金发女郎》，第506页。）旅游业的兴旺为当地带来了可观的经济效益，然而大量涌入的外来游客打破了原初的生态环境，使之受到一定程度的破坏。臭氧层空洞的形成也同样与现代生

---

① 参见百度百科"世界环境日"的词条：http://baike.baidu.com/view/22254.htm，2022-08-07.

活方式不无关联。制冷剂、喷雾剂、清洗剂等现代物品为人类生活提供了极大的便利，然而这些物品的主要成分却会迅速消耗臭氧，对臭氧层造成严重的破坏。

与此同时，生产和生活中排放的大量废气也是破坏臭氧层的主要元凶之一。现代社会中，汽车尾气、工业废气等几乎无处不在。交通堵塞时，"停驶的汽车把大量气体排到了人行道上"（《切罗基》，第104页）。小说人物推开住所的窗户，很容易就能见到"远处的路上飘浮着一片汽车尾气的迷雾"（《我走了》，第122页）。加上道路维修时漫天的尘土和沥青的臭味，夏天的巴黎"空气停滞不动，充满了有毒气体，就像是打烊之前的一家乌烟瘴气的酒吧"（《我走了》，第142页）。发达的工业甚至军工业生产所产生的废气则进一步加剧了空气污染的程度。在竖立着一个核燃料增殖反应堆的三支烟囱的上空，梅耶发现了一线黑烟，"垂直的螺旋线条，向苍白的天空升腾，带旋转柱头的细柱子"（《我们仨》，第23页）。现代人呼吸的不再是昔日的纯净空气，而是添加了多种化学成分后混合而成的慢性毒气，这种毒气对人类自身的健康将造成巨大损害。地球的生态环境环环相扣，严重的空气污染会如同连锁反应般大量地消耗臭氧，破坏稀薄的臭氧层，倘若不加以控制，便会给地球生物带来难以挽回的毁灭性灾难。

除去自然因素的影响，人类对自然资源的不合理开采利用以及严重的环境污染也在一定程度上加快了物种灭绝的速度。同时，在经济利益的驱使下，人类对野生生物进行过度的猎捕和采集，致使这些物种难以正常繁衍，这同样是构成生物多样性急剧减少的重要原因。艾什诺兹也将此融入了小说。《切罗基》中，斯皮尔沃格博士珍爱的摩根鹦鹉属于稀有品种。在向乔治介绍摩根鹦鹉时，博士讲述了鹦鹉如何在非洲丛林被白人活捉，并飘洋过海几经倒卖的经历，这其中还有一段小插曲。鹦鹉在非洲丛林时，曾遇到一群来自东方的猎人，并且目睹了他们追逐和屠杀牛羚的整个过程。"摩根利用这个机会，学会了卡菲尔人的欢呼声、班图人的打猎声和牛羚受到致命伤时的叫声。"（《切罗基》，第125页。）而在此之前，生长在非洲丛林的摩根根本没有接触班图语的机会。摩根的学舌记录了同时出现的两种情绪截然相反的声音：人类捕获猎物的欢呼雀跃声和动物濒临死亡时痛苦绝望的叫喊声。这一强烈反差中透露的情感立场不言而喻。

　　人类对野生动物进行大规模的捕杀，有时仅仅是为了生产大量微不足道甚至无用的小物品。与格卢瓦尔交谈的瑞士人讲到"人们对拉长岩石海豹命运的安排，它们遭到大量捕杀，人们用它们的皮做拖鞋和钥匙夹，特别是拉长岩石海豹形状的有活动关节的小玩具"（《高大的金发女郎》，第506页）。《湖》中的维托每次使用他的拎包时，都会思索"一张如此质量的皮，当初究竟披在一头什么样的动物身上，这怕冷的、没人疼爱的、可怜的畜生，这身体羸弱的、即将消亡的物种"（《湖》，第10页）。为了生产这些现代消费品，甚至是诸如小玩具之类无关实际生存需要的伪功能性物品，人类以世界主宰的优越身份自居，擅自安排了其他物种的命运。作家小说中出现的一块挂毯上的图案，恰好可以描绘这些动物的危险处境："图案是一只目光茫然的鹿，它被一群人围住了。"（《切罗基》，第147页。）面对捕猎者的虎视眈眈，势单力薄的鹿眼中流露出的只有茫然、无助和绝望。艾什诺兹在《湖》中还通过下水场这一特定区域展现了站在食物链顶端的人类对其他动物的绝对主宰。塞克上校约肖班在下水场见面，这里场面甚是震撼，充满了"地狱般的嘈杂声"（《湖》，第100页）：工人一边大声吆喝，一边切割并分门别类地摆放好肝、心脏、脑子、脚爪、舌头、肺、腰子、胸腺、脾脏等各种动物脏器。另一边的砸脑壳车间里，碎脑壳工负责从羊羔的脑袋中清空脑浆。一幅令人瞠目结舌的地狱场景。

　　日益严重的水污染也是破坏水产资源、导致某些水生生物绝迹的重要原因。大量工业废水和城市生活污水未经处理或未进行充分处理就被直接排放，造成了地表水的污染。艾什诺兹在《出征马来亚》中曾使用"柏油状的水""满是病毒的水""有毒液的冥河"（《出征马来亚》，第286页、第312页、第408页）等多个不同的修饰语来形容受到污染的河水。大量固体废物的随意倾倒更是加重了水体的受污染程度。小说人物也目睹了污染河水的各种固体废物，看见肮脏的水面上"漂浮着一些泡沫聚苯乙烯、空瓶子、无数旧东西的陆地。那个池塘上飘浮着一种轻微的呛人气味"（《出征马来亚》，第 288 页）。梅耶随手将抽血后留在手臂上的敷料纱布屑和橡皮膏扔进了阴沟，"跟咳嗽药和开胃药的包装盒、巧克力棍、用过的共同交通票等挨在一起"（《我们仨》，第 206 页）。现代生活垃圾在固体废物中占据较大比重，构成固体废物污染的主要来源之一。全球每年的居民生活垃圾数量惊人，除了传统的填埋方法，人类正在研究并运用各种方法对垃圾进行科学处理，并对可回收物品进行回收利用。然而，在想尽办法科学处理大量垃圾之余，人们更应当增强节约意识，从源头上控制生活垃圾的数量。当前社会普遍存在的浪费现象大大增加了垃圾数量，许多被丢弃的物品其实仍然可以使用。《一年》中的薇克图娃在流浪时，就时常会在人们丢弃的垃圾中发现仍旧可以使用的物品，如半新半旧、甚至全新的鞋子，还有装在遥控器内的几乎全新的电池。倘若能够物尽其用，垃圾处理量可以大大削减，固体废物的污染亦能减轻。

水污染、严重的浪费现象、水资源的过度开采等诸多因素共同导致了全球性淡水危机的出现。地球上的水资源中仅有 3% 是淡水资源，而绝大部分淡水又以难以利用的冰川和积雪形式存在，因而淡水资源极其珍贵。目前，很多国家都面临缺水问题，每天都有许多人因为缺乏水源或者安全的饮用水而丧命。然而，地球上可利用的淡水资源几乎已经被开采殆尽，科学家们正积极研究利用冰川的方法，以期在不久的将来实现冰川的大规模利用，解决地球的淡水危机。值得警醒的是，作为未来人类生命之源的极地冰雪也面临着遭受污染的危险。现代社会的文明生活以强制输入的方式侵入极地这方世外净土。拉布拉多海岸的村庄建立了从发电中心到教堂一应俱全的现代化设施，然而这一切与当地土著的需要完全不符，"他们就把村庄给毁了，最后抛弃了它们，出外去自杀"（《我走了》，第 22 页）。现代物品尤其是交通工具的使用，给极地冰雪带来了显见的污染。《我走了》中的费雷在北极行进时，曾与向导在租车铺租用了一辆挂着轻便拖车的小车。"他们继续蜿蜒行进在冰雪堆之间，在身后灰蓬蓬的冰面上，留下许许多多的油点和污痕，不时地描绘出长长的环形线，以绕过冰雪屏障。"（《我走了》，第 60 页。）现代机械的闯入改变了极地本来的样貌。小说颠覆了北极给人的传统印象——白雪皑皑、如梦如幻，而展现出一个带有鲜明现代印记的新形象。在艾什诺兹的笔下，北极世界已然失去了昔日的神秘光环，逐渐与普遍受污染的都市生存环境趋同。

臭氧层破坏、大气污染、生物多样性减少、水体污染和固体废物污染等多种环境问题相互关联、相互影响，形成错综复杂的交互反应网络。长此以往，这一恶性循环不仅会破坏现代人类的健康，而且会直接威胁到人类和地球上其他生物的生存繁衍。艾什诺兹的小说作品体现了明确的生态思想：渴望人与自然的和平相处以及人类社会的和谐发展。

人类赖以生存的生态环境正面临着前所未有的严重危机，需要人类齐心协力，合力解决这一共同的难题。然而人类内部的争执与冲突却始终未曾间断。为了各自的政治利益，各国之间摩擦不断，武装冲突时有发生，一些国家和地区局势动荡不安。艾什诺兹的部分小说作品中也融入了战争元素。《跑》以奥运史上著名的捷克运动员艾米尔·扎托佩克(后简称艾米尔)作为主人公，故事集中发生在自 1939 年德军占领捷克斯洛伐克后的三十多年时间内。1938 年 9 月 29 日，英、法、德、意四国签署《慕尼黑协定》，捷克斯洛伐克成为英法绥靖政策的牺牲品。希特勒以更加强硬的态度进一步进行法西斯侵略扩张。1939 年，德军占领捷克斯洛伐克，开始长达六年的统治。1945 年，在苏联的帮助下，捷克斯洛伐克全境解放，而人民并未迎来期盼已久的自由生活。国内推行的高压政策使得举国上下人心惶惶，道路以目。此时，在国内外已经颇负盛名的艾米尔自然引起了捷克当局的高度关注，并成为政治工具。杜布切克上台后，捷克国内政治氛围日渐缓和，并迎来了"布拉格之春"的经济政治改革运动，为人民生活注入了勃勃生机。然而，对此深感不满的苏联于 1968 年出兵控制捷克斯洛伐克，扼杀了"布拉格之春"的改革运动，人民生活再度陷入黑暗。艾米尔也因发表支持"布拉格之春"的言论而被开除党籍，并被下放做矿井矿工、马路清洁工等各种艰苦的工作。最终，在签署了一份认错书后，艾米尔获得了一份档案保管员的新工作，找回了平静的生活。整部小说被设定为灰色的阴郁基调，时局的动荡使得捷克人民始终生活在彷徨与不安中，而艾米尔这个传奇人物的一生也被牢牢地与政治捆缚在一起。我们在小说中很难嗅到一丝自由的气息,感受到的唯有压抑与沉重。

艾什诺兹也会用调侃的口吻嘲讽各国之间争权夺利的状况。《我走了》中的费雷乘坐破冰船在北极航行时,途经大片无人地带。"这是一些从来无人涉足的地域,尽管好几个国家都对它多少声称拥有主权:斯堪的纳维亚诸国,因为最早在这里进行勘察的人是从他们国家来的;俄罗斯,因为它离这里并不远;加拿大,因为它很近;美国,因为它是美国。"(《我走了》,第22页)作家风趣地为争夺该地主权的国家构想了种种可笑的理由。为了这片无人地带,各个国家凭借诸多牵强的理由你争我夺,甚至包括毫不相干的遥远的美国。这种争夺在作家的笔下显得如此荒诞滑稽。

艾什诺兹反对战争、渴求和平的立场在小说《14》和《我们仨》中表现得更为鲜明。《14》以"一战"为背景,对战争和生命进行思考。战争使得"城市如漏气的轮胎那样丢失了它的男人",战争也如同"一出肮脏不堪、臭气冲天的歌剧"那般充斥着"令人相当厌烦的喧嚣"(《14》,第21页、第63页)。《我们仨》发表于1992年,作家创作这部小说时恰逢海湾战争前后。海湾战争是"二战"以来世界上最大的一场局部战争。1990年8月,石油问题谈判破裂后,伊拉克入侵科威特,成为海湾战争的导火索。为了恢复科威特的领土完整,以美国为首的多国联盟在联合国安理会的授权下,对伊拉克发动了战争。1991年1月17日,多国部队轰炸巴格达,海湾战争爆发。战争于2月28日结束,历时一个多月。由于现代科学技术的发展,这场发生于新时期的现代战争是一次高科技战争,运用了多种现代化武器和高科技手段。海湾战争中,多国部队动用了大量贫铀弹,焚毁了伊拉克的大批炼油厂和化工厂。这导致战后当地儿童的癌症率提高了四倍,造成了更多伊拉克人的死亡,并给当地的生态环境带来了长期的恶劣影响。[1] 艾什诺兹让人物直面整个广阔的自然环境背景,通过二者的悬殊对比来凸显

---

① 参见百度百科"海湾战争"的词条:https://baike.baidu.com/item/海湾战争/100393,2022-08-15.

人类的渺小，借此讽刺人类之间相互争斗行为的愚蠢。

此种反衬手法的运用在小说中出现了三次。作家借助人物在载人航空飞船上的特殊视角，呈现了地球的全景。世界各地的自然现象和灾难事故在此尽收眼底："中美洲上空一场巨大的风暴，一片密集的雨云，云底下闪电大作，把云层照得通亮。然后，大西洋翻过了一页，出现了西方，近东，然后是远东，森林大火和季风，到处都飞溅起战争冲突的黄色和红色的烟火。一片起火的油田，然后，一座躁动的火山，从这两个地方升腾起两丝烟柱，两条长长的白色道道，微微摇晃，一直升向平流层，到了那里，两朵黑色的花竟相怒放。最后，一股台风瞪大了眼睛，扫荡了菲律宾。"(《我们仨》，第 195 页。)在广阔无垠的宇宙空间背景下，地球就如同大海中的沙砾般微不足道。地球上发生的一切在此均一览无遗，世界各个角落的勾心斗角、争权夺利显得如此愚蠢可笑，连绵不休的战争炮火没有丝毫意义，只会令这个静谧美丽的蓝色星球徒增一丝瑕疵。仅此而已。

茫茫宇宙中的地球是如此渺小，生活在地球上的人类与之相比又更加微乎其微。《我们仨》中，地震发生时，梅耶和吕西及其他乘客被困于电梯中。半空中的电梯在震动数次后骤然坠落，在地面停住。作家在此处营构的画面意味深长。困于电梯这一有限空间内的人们似乎构成了整个人类群体的缩影："两种性别，三种年龄，四五种肤色的人此时全都混杂在黑暗的笼厢里，惊恐地大声喊叫，如同在游乐场的小铁道上那样。"(《我们仨》，第 72 页。)广阔的外部环境空间与狭小的电梯空间、电梯外的山崩地裂与电梯内人们的惊恐无助之间均构成了鲜明的对比。在巨大的自然灾害面前，人类显得如此弱小无助。

除了横向的共时比较，作家还将人类与地球上漫漫的历史长河进行了纵向的历时比较。马赛地震发生时，地面上突然裂开许多巨大的裂缝，又瞬间合拢，"早已吞噬了人和动物，把他们挤压成了未来的化石，要等五千年之后，人们为了他们生前无法想象的一大笔钱，把他们挖出来"(《我们仨》，第 70 页)。在地球有生命出现后的 35 亿年历史长河中，沧海桑田，单个人类个体的短短数十年生命何其短暂。人们为了一己私利你争我夺、大动干戈，终究会化作一抔尘土，不过是世上走一遭的匆匆过客。

艾什诺兹从三个角度运用对比反衬的手法，隐晦地表达了自己反对战争的立场。除此之外，对战争和武装冲突的描写中，作家还对人物进行了降格化处理。雇佣兵对孤岛宫殿的进攻"如同苍蝇一样轻快而突然，既难以预见又有协同指挥"，而在追击塞尔默时，他们又"如同大象和老虎一般吼叫着，在野草、植物茎和树干之间左冲右突，穷追不舍"，仿佛正在追捕猎物的野兽。（《格林威治子午线》，第229页、第256页。）人被降格为普通动物，而与之形成鲜明对比的是，"自战斗开始以来，动物们小心谨慎地躲藏了起来，而让那些穿衣服的人们互相杀戮"（《格林威治子午线》，第230页）。作家借动物的视角展现了人类这种冲突争斗行为的愚蠢。

当然，小说中也有更为直接明确的反战表述。马赛的一日黄昏，梅耶坐在妮可儿家的露台上小憩，手中拿着酒杯，远处是一片夕阳美景。"一张热带音乐的唱片柔柔地转动，发出低低的声音，一阵和风带来一丝海洋的气息，黄菖蒲和山梅花的香味幽幽传来，很浓郁，远离了战争和炸弹的爆炸，远离了核武器、攻击性榴弹、重型炮的碰撞；也没有了在马鞭草花盆、带条纹的躺椅、带花点的遮阳伞之间的哭泣和诉怨；和平。"（《我们仨》，第36页。）远离了战争的生离死别、满目疮痍，悠闲的黄昏时刻显得那么平静、美好。而对于身处战乱中的人们而言，如此平凡、简单的幸福也变成了一种奢望，成为可望而不可即的梦想。

战乱地区的动荡不安令人忧心，而和平环境下的现代社会也存在着诸多问题，令人担忧。如今，翻开报纸或是留意电视和网络新闻，人们每天都可以看到许多诸如杀人越货、走私贩毒、坑蒙拐骗等五花八门的负面新闻。小说《弹钢琴》中的马克斯重返人间后被送到秘鲁的伊基托斯，他在那里鲜少与人交谈，偶尔与餐馆服务生闲聊几句，得到的都是关于此地的一些令人气馁的负面信息："频繁的自杀性爆炸，黑社会势力的无处不在，毒品的大肆流行，魔法巫术的盛行，诸如此类。"（《弹钢琴》，第157页。）传媒报道的负面事件铺天盖地，并成为人们茶余饭后闲聊的主要话题。由此可以看出，在和平环境下，当今社会表面上的总体平静难掩内部的暗流

161

涌动。

在艾什诺兹的小说中，现代社会的不稳定有多种表现，譬如枪支的泛滥和各种违法勾当。多个小说人物拥有私人手枪，并对社会安全具有一定的潜在威胁。"虽然没有持枪许可证"，西奥·塞尔默仍然"拥有一支标准型利亚马自动手枪和一支相当轻巧的镀镍罗西式左轮手枪"（《格林威治子午线》，第 43 页）。塞尔默在南美洲枪杀了他在联合国作译员时曾见过的三个美国官员。《切罗基》中的旧书商费尔南拥有一杆长枪，私家侦探博克"有一支 7.65 口径的九响连发手枪，'法国式'，马尼弗朗斯公司 1964 年制造"（《切罗基》，第 105 页）。《出征马来亚》中，布斯特洛菲东号轮船上的二副加尔劳纳用枪挟持了船长等人。保尔和鲍勃除了自己的正当职业外，也做小手枪的交易，以凡·奥斯为首的一群危及安全的犯罪分子最初就是从他们那里获得手枪。枪支的泛滥直接危及社会安全，导致更多暴力案件的发生。

各种违法勾当以《高大的金发女郎》中莫帕纳尔为首的犯罪集团从事的活动为代表。艾什诺兹用大量笔墨详细描述了人们可以想到的种种违法勾当。该犯罪集团的生意主要由财产、服务和手段三部分组成，其业务的庞大几乎"可以与世界经济等量齐观"。财产方面，"首先是传统的社会道德，如军用炸药，作战武器，外汇，酒精，儿童，香烟，淫秽制品，赝品，两种性别的奴隶，受保护的珍稀物种"；然后是一些新兴部门，如贩卖人体器官、黑市卖血等；此外还包括毒品交易、假冒伪劣药品等。服务方面，可谓五花八门，"敲诈勒索，谋取赎金的绑架，对各种财物巧取豪夺，钻保护税的空子，赌场和窑子，侵吞用以发展公益事业的特征税，黑金库和黑工，打着投资旗号招摇撞骗，有害垃圾的特殊处理，强制分包，非法破产，在共同农业政策上营私舞弊"，几乎处处都有不为人知的非法行为。手段方面，主要是通过各种歪门邪道赚取钱财，可以从征税人那里搜刮，也可以通过在各个正当盈利机构的票据上做手脚非法赚取，最后通过洗黑钱的方式将这些钱财合法化。（《高大的金发女郎》，第 557-558 页。）该犯罪集团的业务范围几乎囊括了所有不法生意。犯罪行为的触角已经延伸至世界的各个角落和各行各业，社会的黑暗面和人性的沦丧在此展露无遗，令人骇然。

在利益的诱惑和驱使下，部分个体的思想已经发生了变质。他们参与各种非法活动，为了一己之私危害他人的健康甚至生命，损害国家利益。利益的诱惑令他们遮蔽了双眼，遗忘了内心深处最初的善良。除了从事上述非法交易的不良分子，其他一些人物身上也反映出人性的堕落。《我们仨》中，马赛大地震过后，当地人的生命和财产遭受巨大损失。当人们还未从地震时的惊恐和顷刻间家破人亡的伤痛中缓过神来时，传言一些强盗已经迅速组成了抢劫帮，"通过波麦特监狱墙壁上豁开的裂缝，一小撮被判无期徒刑的囚犯溜了出来，前去抢劫珠宝店、家具店，袭击虚弱者以及有钱的杂货商，从死人或活人的耳朵上扯下耳环耳坠"（《我们仨》，第98页）。他们将天灾变作人祸，这对地震灾区的居民而言无异于雪上加霜。《格林威治子午线》中的鲁塞尔是一名职业杀手，将杀人视作例行公事，以此作为生活来源，视人命如草芥。不过，即便如此，我们仍然可以从他身上窥见残留的一点人性。鲁塞尔"洗澡多而且经常，尤其是在他工作的日子里"（《格林威治子午线》，第82页）。在他的内心深处，仍然存有分辨是非善恶的意识，频繁洗澡这一下意识的强迫性举动恰恰证明了他内心洗刷罪恶的渴望。

如今，社会上的暴力凶杀案件频发，加之媒体铺天盖地的相关报道，人们的不安全感日益加重。"在一个被视为受到威胁的时代，人们需要最大限度的完全保护装置，豪宅设有防盗和警报系统，实行24小时监控，别墅建有围墙、岗哨、警报和录像监视系统。"①监视器材的消费正体现了现代人缺乏安全感的心理状态。如《我走了》中本加特内尔曾住过的一个别墅区内，"在每幢别墅的大门上，各固定着一个录像监视镜头，分别睁着小眼睛盯着这一片小小的全景"（《我走了》，第123页）。在财力允许的前提

---

① ［法］吉尔·利波维茨基、埃丽亚特·胡：《永恒的奢侈——从圣物岁月到品牌时代》，谢强译，北京：中国人民大学出版社，2007年，第55页。

下，人们会尽可能地安置监视和警报系统，享受完善的安保服务，以期最大限度地保障人身和财产安全。而这种日常的不安全感也"加重了个人主义的倾向，如戒备、冷待他人、自我封闭等"①。因此，这也是艾什诺兹小说人物的自闭性格的促成因素之一。

此外，现代社会还存在许多问题，尽管与上述问题相比较为缓和，但仍然属于潜在的不稳定因素。首先是缺乏关注的弱势群体。"在人行道上，我们尤其可以发现一些出生于第三世界国家的移民和一些处于第三年龄阶段的侨民，慢悠悠，孤零零，茫然失措。"（《我走了》，第134页。）"这条堤坝上有树和长椅，充斥着游手好闲的人、上岁数的人、移民来此的人，有时这三种人同时都落座在树荫下的长椅上，注视着脚边的枯叶和皱巴巴的纸片飞来舞去。"（《一年》，第103-104页。）这些老年人、移民和无所事事者生活在社会边缘，他们不受关注、孤独寂寞，似乎化身成为透明的幽灵，整日在街头徘徊，已经融入了现代西方社会的街头风景。他们感受不到自身存在的价值，无法找到生活的意义。我们在第二章中还分析了另一类社会边缘人物——无家可归者的生存处境。城市颁布的各种驱逐乞丐的相关法令阻隔了他们重要的生活来源，使其生存更加艰难，迫使他们有时不得不做出一些小偷小摸的越界行为。

社会上普遍存在的以权谋私、奉迎拍马的不正之风破坏了社会风气。艾什诺兹也在小说中不露声色地对此加以调侃和嘲讽。《弹钢琴》中，人死后在"中心"作短暂的停留就会被送往公园或城区，无法继续留在"中心"，而生前曾是电影红星的桃乐丝·黛却是个例外，她留在"中心"从事医疗护理工作。贝里阿尔对此向马克斯做出这样的解释："桃乐丝嘛，情况有些特殊……那是一个例外。她是有保护的，您瞧，她能够就业。制度也是有欠缺的，有时候，也会有通融，到处都一样。"（《弹钢琴》，第93页。）在人死之后的另一个世界，制度仍旧不完善，特权依然存在。桃乐丝在权势的

---

① ［法］吉尔·利波维茨基：《空虚时代——论当代个人主义》，方仁杰、倪复生译，北京：中国人民大学出版社，2007年，第248页。

庇护下享受着有别于他人的特殊优待，可以留在"中心"工作，不必在公园或城区地段之间作出选择。这种无处不在的特权现象破坏了体例制度的平等性，也可能会造成他人的心态失衡，不利于和谐的人际相处。

贫富悬殊是影响社会稳定的关键因素。贫富差距过大容易导致普遍的社会不满，激化社会矛盾，引发社会动荡，威胁社会稳定。如今，西方国家通过税收调节和社会福利等各种手段进行控制，取得了一定的成效，但依然存在较大的贫富差距。艾什诺兹的小说里多处展现了贫富的悬殊。《我走了》中，作家"把富人区（15 章中本加特内尔住的巴黎 16 区）和平民区（13 章中鲽鱼住的 18 区）相比较。一边是宽敞花园中的别墅洋楼，另一边是濒临倒塌的楼房"[1]。平民和富人的住所有着天壤之别。甚至在死后，这一贫富差别仍然无法消除。在印度逗留期间，格卢瓦尔和拉谢尔在火葬场外凭着焚尸气味的微妙差异就能辨别死者社会地位的高低。这取决于选用柴火的等级，"有钱人用的是檀香木或香蕉树，平民百姓用的则是芒果树"（《高大的金发女郎》，第 518 页）。平民低下的社会地位所带来的差别待遇将伴随其一生，在死后也同样无法摆脱。有些富人通过非法途径聚敛财富，生活得安逸奢侈，而更多平民整日辛劳奔波，却只能勉强度日。这就导致普遍的仇富心理的出现。拜伦·凯恩就坦言，"我在家里总是感到难受……一难受就驳斥上层富人的为富不仁"（《格林威治子午线》，第 240 页）。倘若无法有效地控制和调节贫富差距，这种普遍的仇富心理会导致社会矛盾的日趋激化。

艾什诺兹也不忘对富人阶层进行嘲讽。马克斯沿地铁线来回追逐罗丝的身影时，留意到星形广场方向的地铁沿线有四个垃圾桶，而民族广场方向只有两个。马克斯不禁疑惑："为什么？难道从美丽街区回来的人垃圾就扔得少吗？"（《弹钢琴》，第 70 页。）16 区富人住所忧郁沉闷的外表也成为作家调侃的对象。"富人们最最聪明的计谋之一，是要让人相信，他们在自己的街区中很是烦闷，以至于人们几乎都要去可怜他们，为他们鸣

---

[1]　Jérusalem C., *Je M'en Vais de Jean Echenoz*, Paris：Hatier, 2007, p. 15.

冤，同情他们的富裕，似乎他们的财富是一种残疾，似乎它给他们带来了一种令人沮丧的生活方式。"(《我走了》，第93页。)

一些政策措施的实施，譬如1995年生效的《申根协定》，会在一定程度上强化人们对国家之间贫富差距的意识："这项协定规定，在签署协定的欧洲国家之间，人员将实行完全自由的流通。届时，内部各国之间边境的检查将被取消，同时，进一步加强外部共同边境上的监视，这样的措施，使得富人们能更从容地信步漫游在富人们的家中，舒适得像在自己家中，把双臂伸展得更大，同时把穷人们关得更紧，穷人们受到了进一步的监视，只是更加明白了他们的痛苦。"(《我走了》，第185页。)这种做法不过是富人们用高墙筑起自己专属的享乐天堂，带着高傲的优越感将穷人们拒之门外。

我们发现，上述种种社会问题或多或少都涉及同一物，即金钱。金钱构成了艾什诺兹小说中的一个特殊的叙事元素。小说中的许多情节都与金钱相关，如《切罗基》中的骗取遗产，《我走了》中的北极寻宝，《我走了》和《一年》中的盗窃事件等。作家多次呈现核帐、谈判、交易等关乎金钱的场景，如《一年》中薇克图娃清点现金的多次举动，《我走了》中费雷的画廊生意等。①

艾什诺兹还对金钱进行了诗意化的描写，或用隐喻的手法将钱币比作"蓝绿色的蜻蜓"(《一年》，第17-18页)，或将妓女在街头拉客的报价用语称作"完美的十二音节诗句"("十五欧元叼烟斗三十欧元做个爱")(《弹钢琴》，第59页)。金钱的出场都配备了美化的滤镜。这是因为，金钱对生活至关重要，甚至被赋予了一种神圣地位。

金钱是正常社会生活得以维持的重要前提，马克斯在伊基托斯时手头拮据，"饥饿，炎热，甚至不喝皮斯科酒就会产生的干渴，对一种基本的舒适生活的渴望，这一切都提出了只有金钱才能解决的问题，即便再卑微的日常生活也需要有一个预算"(《弹钢琴》，第156页)。而《切罗基》中财

---

① 参见 Jérusalem, C., «Echenoz et l'Argent», www. remue. net，2022-08-17.

大气粗的吉布斯可以因为自己的喜好轻易租一架飞机，只为了在巴黎上空毫无目的地转圈。生活无法对金钱避而不谈，梅耶与薇克多丽娅热恋时，整整四十天里，他们的生活简化成性交和睡觉。"但是，睡觉和性交还不是一切，他们还必须起床，去干活，那样才能挣来钱，使他们能去买吃的，喝的，还有鲜花和衣服……"（《我们仨》，第21页。）金钱意味着对生活的自主选择权，决定了人们能否按照自己的意愿随性生活，因而被赋予一种神圣的地位。金钱带着神秘诱惑的迷幻外表渗透到日常生活的细枝末节，与其紧紧相融，密不可分。

第二节　符码建构的消费景观

与现代都市生活的政治、社会、生态等方面的诸多异化形态相比，日常生活与大众文化中存在的问题具有更大的隐蔽性。消费现象在日常生活中随处可见，与人们的衣食住行紧密相连，几乎已经成为现代社会的标志性表征。人们对此早已司空见惯，将其视为理所当然，殊不知这其中蕴藏着的隐患具有出人意料的渗透性和破坏力，现代个体在不知不觉间早已迷失其中。

自工业革命以来，手工劳作逐渐被机器化大生产所代替，生产效率大大提高，人类社会实现了跨越式发展。各式现代机器的诞生彻底改变了昔日的落后生产力状态，使得人们的生活面目一新。作为人类社会现代化进程中的一个重要里程碑，机器成为推动社会发展不可或缺的动力，也因此走进了文学的视野。人们对机器的态度各不相同，并且几经转变。19世纪的文学作品对机器持有两种截然相反的态度。一种观点认为，机器的出现预示着人类的美好未来。技术乌托邦的思想中就体现出这种观点，譬如圣西门的社会主义哲学就提出一套政治体系，工业在其中发挥关键作用。一些文学作品也对技术进步持乐观积极的态度，例如左拉的《卢贡-马卡尔家族》、儒勒·凡尔纳的《奇异旅行》等。这些作品将机器视作解放人类和社会的力量。另一方则以各种原因对机器持否定态度。

有人认为，技术物品作为工业化的产物和象征，成为压迫工人的源泉。还有一些作家从美学和精神科学的角度出发，认为机器体现了技术较之于自然和艺术的丑陋。作为进步、理性和现代的代表，机器造成了精神科学和艺术的衰落。维里耶·德·利尔-亚当的作品中就流露出对于技术进步和机器的否定态度。20世纪以来，随着汽车、飞机等现代交通工具的发明和普及，文学作品中的机器逐渐以积极、正面的形象出现，奥克塔夫·米尔博①的《628-E-8》就是关于驾车旅行的一部作品。② 机器和现代技术的正面形象逐步树立起来，并日益深入人心，甚至被无限放大。这使得科学技术神圣化，由此催生出一种类似于宗教的情怀，对技术的迷信代替了宗教信仰。

　　以交通工具为例。汽车、火车、飞机等现代交通工具的普及大大方便了人们的出行，缩短了空间距离。在短时间内实现空间转换，甚至到达地球的另一边，这在过去必定被视作异想天开，然而现代交通工具的诞生却帮助人们实现了这一奇迹。"机器的动力和速度似乎可以超越一切时间和空间的限制。"③这种不可思议的神奇魔力可以让人在有限的短暂时间内驶向心中向往的远方。《跑》的主人公艾米尔作为体坛的传奇人物，其惊人的跑步速度和体能已经超越了人体正常的生理极限，由此获得了一个"火车头"的绰号。艾米尔那令人难以置信的速度和似乎永不衰竭的动力使其与具有相同特征的现代机器"火车头"之间画上了等号。这反过来也体现了火车头在众人眼中具有的神奇力量。艾什诺兹笔下的人物借助现代交通工具来实现空间上的位移，期望以此摆脱不如意的生活现状。他们将自己投入

---

　　① 奥克塔夫·米尔博(Octave Mirbeau，1848—1917)：法国记者、艺术评论家、小说家、剧作家，代表作有《天空》《女生日记》《秘密花园》等。《628-E-8》发表于1907年，其体裁介于游记、幻想作品、文化批评等多种体裁之间。标题其实是米尔博的车牌号，作家在作品中驾驶着汽车驰骋于半是现实半是虚构的欧洲大陆。

　　② 文学作品中对机器所持态度的差异和演变参见 Dubbelboer，M.，«Un Univers Mécanique：la Machine chez Alfred Jarry»，*French Studies*，Vol. 58 (4)，2004，pp. 471-473.

　　③ Ibid.，p. 476.

一次又一次的旅行，在迅疾的速度中憧憬改变不如意现状的可能性。然而，小说人物所经历的并非真正意义上的旅行，而是一种伪旅行，一种全无立体感的虚假苍白的旅行。"在上个世纪，很多人便已知觉到速度的吊诡：'火车并不视我们是旅客，而是寄送的包裹。'在托尔斯泰这边则记道：'火车对于旅行就如妓院对于爱情……'"①迅疾的速度带来了窗外景物的飞逝，人们无法像过去一样在信步漫游中细细品味沿途的风景。高速行驶的交通工具如投递包裹般匆匆将人们从某地运送到他处，人们在享受速度带来的便捷的同时也渐渐淡忘了旅行原本的乐趣和美学意义：人们本可以暂时抛开惯常的生活环境，在旅行中寻求全新的审美体验，在赏心悦目中感受人与自然的和谐相容。

如今，人们的远行已离不开高效率的现代交通工具。而电话、电视直至互联网等现代科技的产物则更加高速，可以在瞬间连接相距万里的不同空间，即时传递最新的信息。人们无时无刻不在运用这些科技物品，它们已经成为现代生活不可或缺的重要组成部分。"铁路、汽车、喷射机、电话、电视……我们整个生活通过这些我们甚至不再意识的高速旅行人造义肢。"②人类创造发明这些物品的初衷是利用它们更好地服务人类。事实也的确如此。尤其是20世纪以来，这些物品的出现和普及大大提高了人们的生活质量。然而，随着时间的流逝，人类对其倚赖日益加深，它们悄无声息地渗透进现代生活的深层，拥有了不可撼动的地位。这些物品不再是人类可有可无的某件工具，而是一跃成为人类的"人造义肢"，缺少了它们，人类将寸步难行。

人役于物的这一被动现状产生的根源由来已久。西方社会自迈入工业文明以来，社会化大生产取代了传统的手工劳作，成为主要的生产方式。

① ［法］保罗·维希留：《消失的美学》，杨凯麟译，台北：扬智文化事业股份有限公司，2001年，第163页。

② ［法］保罗·维希留：《消失的美学》，杨凯麟译，台北：扬智文化事业股份有限公司，2001年，第116页。

标准化生产要求对生产过程的每一个环节进行细致分解，实现了批量化生产。流水线的运作使专业化分工无限细化，工人整日在流水线上重复着简单乏味的高强度劳动。卓别林的电影《摩登时代》就对此进行了辛辣的嘲讽。《跑》中的艾米尔也有相似的经历。在艾米尔的运动生涯开始之前，他被安排在制鞋厂工作，所在的车间每日要生产 2200 双胶丝底网球鞋。"他的第一份工作就是用齿轮把鞋底削得大小一致。但是这份工作的强度十分恐怖，空气简直不能呼吸，节奏也非常快，即使产品有一点点瑕疵也会被罚款，哪怕稍微落后一点也会被记在他本已微薄的薪水中。很快他就实在做不下去了。"（《跑》，第 10-11 页。）长时间的高强度劳动和机械化动作压制了人的能动性，严密的分工使人无法像过去在具有个人特色的手工劳动中那般发挥创造性思维。生产效率的提高伴随着创造性活动的消隐。到了当代，创造性活动受到抑制的状况并未好转，甚至更为严重。各种新式的科技产品层出不穷，人们的手势日益统一为操控按钮的贫乏动作，变成空洞的形式。"人的功能的空洞化，就为物的功能的投注提供了空间，使我们在心理上认同了物的功能的先验性，而这正是神话构成的方式。"[1]人依附于物体，"生活在物的功能化构成的世界中"，"像蜗牛一样"寄居于"物体的星球"。[2]

现代生活中充斥着大量物品。为了追求经济增长速度，人们大量生产生存需要以外的产品，消费的意义发生了转变。社会生产总过程体现为生产、分配、交换、消费四个环节，生产决定消费，消费在一定程度上反作用于生产，对生产起到影响和制约作用。而如今，消费的地位已经发生逆转，成为生产的动机，消费决定着生产。人类由物质匮乏的生产社会迈入了丰裕的消费社会。与此相关的研究甚众。其中，法国的代表人物和思潮

---

① 仰海峰：《走向后马克思：从生产之镜到符号之镜——早期鲍德里亚思想的文本学解读》，北京：中央编译出版社，2004 年，第 95 页。

② 仰海峰：《走向后马克思：从生产之镜到符号之镜——早期鲍德里亚思想的文本学解读》，北京：中央编译出版社，2004 年，第 96 页。

主要包括昂利·列斐伏尔①、罗兰·巴特、情境主义国际思潮②、让·波德里亚以及吉尔·利波维茨基等。我们可以尝试结合这些理论来考察艾什诺兹的小说文本中展现的现代日常生活。

　　布鲁诺·布朗克曼认为，艾什诺兹的独特之处在于，他最先在小说中

①　昂利·列斐伏尔(Henri Lefebvre, 1901—1991)：法国著名马克思主义哲学家，"日常生活批判理论之父"，"现代法国辩证法之父"，城市社会学理论的重要奠基者。一生著作颇丰，日常生活批判方面的代表作有《日常生活批判》三卷本(1947、1962、1981)。列斐伏尔是西方马克思主义日常生活批判哲学的开拓者。"日常生活是一种重复性的、数量化的日常物质生活过程。"(吴宁：《日常生活批判——列斐伏尔哲学思想研究》，北京：人民出版社，2007年，第163页)他认为，随着资本主义的发展，其"压迫重心已经从经济领域转移到消费文化的日常生活领域，消费代替了生产而成为异化统治的主要领域"(同上，第161页)。列斐伏尔提出了"被控消费的官僚社会"(société bureaucratique de consommation dirigée)的概念。他认为在技术全面渗透的现代社会中，官僚阶层与技术紧密结合，牢牢控制了日常生活，对各个领域进行组织化，消除富有创造力的多样性差异，使日常生活变得单调乏味。在媒介渲染的温情幻想中，大众一味追求实际生存需要以外的虚假欲望的满足，在盲目地追逐时尚中遗忘了自身的真实存在。资本主义对人们的精神层面形成了全面的无形控制，通过大量商品和传媒消除大众的思考判断能力，异化将物质贫困转变为精神贫困。因此，有必要对日常生活进行批判，使其摆脱资本主义意识形态的控制，恢复本真面貌，将人们从异化中解放出来。列斐伏尔理想中的总体性革命主要包括"性意识的变革与革命""都市变革与革命"和"节日的重新发现与推崇"三大方向，以此实现"让日常生活成为艺术"的目标(刘怀玉：《现代性的平庸与神奇——列斐伏尔日常生活批判哲学的文本学解读》，北京：中央编译出版社，2006年，第379-385页)。然而，列斐伏尔希望通过艺术的方式来完成日常生活的文化变革，这是一种乌托邦的理想。

②　情境主义国际(Internationale situationniste)亦译作国际境遇主义，成立于1957年，1972年宣布解散，情境主义国际思潮是当代西方举足轻重的社会文化思潮，代表人物有居伊·德波、鲁尔·瓦纳格姆、米歇尔·德·塞托等人。情境主义者意图"建构革命性的否定景观的情境，而情境就是某种'非景观的断片'，是'景观的破裂'。在革命性的情境中，'人民能够表达在日常生活中受到压抑的欲望和得到解放的希望'"，即"主体根据自己真实的愿望重新设计、创造和实验人的生命存在过程"。(张一兵：《代译序：德波和他的〈景观社会〉》，见[法]居伊·德波：《景观社会》，王昭凤译，南京：南京大学出版社，2007年，第37页)"境遇主义者的基本实践目标是改造社会和日常生活，去征服由景观所导致的冷漠、假象、被动和支离破碎。战胜被动，才有可能恢复现有的存在，并通过积极的'境遇'创造和技术利用来提高人类生活。"([美]斯蒂芬·贝斯特、道格拉斯·科尔纳：《后现代转向》，陈刚等译，南京：南京大学出版社，2002年，第117页)

勾勒了景观社会的轮廓，虚拟影像投射的各种景观展现了一种文明的状态，其中模拟的事物占据着人们的视线，扰乱着人们的意识。① "景观社会"（société du spectacle）这一概念由情境主义国际的创始人居伊·恩斯特·德波②提出。"在现代生产条件无所不在的社会，生活本身展现为景观（spectacles）的庞大堆聚。直接存在的一切全都转化为一个表象。"③张一兵教授对"景观"概念作了具体阐释。"景观……原意为一种被展现出来的可视的客观景色、景象，也意指一种主体性的、有意识的表演和作秀。德波借其概括自己看到的当代资本主义社会新特质，即当代社会存在的主导性本质主要体现为一种被展现的图景性。人们因为对景观的迷入而丧失自己对本真生活的渴望和要求，而资本家则依靠控制景观的生成和变换来操控整个社会生活。"④

20世纪中期以来，随着大众传媒的蓬勃发展，广告铺天盖地地袭来，成为引导消费的主要领地。"因此，消费不再只是商品使用价值的消费，首先变成了是否合乎时尚、合乎由时尚引导的身份需要的消费，凡是不能经过广告符号与意象加工的物品，也就不再具有消费的优先权。"⑤艾什诺兹的小说呈现了现代西方的种种消费景观。广告可谓无孔不入，蔓延到社会生活的各个角落。不计其数、五花八门的广告不仅每日出现在电视、收

---

① 参见 Blanckeman, B., *Les Récits Indécidables*：*Jean Echenoz, Hervé Guibert, Pascal Quignard*, Villeneuve d'Ascq, Lille：Presses Universitaires du Septentrion, coll. «Perspective», 2008, p. 73.

② 居伊·恩斯特·德波（Guy Ernest Debord, 1931—1994）：当代法国著名哲学家、电影导演、情境主义国际的创始人。代表作主要包括电影《萨德的嚎叫》（1952）、《关于情境主义国际趋势行动和组织状况的报告》（1957）、《景观社会》（1967）、《景观社会评论》（1988）等。

③ [法]居伊·德波：《景观社会》，王昭凤译，南京：南京大学出版社，2007年，第3页。

④ 张一兵：《代译序：德波和他的〈景观社会〉》，见[法]居伊·德波：《景观社会》，王昭凤译，南京：南京大学出版社，2007年，第10页。

⑤ 仰海峰：《走向后马克思：从生产之镜到符号之镜——早期鲍德里亚思想的文本学解读》，北京：中央编译出版社，2004年，第66页。

音机和网络等大众媒体上，而且在街头巷尾亦遍布着随处可见的广告牌，如费雷在离家后等待地铁时见到的"关于路面材料、夫妇游轮旅行、房地产杂志的广告牌"（《我走了》，第 8 页），梅耶瞧见"一些油印或手写的小广告直接用粘胶条贴在树皮上，用图钉钉在活的树体上"（《我们仨》，第 79 页）。保罗·维利里奥谈到了知觉的反转。"在墙壁后我看不到广告画；在墙壁前，广告画扑面而来，它的图像看到了我。这种知觉的反转，这种广告照片的暗示，我们在所有尺度上都能看到，在广告牌上，在报纸或杂志里都一样；广告中没有任何再现能摆脱这种'暗示'特点，它是广告存在的根本道理。"①并非人看到广告，而是广告看到人，但凡人所到之处就有广告的踪影，这种知觉的反转是广告领域的特殊表征。

广告也以传单形式闯入千家万户的信箱，表现出信息接收的强制性。夏尔每半月去德·桑吉庸夫人街开一次信箱，每次看到的都是成堆的广告单。"两个星期的积累足以塞满这个接收器，最后那些传单揉成一团地犹如从一个堵塞的茅坑那样从那条缝里退了出来。"（《出征马来亚》，第 252 页。）宣传广告无处不在，可以延伸至宇宙空间。《我们仨》中，宇航员们的宇航服口袋上就绣有资助此次航行的各大企业的标志，涉及轮胎制造（"统一皇家"）、汽车制造（"玛特拉"）、液化气和海洋保险（"光彩生活"）等多个领域，甚至还包括一种双歧杆菌活跃的酸奶牌子。（《我们仨》，第 171 页。）各种商品的宣传广告已经全面占据了现代日常生活。

艾什诺兹的小说为读者提供了直面消费品充斥的日常生活的机会。诸如宇航服上出现的各种商标品牌在作家的小说中比比皆是，不断侵入读者的视线，如同在日常生活中一样避不开眼花缭乱的虚拟消费影像。《热拉尔·富勒玛尔的一生》中，路易丝·图尔尼尔就曾脚穿巴黎世家的跑鞋、身着古驰的浴衣出场。家具、服装、香烟、乐器等生活中的常见消费品均出现了不同的品牌名称。在这其中，以汽车尤为典型。艾什诺兹引入了大

---

① ［法］保罗·维利里奥：《视觉机器》，张新木、魏舒译，南京：南京大学出版社，2014 年，第 123 页。

量的汽车品牌：西姆卡（Simca）、沃尔沃（Volvo）、普利茅斯（Plymouth）、别克（Buick）、奥斯汀（Austin）、班特利（Bentley）、罗孚（Land Rover）、梅赛德斯（Mercedes）、马自达（Mazda）、福特（Ford）、菲亚特（Fiat）、大众（Volkswagen）、欧宝·卡德特（Opel Kadett）、宝马（BMW）、三菱（Mitsubishi）、雷诺（Renault）、奥迪（Audi）、雷克萨斯（Lexus）、本田（Honda）等。自 1885 年德国工程师卡尔·本茨（Karl Benz）发明了世界上第一辆汽车以来，汽车逐渐在世界各地普及，并成为重要的代步工具之一，为生活和出行提供了前所未有的便利。然而，随着汽车工业的蓬勃发展，人们重视的已不再仅仅是出行便利的基本功能。在汽车品牌竞争激烈的宣传攻势下，人们开始注重品牌背后蕴涵的身份、地位、品位等社会含义，期望拥有更加高档的汽车，不仅止于代步行驶功能，这就是德波所说的"伪需要的满足"。"在景观社会中，由于商品的丰裕，由于意象消费的作用，消费本身不再是基本需要的满足，而是被意象激发的需要的满足……真实的消费变成了幻觉的消费。"①人们消费的并非物品本身的使用价值，而是其广告意象所传达的高贵、成功、洒脱、自信等玫瑰色的幻觉。作家从令人头晕目眩的虚拟影像中脱身出来，清醒地指明了此种幻觉消费的虚假和无意义。《切罗基》在描述停车场遍地的垃圾时，提到了废弃的空饮料罐："压成变形煎饼的金属罐，上面那些相互竞争的饮料名称变得歪歪扭扭，几乎认不出来。"（《切罗基》，第 110 页。）在压扁的废弃空饮料罐上，相互竞争的品牌意图传达的健康、活力、优雅等各种意象早已消失得无影无踪，显得滑稽可笑。"自本世纪初以来，欧洲的知觉场域被一些符号、再现和标志所侵占，它们在之后 20 年、30 年和 60 年中不断增生，超越了任何即时解释的背景，就像那些污染池塘里的笨蛋软口鱼，让池塘生物渐渐消失。"②迅速繁殖的符号不断侵占知觉场域，其蔓延之势让现代个体深

---

① 仰海峰：《走向后马克思：从生产之镜到符号之镜——早期鲍德里亚思想的文本学解读》，北京：中央编译出版社，2004 年，第 69 页。

② ［法］保罗·维利里奥：《视觉机器》，张新木、魏舒译，南京：南京大学出版社，2014 年，第 31 页。

陷其中，直至将其湮没。

罗兰·巴特在《流行体系》和《神话学》等作品中运用符号学对现代消费社会中的流行现象进行了深入的剖析和诠释。罗兰·巴特为现代神话给出一个简明的定义："神话是一种言谈。"[①]神话是一种意指作用的方式，传递特定信息，成为以语言为基础的符号学体系，出现在各种社会活动中。罗兰·巴特探究现代神话的生成机制，以此揭开流行文化现象的神秘面纱，达到"解神话"（démystification）的目的。罗兰·巴特提供了神话的结构图示[②]：

	1. 能指	2. 所指	
语言	3. 符号 I. 能指		II. 所指
神话	III. 符号		

在语言层次，能指和所指共同组成一个语言符号，这个语言符号同时又充当第二层即神话层次的能指，与另一个所指结合，组成神话符号。巴特将神话层次的能指称为"形式"，借此表达的所指称为"概念"，二者共同构成神话的"意指作用"。我们以塞尔默梦想驾驶的别克轿车为例。塞尔默梦想能够驾驶一辆宽敞豪华的名车，最终以假想的方式通过驾驶摩托艇实现了这一愿望。"艇上的仪表盘，座椅的皮革，用象牙制作的驾驶盘，都没有使别克摩托艇的内部逊色；而且这种机器载体，可以没有障碍、不受局限地在广阔的洋面上任意驰骋……"（《格林威治子午线》，第203-204页。）从语言层次看，塞尔默的梦想是能够"驾驶别克轿车"，而这一形式上

---

① ［法］罗兰·巴特：《神话——大众文化诠释》，许蔷蔷、许绮玲译，上海：上海人民出版社，1999年，第167页。

② ［法］罗兰·巴特：《神话——大众文化诠释》，许蔷蔷、许绮玲译，上海：上海人民出版社，1999年，第173页。

升到神话层次则意指着能够"拥有成功的事业和雄厚的经济实力，可以恣意享受生活"，由此产生了名牌轿车的神话。塞尔默无力购买昂贵的名车，唯有在假想中得到虚幻的满足。人物欲求的并非轿车这一物品本身，而是其彰显的社会身份标志。

让·波德里亚①吸收了巴特的符号学分析方法，指出在以影像呈现出来的景观社会的深层，其实质是符号社会。他揭示了现代消费社会内部的符号运作机制，将前人的研究进一步向纵深推进。消费社会的消费"不是把产品当作满足人们衣食住行的自然产品、当作物来消费，而是把产品作为符号来消费，目的是为了得到产品作为符号指向的意义。产品价值的大小由其作为符号在符号体系中的地位决定"②。商品的使用价值和交换价值过渡到了符号价值，体现出由符号决定的社会身份与社会地位的差异。人们盲目地追逐消费，期望以此获得"自我认同与社会认同"③。艾什诺兹小说中的现代个体时常处于被遗忘或者被抛弃的境地，强烈感受到自身的渺小，获得社会认同的需求便显得格外迫切。与此同时，身处现代社会的个体也需要自我认同。列斐伏尔认为，随着科学技术和资本主义统治对日常生活的结合渗透，一切活动都被组织化了，多样性、差异性普遍遭到抑制。"技术革命不但没有使日常生活提升为一种富有创造力的活动，反而使其更加空洞乏味。"④在艾什诺兹的笔下，人们始终被生活的单调乏味所困扰，即便身处异域，也无法体会到应有的新鲜感。本土与异域之间的界限消失了，所有地域似乎都同一化。并且，作家笔下的人物没有过多的心

---

① 让·波德里亚(Jean Baudrillard, 1929—2007)：法国哲学家、社会学家，后现代理论的代表人物。主要代表作有《物体系》(1968)、《消费社会》(1970)、《符号政治经济学批判》(1972)、《生产之镜》(1973)、《象征性交换与死亡》(1976)、《拟像与模拟》(1981)等。

② 张天勇：《社会符号化——马克思主义视阈中的鲍德里亚后期思想研究》，北京：人民出版社，2008年，第8页。

③ 张天勇：《社会符号化——马克思主义视阈中的鲍德里亚后期思想研究》，北京：人民出版社，2008年，第115页。

④ 吴宁：《日常生活批判——列斐伏尔哲学思想研究》，北京：人民出版社，2007年，第171页。

理描写，亦无鲜明的个性特征。他们存在诸多共同之处，其经历是现代西方人境遇的普遍写照。正如波德里亚所言，"对差异的崇拜正是建立在差别丧失之基础上的"①。人们可以通过追求个性化消费实现自我认同，譬如《切罗基》中富裕的吉布斯租用一架飞机，只为在巴黎上空闲逛。由此，符号的地位在现代消费社会中日益彰显。"物质财富的过剩却恰恰会贬低物质财富自身的价值，这就使精神因素易于渗透到虚空化的物质财富中并潜伏下来"②，物品由此获得其实际功能以外的其他社会和心理意义，"实现从'人/物'到'人/物/人际关系'的转变"③。物品成为人与社会、人与他者之间的中介，人们对物品的消费不再单纯地以其功能作为追求，而是关注它所指涉的人际关系。

"今天，看似主体可以自由地进行消费选择，事实上是缺乏自由度，因为选择和消费是在既定范围内进行，束缚了主体的主动性和创造性，而导致了主体的异化。"④表面上完全自主的选择实则只能在消费框定的有限范围内进行，缺乏事实上的自由度，从而限制了主体的能动性。技术的殖民向内扩张，人在符号消费中异化。"消费本身构成了一种意义领域，这个意义领域成为吸引着人们消费的'黑洞'，使人忘情地被吞没于其中，但在表层上，正是'我'主动进入的过程。"⑤个体在消费中享受着虚假的自主性，在潜意识中默认了其存在的合理性，被物品牢牢掌控，成为物品的附庸。

---

① [法]让·波德里亚：《消费社会》，刘成富、全志钢译，南京：南京大学出版社，2000年，第83页。

② 张天勇：《社会符号化——马克思主义视阈中的鲍德里亚后期思想研究》，北京：人民出版社，2008年，第3页。

③ 张天勇：《社会符号化——马克思主义视阈中的鲍德里亚后期思想研究》，北京：人民出版社，2008年，第23页。

④ 刘扬：《视觉景观的形而上学批判——居伊·德波景观社会文化理论述评》，载《社会科学家》2009年第2期，第22-23页。

⑤ 仰海峰：《走向后马克思：从生产之镜到符号之镜——早期鲍德里亚思想的文本学解读》，北京：中央编译出版社，2004年，第138页。

　　吉尔·利波维茨基①作为法国当代著名哲学家，关注的同样不是宏大的哲学问题，而是现实世界中的日常生活。他曾在一次访谈中指出，波德里亚的著作给他带来了深刻的启发。他的著作"对欲望与享受、消费与媒体的分析功不可没"②。不过，与前人不同的是，利波维茨基并非站在批判资本主义的革命立场看待现实世界，而是采取了一种更为乐观和积极的态度。他深入探索了当代世界的社会和文化转变，尤其是个人主义、时尚、奢侈、女性和伦理观念等相关问题。利波维茨基认为，时尚的永恒变化激发了对个体独特性的重视，时尚帮助现代人获得了极大的自主性，出现了个人主义的流行。现代人的消费更多地是以情感和享乐为准绳，消费的目的首先是为了自身的愉悦。不过，利波维茨基也坦承，"赶时髦、显富欲望、炫耀嗜好、通过展示性符号显示自己的社会地位，这一切远没有被大众和商品文化的最新发展所埋葬"③。消费彰显社会地位的功能依然持续存在。诚然，利波维茨基分析的当代社会现象在作家的小说中也有所体现，不过就消费而言，前面几位学者的理论更加符合艾什诺兹的小说人物以及小说中反映的消费现象。当然，这并非作家主观的社会和政治介入，只是这些消费现象和消费心理早已融入现代日常生活。作家在展现现代日常生活的同时，不可避免地将这些消费问题一并呈现。

　　传递纷繁影像的媒体给大众生活带来了全面深刻的影响。"人们对世界的了解均来自媒体所提供的信息，甚至人们在日常生活中的言谈举止也

---

　　① 吉尔·利波维茨基（Gilles Lipovetsky, 1944— ）：法国当代著名哲学家、社会学家，代表作有《空虚时代——论当代个人主义》《蜉蝣帝国——现代社会中的时尚及其命运》《第三类女性——女性地位的不变性与可变性》《永恒的奢侈——从圣物岁月到品牌时代》《超级现代时间》等。

　　② 《一个思想历程的坐标——吉尔·利波维茨基与塞巴斯蒂安·夏尔访谈录》，收录于[法]吉尔·利波维茨基、[加]塞巴斯蒂安·夏尔：《超级现代时间》，谢强译，北京：中国人民大学出版社，2005年，第103页。

　　③ [法]吉尔·利波维茨基、埃丽亚特·胡：《永恒的奢侈——从圣物岁月到品牌时代》，谢强译，北京：中国人民大学出版社，2007年，第45-46页。

都带有大众传媒的特征……"①艾什诺兹小说人物的举动时常以电视、电影中的虚拟情节作为模仿对象。《我走了》中的本加特内尔模仿电视剧中惯用的杀人伎俩杀死了鲽鱼，并且承认，"我倒愿意接受电视剧的影响。电视剧也跟别的一样是一门艺术"（《我走了》，第 139 页）。《格林威治子午线》中人物受到的媒体影响更为突出。拉丰被乱枪击毙后，阿尔班打开收音机，为这一幕配上背景音，里面传出徐缓、凝重的钢琴曲。"——当生活开始像电影的时候，阿尔班说，只要打开收音机，就有电影音乐了。"（《格林威治子午线》，第 90 页。）保罗死后，凯恩想到电影中的情节，也试图为死者闭上眼睛。当他将尸体翻转过来时，却略感失望地发现，保罗死时闭着眼睛。约瑟夫和特里斯塔诺领着薇拉去见保罗的尸体时，曾预想会见到火山爆发般歇斯底里的痛哭场景。然而薇拉低声啜泣的反应让他们的期望落了空。人物将虚幻的媒介影像与现实生活混淆起来，用空洞、做作的模仿代替了真情实感的表露。

大众如此迷恋媒介影像，原因或许就在于，电影"在那些麻木的人的生活中丢下了一个小小的假想的刺激"（《出征马来亚》，第 241 页）。媒体通过影像的制造为大众提供了一个充满诱惑的假想空间，人们在此可以暂且得到精神满足，填补现实生活的缺憾。因而，大多数人迷失于眼花缭乱的影像世界，休闲时间完全被电影、电视、广播等媒介占据。《高大的金发女郎》中的儒弗夫人整日泪水涟涟地沉迷于电视剧塑造的虚拟情感世界，将现实生活远远抛在脑后。媒体更是将目光瞄准了低龄儿童，使其自小就形成对媒介影像的依赖和迷恋。《湖》中苏茜的儿子吉姆就和大多数儿童一样十分热衷于电视上的游戏节目。人们早已深陷于媒介提供的虚拟影像消费。

现代人的性解放也在很大程度上受到媒体色情信息的诱导影响。艾什诺兹小说的男女主人公之间缺乏真正的情感交流，维系彼此关系的唯有

---

① ［法］居伊·德波：《景观社会评论》，梁虹译，桂林：广西师范大学出版社，2007 年，中译序第 6 页。

"性"。在随意的性活动中，人获得自主的表象，因而许多人物将此作为在物役社会的压抑中自我宣泄的方式，试图以这种微弱的反抗来寻求自身的解放。艾什诺兹时常在小说中对这些举动流露出调侃和嘲讽之意。《我走了》中，费雷与古董鉴定专家的女助手索妮娅索妮娅初次结识的当晚，便一同来到索妮娅的家中，上演了一幕滑稽的激情戏码："他们终于能一个扑到另一个的身上，拥抱着七扭八歪地挪动，仿佛在笨拙地跳着舞，就像是两只夹在一起的螃蟹，挪向索妮娅的卧室，然后，一个解开了搭扣的黑色乳罩柔柔地搁在了这个房间的地毯上，像是一副巨大的太阳镜。"(《我走了》，第 109 页。)激情场景成为一出闹剧，人物显得笨拙可笑、狼狈不堪。

17 世纪以来，人们在很长一段时间内无法坦诚地面对和谈论性。"一切没有被纳入生育和繁衍活动的性活动都是毫无立足之地的，也是不能说出来的"，并且"对性不仅不要去说，还不要去看和了解"①，必须保持绝对的缄默。这种压抑机制使得性神秘化了，并催生了人们"对性的欲望——拥有它、接近它、发现它、解放它、用话语谈论它、阐明它的真相的欲望"②。由此，人们将对性的追求与自我解放联系在一起。直到 20 世纪，情况才开始出现缓和，对性的禁忌不再像过去一样严格了，压抑机制开始松懈。特别是 20 世纪中期以来，随着人类文明的进步和经济技术的飞速发展，现代人似乎获得了自身的解放。然而实际上，这在很大程度上是由于媒介的潜在诱导，是媒介影响的结果。

在这个消费时代，大众传媒将女性的身体变成了消费的符号，"色情的偶像"③。广告尽情展现女性的娇柔和性感，将女性的身体塑造为男性欲求的对象。在广告的引导下，众多女性盲目地跟风消费，争相通过消费化

---

① ［法］米歇尔·福柯：《性经验史》，佘碧平译，上海：上海人民出版社，2005 年，第 4 页。

② ［法］米歇尔·福柯：《性经验史》，佘碧平译，上海：上海人民出版社，2005 年，第 102 页。

③ 张天勇：《社会符号化——马克思主义视阈中的鲍德里亚后期思想研究》，北京：人民出版社，2008 年，第 46 页。

妆品、时装、按摩、保健、美容等服务来装扮和保养身体。这是一种自恋式的心理投射，身体成为"最美的消费品"①。

除了广告中女性身体的频繁呈现，大众传媒中还充斥着大量色情信息。《切罗基》中描写了弗雷德观看的一部电影的色情场景。《湖》中肖班所住的宾馆房间内有色情电影录像供房客观看。《我走了》中的北极地带的镭锭港，居民在工作之余也会看色情录影带作为消遣。利波维茨基对现代社会的色情现象进行了探讨。他指出，现代社会是一个充满幽默的社会，言语的幽默体现为轻松诙谐的广告，技术的幽默体现为各种迷你技术品的诞生，而性也可以成为幽默的载体。"色情如同技术化了的性，目标便是色情技术……色情驱散了情欲领域内的含蓄，化解了与法律、血缘、罪孽之间的各种联系，色情让性转变成为一种可供观瞻的技艺，转变成为一种幽默与赤裸二合一的剧目。"②随意的性活动并未解放个体，恰恰相反，个体陷入一种更为隐蔽、更为彻底的被动状态。这就注定了艾什诺兹小说中现代人的悲剧性境遇。

"大众媒介虚构出一种交流，而实际上恰恰是不交流，是一种非回应性，这才是大众媒介的特征。"③在媒介影像的消费中，只存在媒介信息的传递和大众对信息的接收，而缺乏相互交流、相互回应的语境。媒介的这种非回应特性巧妙地将大众置于被动地位。"景观的本质是拒斥对话……在景观的迷入之中，人只能单向度地默从。"④在拒斥对话的整体景观环境中，媒介信息的充塞逐渐导致大众的沉默。马尔库塞认为，"人要成为自主的人，要决定自己的生活，在技术上是不可能的……这种不自由……表

---

①　[法]让·波德里亚：《消费社会》，刘成富、全志钢译，南京：南京大学出版社，2000年，第139页。

②　[法]吉尔·利波维茨基：《空虚时代——论当代个人主义》，方仁杰、倪复生译，北京：中国人民大学出版社，2007年，第203页。

③　仰海峰：《走向后马克思：从生产之镜到符号之镜——早期鲍德里亚思想的文本学解读》，北京：中央编译出版社，2004年，第234页。

④　张一兵：《代译序：德波和他的〈景观社会〉》，[法]居伊·德波：《景观社会》，王昭凤译，南京：南京大学出版社，2007年，第15页。

现为对扩大舒适生活、提高劳动生产率的技术装置的屈从……理性的工具主义视界展现出一个合理的极权主义社会"①。人的不自由实现了合理化。在这一新型的极权主义社会中，消费个体支持并顺从这一制度，是"受到抬举的奴隶"②，最终会抹杀个性，否定自我，表现为压抑和沉默的性格。艾什诺兹的小说人物无不具有沉默的个性和交流的障碍。在媒介信息的大量灌输下，人物丧失了交流技能。这使得人物内心普遍滋生出强烈的孤独感。"最能使二十世纪的人们感到可怕的不是死亡，而是真实生活的缺席。"③艾什诺兹的小说人物在迷途中反抗，在趔趄中不断前行，探寻改变现状的出路。

影视界与流行音乐领域的明星是大众传媒的代表性产物。电视和广播的普及将这些演员、歌手的影像和声音带进千家万户，使其成为万众瞩目的焦点。然而，他们当中的多数人都无法按照自己的真实意愿生活，在层层包装下扮演着完美偶像的角色，成为任人摆布的提线木偶。此类人物对这种生活百般厌倦，并以自己的方式进行反抗。《弹钢琴》中的迪诺生前是知名影星迪恩·马丁，死后在"中心"担任服务生的工作，并对过去的身份只字不提。即便不时地被人认出，他也总是矢口否认。迪诺渴望彻底告别过去的明星生涯，重新开始生活。然而，他的微笑和声音早已给人留下了深刻的印象，他总是不断被人认出，时不时地被带入昔日的回忆，无法彻底与过去告别。

《高大的金发女郎》中的格卢瓦尔曾是红极一时的明星，而后卷入一场命案被判入狱，出狱后就销声匿迹了。她经历了由众星捧月到身败名裂，最终被人淡忘的痛苦历程："就这样，占据了青少年月刊，然后是心愿周

---

① ［美］赫伯特·马尔库塞：《单向度的人：发达工业社会意识形态研究》，刘继译，上海：上海译文出版社，2008年，第126-127页。

② ［美］赫伯特·马尔库塞：《单向度的人：发达工业社会意识形态研究》，刘继译，上海：上海译文出版社，2008年，第28页。

③ ［法］鲁尔·瓦纳格姆：《日常生活的革命》，张新木、戴秋霞、王也频译，南京：南京大学出版社，2008年，第38页。

报的所有地盘，在各种日报的文艺专栏中都占有一席之地。由于白纸上的黑字愈炒愈黑，结果大伙把她从社会新闻栏移送至司法栏，最后让她在忘怀专栏中一沉到底。"（《高大的金发女郎》，第449页。）格卢瓦尔在获释后就隐姓埋名，尽可能地用丑陋的妆容和服饰伪装自己，避开公众的视线。这些举动"体现了她对于这种人造的明星身份的厌恶，这一身份完全处于各个生产商制造出来的表象之下……她的疯狂似乎是对表象世界的反抗，她曾投身于这个表象世界，并在其中被异化了"①。作为明星的格卢瓦尔是用各种化妆品、服饰品牌以及刻意塑造的荧幕形象支撑起来的人造形象和身份符号，她对这副虚假的皮囊恨之入骨，用过激的方式丑化自己，并从中得到乐趣。事实上，格卢瓦尔的反抗是无力的，她对表象世界的感情是复杂的，在恨之入骨的背后隐藏着的是深深的眷恋，她依旧是现代景观的囚徒。正如贝里阿尔所言："你怕的并不是人家谈到你……你怕的是人家不谈论你。"（《高大的金发女郎》，第581页。）格卢瓦尔的逃避和反抗仅仅是因为内心深处的胆怯：她无力面对、无法接受被大众淡忘的事实。而格卢瓦尔的父亲因患老年痴呆，已经不认得女儿了。记忆的缺失在一定程度上也是对女儿在景观中逐渐异化、迷失这一现实的逃避和拒绝。

不过，在艾什诺兹笔下众多的人物中，有一个特例让我们看到一丝希望的微光，即《出征马来亚》中自愿投入流浪生活的人物夏尔·蓬迪亚克（后简称夏尔）。由于金钱的缺乏，无家可归者只追求最基本的生存需要的满足，没有多余的身外之物和无关生存的消费，由此摆脱了物的束缚，心灵也得到净化。四处漂泊的无家可归者游荡于城市各个阴暗的角落，并未真正融入正常的社会生活。他们眼中的城市风景是一幅幅于己无关的画卷，这种局外人的视角使其获得不同于旁人的别样感受。夏尔在博物馆过

---

① Douzou, C., «Le Retour du Réel dans l'Espace de Jean Echenoz», voir Jérusalem C. et Jean-Bernard Vray (sous la direction de), *Jean Echenoz*: *«une Tentative Modeste de Description du Monde»*, Saint-Etienne: Publications de l'Université de Saint-Etienne, coll. «Lire au présent», 2006, p. 107.

夜时，喜欢借着打火机微弱的亮光欣赏馆内展出的油画。当他白天行走于街头巷尾时，作家常常细致描述夏尔的行走路线和沿途的人文景观。城市街景在眼眸中化为流动的画卷，景观特征清晰浮现。居无定所的流浪生活也激发了无家可归者的创造性。可以想到的任何公共场所都作为栖身之处，以箱子、塑料篷布做遮风挡雨的屋檐，以报纸、棉花等物抵御寒冷的侵袭。为了避开所有人的目光，悄无声息地登上货轮，夏尔甚至想到在装载的塑料管上割开缺口，如昆虫般藏身其中。夏尔在现代都市空间内开启了充满创造性火花的全新的诗意生活，这是"一种朴实原始、充满计谋、坚忍不拔的全新的生活形式，不同于'都市人'（l'homo urbanus）不可避免的逐步退化"①。

　　在社会经济高速发展的今天，隐匿于现代日常消费中的符码化消费景观让人忧心。在这种消费景观中，现代个体接触到一种新的生活模式。它将生活与严格的生理需求分离开来，无论富人或者大众阶层都能消费超出基本需求的东西，人与消费品之间建立起轻松随意的关系。利波维茨基将这种新的生活模式称为消费主义之轻的模式："那些'基础'的需求一旦得到满足，消费就开始脱离功能实用的模式，以便满足不断增长的休闲和娱乐需求。……随着生活商品化的加剧，轻浮的风气逐渐占据社会表层。搞笑、有趣、娱乐的消费维度得到了普及，超现代之轻与这种普及不谋而合。"②艾什诺兹的小说人物一如绝大多数的现代个体，在这种肤浅之轻带来的短暂快感中日益深陷于消费景观，以期遗忘或减轻精神虚空带来的压抑和沉重感。然而同时，人们又渴望成为智者，改变生活，抵抗虚假表象

①　Deramond, S., «Une Vision Critique de l'Espace Urbain: Dynamique et Transgression chez Jean Echenoz», voir Jérusalem C. et Jean-Bernard Vray (sous la direction de), *Jean Echenoz: «une Tentative Modeste de Description du Monde»*, Saint-Etienne: Publications de l'Université de Saint-Etienne, coll. «Lire au présent», 2006, p. 99.

②　[法]吉勒·利波维茨基：《轻文明》，郁梦非译，北京：中信出版社，2017年，第16-17页。

下使人异化的消费之轻，卸下心头的压抑，实现真正的"轻"。或许我们可以像夏尔一样开创超然轻盈的新生活。夏尔就是艾什诺兹给现代都市生活投下的微光，也是他给现代人心中投注的慰藉和希望。

第六章　小说文本的艺术探魅

让-克洛德·勒布伦认为，艾什诺兹擅长将当今时代的环境、符号和语言化为艺术，"他不像自然主义作家那样简简单单地恢复它们的原状，不像现实主义作家那样根据一种世界观的条条框框去组织它们，也不像后现代作家那样把这些聚集起来为了一个毫无动机的游戏，而是要创造一个既陌生又熟悉的小说世界，充满奇幻和真实，意义就从中毫无疑问地显示出来"①。艾什诺兹的小说文本拥有相当独特的艺术魅力。他通过多样化的叙述视角和声音凸显元叙事的艺术手段，运用多种内在弥合技巧补偿小说文本的碎片化表象，在虚实结合间留下艺术张力场域，用电影化的叙事处理构建出既陌生又熟悉、充满奇幻和真实的文学世界。

第一节　叙述视角与叙述声音的多样化

故事透过谁的目光在观察？又是通过谁的声音在叙述？在小说文本中，视线主体和声音主体常常不是合二为一的，需要将叙述视角和叙述声音区分开来。艾什诺兹的小说叙事中存在多样化视角和声音交替运用。

热拉尔·热奈特②提出"聚焦"（focalisation）这一概念用以研究叙事作

---

① ［法］让-克洛德·勒布伦：《让·艾什诺兹》，邹琰译，长沙：湖南美术出版社，2004年，第7页。

② 热拉尔·热奈特（Gérard Genette, 1930—2018）：法国著名文学评论家，法国结构主义叙事学的代表人物，著有《辞格三集》（*Figures I，II，III*）、《隐迹稿本》（*Palimpsestes*）等。

品中的视角问题，提出零聚焦叙事、内聚焦叙事和外聚焦叙事三种类型。①
零聚焦叙事常见于传统叙事作品中，是一种无所不知的叙述者的叙事，叙
述者比任何人物都知道得多。内聚焦叙事以某个人物的视角展开叙事，叙
述者只叙述某个人物知晓的情况。外聚焦叙事以局外人角度进行叙述，叙
述者比人物知道得少。

　　艾什诺兹以冷静客观的语言进行文学叙述，如同摄影机一般记录文学
空间的一切，不深入人物内心，常常被归入最低限度派作家。因此，外聚
焦叙事是其最常用的叙述视角。《格林威治子午线》开头，出现了一个男人
和一个女人，时间是在很久之前的初冬时节，地点不明，只知有一片散落
着鹅卵石的斜坡地，背景是混沌世界。两段描述过后，我们得知这两个人
物的名字叫拜伦和拉谢尔。叙述继续如摄影机般跟随这两个人物展开，直
至数页篇幅后，出现倒计时的大号粗体数字，随即，"那个空间突然变成
了一个高大的、光亮耀眼的白色矩形，清晰地显示在黑色背景上。那个背
景被照亮了，那个矩形变得苍白了，那个作为载体的墙壁也显露出来了。
所以这不是小说，这是一部电影"（《格林威治子午线》，第 7 页）。电影播
映完毕，乔治·哈斯取出片盘，叙述者仿佛至此方才醒悟过来，先前叙述
的都是哈斯在放映机里播放的影像。这样的开篇方式在艾什诺兹的小说中
并不少见。《我走了》中，行事怪异的薇克图娃常常让读者摸不着头脑，叙
述者未能提供更多关于这一人物的有效信息，只有在人物出场时如实记录
其言行，直至《一年》出版，读者才成功将两部小说的情节之间建立起关
联，解开前一部小说的疑团。外聚焦的叙述方式强化了客观叙事的效果，
避免了过多的情感介入。

　　不过，正如作家本人拒绝被贴上最低限度派作家的标签，艾什诺兹并
非一味保持最低限度的中立叙事，也会变换叙述视角，采用零聚焦叙事。
《高大的金发女郎》和《我走了》中便出现了零聚焦的叙事视角，类似于传统

---

① 参见［法］热拉尔·热奈特：《叙事话语 新叙事话语》，王文融译，北京：中国
社会科学出版社，1990 年，第 129-133 页。

小说中的全知叙述者。《高大的金发女郎》中，格卢瓦尔去养老院探望父亲，叙述者在描述这位阿布格拉尔先生的外表时，顺带提到，他"跟佩尔索内塔兹的那位斯拉夫前看门人的模样儿几乎毫无二致，然而除了咱们，谁也不知道这事"（《高大的金发女郎》，第582页）。格卢瓦尔的父亲和佩尔索内塔兹的斯拉夫前看门人，二人容貌的重合暗示着某种内在关联，这超出了所有人物的知晓范畴，叙述者的唯一知情者身份显示出其全知视角。而《我走了》中的费雷在等待苏珊娜前来办理离婚手续时，随手拿起一本杂志翻阅。透过叙述者的视角，我们了解到在某个超级明星的照片背景中出现了本加特内尔的身影，而费雷对此毫不知情。并且叙述者精确地知道，在四秒钟后费雷的目光将会落在这一页，而在最后一瞬间苏珊娜出现，费雷毫无遗憾地合上了杂志。借助叙述者的全知视角，我们知道费雷在关键时刻错过了寻找本加特内尔的重要信息，人物却不自知。当然，艾什诺兹的零聚焦叙事和传统小说的全知叙事也不尽相同，叙述者并不能始终满足读者的阅读期待。《女特派员》中，路易·夏尔对克莱芒·博涅尔的近况一无所知。叙述者立刻现身表明自己比所有人掌握的消息都要多，并毫不费力地找到了克莱芒·博涅尔的具体位置，转而开始描述这一人物。而正是这个无所不知的叙述者随后又声称自己不清楚奥布扎是如何得知托斯克和夏洛特的约会地点的："尽管我们无所不知，我们也不明白他是如何得知这次约会的，这次约会看上去确实进行得不太糟糕。"[1]叙述者在此处坦言自己信息的局限，零聚焦的全知叙述者也有不知道的信息，这就打破了传统的叙事惯例和读者的阅读期待。在叙述视角的选择上，艾什诺兹的写作表现出叙事的游戏性和不可确定性。

　　这种游戏性和不可确定性还表现在，从某一特定人物出发的第一人称叙述也可以采用全知视角的零聚焦叙事。一部作品的叙述视角不是单一的，可以存在各种变换的可能。《我们仨》中前面大半部分采用两条叙事线索交替的叙述方式，以第一人称"我"开篇，从某个特定人物的视角讲述故

---

[1]　Echenoz J., *Envoyée Spéciale*, Paris：Editions de Minuit, 2016, p.270.

事，另一条线索则以第三人称的全知叙述围绕人物梅耶展开情节。直至小说第23章，通过布隆代尔的话语，"我"的身份才被正式揭晓，即飞行员德米罗。由此开始，两条叙事线索合并，然而叙述视角并未因叙事线的合并而得到统一，第一人称"我"不时会现身，但叙述者对每一个人物的情况都了如指掌，对梅耶和吕西独处的细节一清二楚，这超出了德米罗的人物视角，出现了内聚焦和零聚焦的交错叙事。叙述者时而采用人物视角，时而又跳出故事纵览全局，若即若离。

至此，我们讨论的是"谁在看"这一问题。不过，以色列的叙事学专家里蒙-凯南教授指出，热奈特的理论有其局限性，他在区分叙述声音和叙述眼光时，将其局限于视觉和听觉等感知范畴。[①] 然而，声音和眼光不仅涉及视觉和听觉感知，也不可避免地会包含叙述者的看法和立场。这在叙述声音中表现得尤为明显。

艾什诺兹的小说以客观中立的冷静叙事为特征，但也不是绝对的情感零度，叙述者偶尔也会现身表明其主观立场，对人物和事件作出评价。叙述者会像传统小说的全知叙述者那般对人物评头论足，卡斯特内命丧悬崖，可见其"城府不深"，"并不是一个老谋深算的探子"；儒弗的大舅子克罗兹检察官"展现出充当法国第二号角色的捕鼠狗的嘴脸：圆滑的强调和丝状体小胡子，似笑非笑中皱起的眼睛无比直率地坦露出探子的德行……玩世不恭，阿谀奉承，时而又盛气凌人。自以为很鬼，也确实很鬼，比人们想象的还鬼，可是到头来也不尽然，因为他们干正经事准砸"（《高大的金发女郎》，第445页、第470页）。叙述者对人物的不喜显而易见。

艾什诺兹小说中的叙述声音也呈现出多样化特征。叙述者的全知往往以预述为表征：

---

① 参见申丹：《叙述学与小说文体学研究》，北京：北京大学出版社，2001年，第188页。

　　费雷并不怎么专心于这一故事，他太关注那位薇克图娃了，他想象不到，一个星期后她会搬到他这里来住……今晚相聚于他家中的三个人，每一个都将在月底之前以自己特有的方式消失……（《我走了》，第 30 页。）

　　他（拉威尔）前往勒阿弗尔的海滨站，准备从那里乘船去北美洲。这是他第一次去那里，也将是最后一次。从今天算起，不多不少，他还有整整十年的日子要过。（《拉威尔》，第 16 页。）

　　叙述者的话语透露出人物未来的相关信息，以上帝视角预先叙述了人物即将经历的事件和生命的终点，超出了人物知晓的信息范围，制造出一种悬疑或紧张的氛围。但与此同时，叙述者面对文本和人物时也会表露出无措。格卢瓦尔在孟买逗留一些时日后，不知道自己是否要没完没了地继续待下去还是该回去了，拉谢尔也不知如何应答，贝里阿尔此刻也没了主见，而叙述者现身，表明"而我呢，我也不知如何是好"（《高大的金发女郎》，第 562 页），和人物表现得同样茫然无措。

　　叙述者在叙述中会直截了当地流露出对于人物的厌倦情绪。本加特内尔的生活枯燥乏味至极，让叙述者心生厌倦："就我个人而言，我已经开始对本加特内尔的生活有些厌倦了。"（《我走了》，第 173 页。）艾米尔无数次毫无悬念的胜利让叙述者没有兴致再无休止地重复赘述："面对这些功劳，这些记录，这些胜利，这些战利品，我不知道您怎么样，但是我本人已经开始有点厌倦。"（《跑》，第 98 页。）叙述者现身，与读者展开对话。

　　除了人物视角的"我"以外，艾什诺兹的小说中也常常出现无从判定身份的第一人称的"我"。这个叙述声音的来源究竟是谁？艾什诺兹在访谈中坦言，这个"我"富有游戏性："可能有许多个'我'：习惯上的'我'，叙述者的代词；确定的'我'，因为我自己姓名的首写字母组合就是'J. E.'（Jean Echenoz），所以这个'我'是确指的作者；但是实际上，这也许同样是第三个'我'，一个大家并不知道的不合时宜的证人，他顺便经过，说起了话，为什么不呢……"①在作家看来，小说中的"我"不是一个确定不变的主体，具有多种可能的身份。这种身份的不确定性也为叙述视角和声音提供了更多灵活的可变性。

叙述者与读者的互动上也呈现出游戏性质。艾什诺兹小说的叙述者乐于与读者进行互动，并且在和读者的关系中处于主导地位。叙述者可以指引读者目光，完全掌握其目光移动路线。下面这个例子具有代表性："你去沟壑那里看看。……现在让我们从南向东移动，然后再接着向北，如此等等，即按照逆时针的方向，让我们环顾整个地平线……你往小村庄走。……让我们接着往北看。……我们得走一走，绕过这座平台环绕的房子……我们的目光从北方的辽阔视野中再次回到眼前触手可及的东西……我们环绕房子一圈后，重新回来看看南边的绿地……"(《王后的任性》，第11-16页。)数页文字中，叙述者并未隐匿自己，而是高调宣示自己的存在，一路指引读者按照自己严格划定的视线路径进行观察。

叙述者始终掌握着主导权，会将读者指定为某一场景、某一事件的旁观者，清楚知晓读者的内心感受，并且会及时现身制止读者的错误推断：

> 你，我认识你，我从这里见过你。你想象马克斯还是一个讨女人喜爱的男人，一个老练的诱惑者，非常和蔼可亲，但同时又有那么一点点令人腻烦。跟爱丽丝，然后跟罗丝，现在又跟带狗的女子，这些故事会让你假设一个不乏艳遇的男人形象。你觉得这一形象很合适，你觉得自己并没有搞错。可是，实际上根本不对。(《弹钢琴》，第57页。)

叙述者在之前的叙述中刻意不交代爱丽丝的真实身份，诱导读者进行错误的建构，继而又适时现身当面否定，直言爱丽丝是马克斯的妹妹，罗

---

① 出自艾什诺兹与布雷阿尔出版社的访谈《在作家的工作室中——与让·艾什诺兹的谈话》，收录于《我走了》中译本，第254页。

丝只是一段回忆，而带狗的女子则是一个幻象，仅此而已，读者的人物形象的建构失败。叙述者对读者传统的思维模式加以利用，设置迷雾，戏弄读者一番，让读者成功落入其圈套。

叙述者对这样的玩笑乐此不疲，任性地安排并能够随时变换读者的角色。《高大的金发女郎》便由第二人称开篇，而后又突然转为第三人称叙事。小说一开始便将读者设定为故事内人物角色："您是保尔·萨尔瓦多尔，您在寻找一个人。"（《高大的金发女郎》，第433页。）读者刚刚准备参与故事，仅仅在两段文字后，又猝不及防地被剥夺了这一身份："您原会在约定的日期、商定的地点按时赴约，然而您不是每次赴约必会早到许多的保尔·萨尔瓦多尔。这天，他来得格外早……"（《高大的金发女郎》，第433页。）叙述者邀请读者参与故事，又旋即将其拒之门外，改为第三人称继续叙述，撇下不明所以的读者。

这种叙述的绝对主导，其用意何在？"人们看到他总是设法不让传统小说的现实幻象产生……"①叙述者公开炫耀自己的权威和叙述自由，意在不断提醒读者，这是一部作品而非现实，在文本与读者之间拉开距离，体现出先锋派小说的元小说特征："所谓'元小说'（Metafiction）的反叙述倾向，就是尽可能使叙述的人为性暴露出来，不是用自然化来擦抹叙述程式，而是有意把叙述行为作为叙述对象……"②与传统的现实主义小说不同，先锋派小说拒绝追求叙述的逼真性，而是有意识地展示叙述行为，强化叙述技巧。在艾什诺兹的小说中，叙述行为也是文本的叙述对象之一，多样化的叙述视角和叙述声音构成了小说文本不容忽视的叙事艺术元素。

第二节 碎片化文本的内在肌理

艾什诺兹的小说文本表面普遍呈现出碎片化的断裂特征，物的充斥、

---

① ［法］让-克洛德·勒布伦：《让·艾什诺兹》，邹琰译，长沙：湖南美术出版社，2004年，第84-85页。

② 罗钢：《叙事学导论》，昆明：云南人民出版社，1994年，第232页。

空间的频繁变换、人际连接的断裂、传统叙述常规的打破，无一不体现出这一特征。而与此同时，文本的碎片化也通过一个具体的意象在艾什诺兹的小说中反复出现——拼图。

拼图在艾什诺兹的小说中多次出现，成为碎片化文本的自我指涉。《格林威治子午线》中，拜伦·凯恩痴迷于拼图游戏，阿贝尔整理衣橱、搬移箱子的活动令其想起数字拼图游戏。子午线穿越的孤岛附近有一个密集的小群岛，这里大小不等、形状各异的小岛林立，如同一场拼图游戏，连接起来就能拼接成一个整体。《出征马来亚》中，蓬斯被人从睡梦中叫醒时，思想集中得很困难，犹如一片片散开的拼图块。《电光》中，格雷高尔秉着不破坏普世和平的原则，将其武器计划剪成六部分，分别寄往六大强国的战争部。这六部分计划相互依赖，如同拼图一般，每一部分都包含一定的信息却又无法独立使用，唯有拼在一起才能显出意义。

人物也对拼图发表过看法。特里斯塔诺表明理解凯恩对拼图的热衷，并认为"最重要的，并不是每个拼板的形象本身，而是最终的形象，重组的拼板形象"（《格林威治子午线》，第 178 页）。正如艾什诺兹的小说，表面上看似断裂破碎，实则拥有严密的内在肌理，作家借助多种手段在小说内部、不同小说之间建立起横向关联，在作家小说与前人小说之间建立起纵向关联，通过纵横交错组成严密的小说整体。

在小说内部，艾什诺兹借助"桥"这一特殊意象在不同章节、不同场景之间建立起或显或隐的关联。桥梁具有连接的功能，可以将分离的不同空间连接起来。艾什诺兹的小说中多次出现桥，《女王的任性》中更是有一篇以桥梁为主题的故事《土木工程》，叙述了将毕生时间、精力和才能都贡献给桥梁的人物格鲁克撰写《桥梁通史概览》的计划，并系统介绍了各种桥梁的历史，足见作家对桥梁的关注。

桥是故事情节的离合器，是多个戏剧化场景的发生地。[①]《高大的金发

---

① Jérusalem, C., *Jean Echenoz*, Adpf Ministère des Affaires Étrangères, 2006, pp. 74-76.

女郎》中的格卢瓦尔从悉尼的皮尔蒙特桥上将一名男子推落。《我走了》中的费雷和本加特内尔在玛利亚-克里丝蒂娜桥发生冲突，本加特内尔险些命丧桥下。桥梁作为传统意义上的艺术品，也承载了历史和文化，是连接过去和现在的纽带。海滨城镇圣塞瓦斯蒂安的"四座桥，一座更比一座辉煌，桥面上铺着细石，构成一幅幅镶嵌画，边上则用石子、玻璃片、铸铁点缀成花边，还装饰有白色和黄金色的方尖形的纪念碑、锻铁的反射镜、狮身人面像、镂雕有王家花体字的小塔"（《我走了》，第146页）。作家对桥梁的运用不仅止于此。艾什诺兹还在文本空间中引入抽象意义上的桥。多部小说都存在两条交替进行的情节线索，为了弥补前后章节之间在内容上的裂缝，前一章末尾的语句经常与后一章开头的语句存在关联。《我走了》前半部分分为两条叙事线索交替进行：六个月前的巴黎和六个月后的北极。第四章讲到在北极破冰船上费雷与布丽姬特的相处，最后一句是："在最初的一段时间里，进行得不赖。"（《我走了》，第23页。）第五章转而叙述六个月前费雷画廊的生意："而在六个月之前，进行得不怎么好的，是画廊的事务。"（《我走了》，第24页。）进行得不赖的是费雷与布丽姬特关系的进展，而进行得不那么顺利的是六个月前费雷画廊的生意，内容上存在的裂缝通过语句的关联得到弥补。章节之间通过叙述建起的桥梁确保了小说的连贯性。

　　作家也利用句式近似的章节首句和相同数字的重复在不连贯的章节和情节之间建立起关联。①《格林威治子午线》中，围绕人物阿贝尔展开情节的章节，其首句句式类似，相互应和。第10章开头，"阿贝尔整理着卡拉的包厢"；到第19章，动作延续了前文，"阿贝尔在整理壁橱"；第26章，依然沿用了同样的句式，动词由本义过渡为转义："阿贝尔在整理他的回忆。"（《格林威治子午线》，第60页、第130页、第187页。）动词和句式的复现将阿贝尔这条人物线串联起来。《出征马来亚》中，小说开头出现的数

---

①　Jérusalem C., *Jean Echenoz*: *Géographies du Vide*, Saint-Etienne: Publications de l'Université de Saint-Etienne, 2005, pp. 211-212.

字 30 在小说中反复出现："三十年前，两个男人曾爱过尼科尔·菲希尔"；"三十年前，人们拆除了儒勒-凡尔纳街上的一家倒闭了的饼干厂"；还有"三十个马来亚农民"和"南面三十公里处"（《出征马来亚》，第 211 页、第 220 页、第 231 页、第 257 页）。这些章节的开头均选择 30 作为特定的数字坐标，拉近了不同情节之间的距离。这些相同或近似的数字和句式发挥着阿里阿德涅之线①的功能，在文本迷宫中指引着行进的路线。

在不同小说之间，艾什诺兹通过人物姓名的重复、文本间的呼应与交叉、情节模式的复制等建立起关联。我们在前文已探讨过作家小说中重复出现的人名。《我走了》和《一年》在情节内容上相互补充，互为注脚。《弹钢琴》中的贝里阿尔在酗酒时回忆起自己实习时曾经负责照顾的一个年轻女子，让人联想到《高大的金发女郎》中的格卢瓦尔，后者的头脑中同样会出现一个名叫贝里阿尔的幻象。而在《我们仨》中，梅耶从梦中惊醒，梦里出现了"一个侏儒趴在他的肩膀上审视的镜头"（《我们仨》，第 49 页）。这个梦境与贝里阿尔坐在格卢瓦尔肩头的场景颇为相似，作家通过贝里阿尔这一形象将《弹钢琴》《高大的金发女郎》和《我们仨》这三部小说串联起来。

拉威尔在洛杉矶演出时，给他的兄弟爱德华寄去一张印有其所住酒店图片的明信片，"他用一枚别针在卡片上刺了一个孔……刺的那个洞表明他的房间所在"（《拉威尔》，第 49 页）。这一传递信息的方式让人联想到《湖》这部小说。在《湖》中，湖滨公园酒店的大堂尽头，展览了十几幅绘画，均是或整体或局部地描绘酒店的画作，肖班一眼认出水彩画家穆艾兹-埃翁新近的作品："一扇绿荫中的窗户，在建筑的背面，特别地调动了艺术家的灵感。"（《湖》，第 96 页。）画家通过这一隐蔽的方式将韦伯房间准确位置的信息传递给肖班。以图画为媒介传递信息的方式在《拉威尔》中再度出现，情节模式的

---

①　源自古希腊神话，克里特岛上的迷宫里有一个牛头人身的怪物，每九年接受一次雅典人的供奉，即七对童男童女。英雄忒修斯决心除掉这个怪物，得到克里特公主阿里阿德涅的帮助。后者交给他一个线团，让他将一端系在迷宫入口处，然后跟着滚动的线团一直向里走，找到怪物的栖身处，杀死怪物后又顺着线顺利走出迷宫。阿里阿德涅之线常用以比喻走出迷宫的方法或解决问题的线索。

复制使得这两部时间间隔长达 17 年的小说之间产生互动。

艾什诺兹的小说与前人小说文本之间存在呼应关系和纵向关联。我们可以从多个方面来加以考察。首先，艾什诺兹的小说中巧妙地融入了其他文学体裁要素，如希腊悲剧和神话故事等。希腊悲剧表现为一种命运的悲剧，展现命运的至高无上，是人力不可动摇的。个人无论做出多大的努力，最终都无法摆脱命运的操纵。预先注定的悲剧性命运是人物悲剧性人生的根源，正如尽管有诸多人为因素的干扰，却依旧未能逃脱弑父娶母命运的俄狄浦斯。斯热夫·乌佩曼在《出征马来亚》中发现了希腊悲剧式的情节架构。"如同在希腊悲剧中一样，一代代人重复着相同的命定行为。"[①]三十年前，让-弗朗索瓦·蓬斯和夏尔·蓬迪亚克同时深爱着尼科尔·菲希尔，但均未能捕获其芳心。三十年后，尼科尔和英年早逝的职业歼击机驾驶员所生的女儿朱斯蒂娜的身边也出现了两个追求者：蓬斯的外甥保尔和保尔的朋友鲍勃。在很长一段时间内，他们都未察觉到二人钟情于同一名女子。故事情节的建构中融入了希腊悲剧的情节元素。

艾什诺兹的小说情节中也有神话故事的影子。神话故事中常常会出现诸如预言家、巫师、算命者等能够预知未来的人物，他们会预知主人公将要遇见的人、经历的磨难或是某次奇遇等，有时会为人物指点迷津，起到预述和铺垫的作用。这也可以看成人物预先注定的命运，他必然会遇到预言者口中所说的人或事，不过这种相遇并不一定是悲剧性质的，并且人物也可以采纳预言者的建议采取合适的应对方法，使得事态朝好的方向发展。预言者的出现和他的预言会让读者产生阅读期待，同时也让故事增添一分神秘色彩。艾什诺兹的小说中也出现了神话故事中常见的预言者式的人物，例如《切罗基》中用水晶球给乔治算命的蒂拉纳太太、《出征马来亚》中用沙堆铅弹的占卜方式给保尔算命的布克·贝-莱尔等。这两位算命者能够预知未来，料事如神，但却颠覆了预言者冷静睿智、不可捉摸的传统形

[①]　Houppermans, S., *Jean Echenoz: Etude de l'Oeuvre*, Paris: Editions Bordas, 2008, p. 41.

象。蒂拉纳太太给乔治算命之后，走到另一辆大篷车中与同行一起喝咖啡。布克·贝-莱尔在算命时起身去洗碗槽处喝水和擤鼻涕。在保尔和鲍勃搬进其住所后，布克会担心算命时二人躲在隔壁房间暗中嘲笑他的有限预测。在厌倦了这样的生活后，布克开始做出一些幼稚可笑的举动，如吃光家中的食物储备而不再购买新的食物，丢掉肥皂，堵塞洗碗槽，故意出门不留下钥匙等，以此发泄心中不满。算命者身上的神秘色彩已经大大削弱，具有浓厚的生活气息。还有其他一些算命者，"例如新到的非洲人，占卜市场上的新鲜群体"，他们还拥有自己的代理商，"一些穿着浅色的宽袍身材高大的男人，在有豹形斑点的直筒无边高帽底下，在车来人往的十字路口分发一些纸卡"（《出征马来亚》，第 243 页）。预言者沾染了浓厚的商业气息，而代理商的形象则让人不由得联想到滑稽的小丑模样。艾什诺兹借用神话故事中预言者式的人物来安排情节的发展，同时又对之加以改造，赋予他们全新的现代形象。

其次，在语言文字方面，艾什诺兹也通过改写其他文学作品中的语句实现巧妙的互文。

艾什诺兹在一次访谈中谈到，小说《我走了》中暗藏三部文学作品的语句。① «Il connaît la mélancolie des restauroutes, les réveils acides des chambres d'hôtels pas encore chauffés, l'étourdissement des zones rurales et des chantiers, l'amertume des sympathies impossibles.»②"他熟悉高速公路餐厅的忧郁，还没睡暖和的旅馆床上那酸涩的闹钟叫醒，乡村地带与建筑工地的晕头转向，无处寻觅同情的苦闷。"（《我走了》，第 179-180 页。）这句话改写自《情感教育》：«Il connut la mélancolie des paquebots, les froids réveils sous la tente, l'étourdissement des paysages et des ruines, l'amertume des sympathies

---

① Harang J. -B., La Réalité en Fait Trop, Il Faut la Calmer: Entretien avec Jean Echenoz, *Libération*, 1999-09-16.

② Echenoz, J., *Je M'en Vais*, Paris: Editions de Minuit, 1999, p. 176.

interrompues.»①"他领略过大型客轮上的悒郁；帐篷里一觉醒来时的寒冷，风景和废墟引起的惊愕，好感消失后的辛酸。"②雅里(Alfred Jarry)的剧本《愚比王》中有这样一句解说词：«Tous se tordent, la brise fraîchit.»③"众人笑得前仰后合，风力增强。"④艾什诺兹将这句话稍作改动，添加了一词：«Tous deux se tordent, la brise fraîchit.»⑤"两人全都捧腹大笑起来，微风凉爽。"(《我走了》，第 193 页。)小说中还有一句借自其他文本的语句：«Les jours s'écouleraient ensuite, faute d'alternative, dans l'ordre habituel.»⑥"接下来的日子别无选择，势所必然地，将在习常的秩序中度过。"(《我走了》，第 218 页。)这句话源自贝克特的长篇小说《莫菲》(Murphy)的首句：«Le soleil brillait, n'ayant pas d'alternative, sur le rien de neuf.»"太阳别无他法，又照在纤毫未变的世界上。"⑦艾什诺兹借此向三位前辈作家表达了敬意。

在《弹钢琴》中，我们发现，艾什诺兹不动声色地借用了伏尔泰作品中的语句。"中心"的聚餐过后，贝里阿尔带马克斯散步，从远处观看了公园的景象，并指出，"他们甚至能耕种自己的花园"(《弹钢琴》，第 129 页)。(«... ils peuvent même cultiver leur jardin.»⑧这句话自然地融入贝里阿尔对公园景象的介绍中，同时却也能让读者随即联想到伏尔泰的小说《老实人》中的一句名句："应当种我们的园地。"⑨(«... il faut cultiver notre

① Flaubert, G., *L'Education Sentimentale：Histoire d'un Jeune Homme*, Paris：Charpentier, 1880, p. 510.

② [法]福楼拜：《福楼拜小说全集》(中卷)，王文融、刘方译，北京：人民文学出版社，2002 年，第 446 页。

③ Jarry, A., *Ubu Roi*, Paris：Edition de Mercvre de France, 1896, p. 168.

④ [法]阿尔弗雷德·雅里：《愚比王》，周铭译，北京：中国戏剧出版社，2006 年，第 109 页。

⑤ Echenoz, J., *Je M'en Vais*, Paris：Editions de Minuit, 1999, p. 188.

⑥ Echenoz, J., *Je M'en Vais*, Paris：Editions de Minuit, 1999, p. 210.

⑦ [爱尔兰]萨缪尔·巴克特：《莫菲》，曹波、姚忠译，长沙：湖南文艺出版社，2016 年，第 1 页。

⑧ Echenoz, J., *Au Piano*. Paris：Editions de Minuit, 2003, p. 141.

⑨ [法]服尔德：《老实人》，傅雷译，合肥：安徽文艺出版社，1992 年，第 124 页。

jardin.»①)

克里斯汀·耶卢萨兰在《格林威治子午线》中看到了兰波的诗歌《醉舟》的影子②：

L'édifice explosant, le séisme indicible eut pour premier effet de clouer les tueurs sur place; puis, criards, insoucieux d'autres cibles, ils coururent en vrac, guidés par la lueur. Comme avec leur reflux s'estompait leur tapage, Arbogast et Selmer convinrent qu'il valait mieux fuir expressément, et gagner le rivage: la mer les laisserait aller où ils voudraient. ③

当宫殿建筑爆炸的时候，那难以形容的地震的最初效应，就是让凶手们呆在原地不动；然后，他们尖声厉叫着，置其他的目标于不顾，在火光的指引下胡乱跑动。当那些凶手们的喧闹声渐去渐远之际，阿博加斯特和塞尔默便坚信，最好是赶快逃跑，迅速抵达海岸：大海能够让他们去他们想去的地方。（《格林威治子午线》，第 253-254 页）

Comme je descendais des Fleuves impassibles,

Je ne me sentis plus guidé par les haleurs:

Des Peaux-Rouges criards les avaient pris pour cibles

Les ayant cloués nus aux poteaux de couleurs.

---

① Voltaire, *Candide, ou l'Optimisme, dars Oeuvres Complètes de Voltaire*, Paris: Garnier Frères, 1879, p. 218.

② 参见 Jérusalem, C., *Jean Echenoz: Géographies du Vide*, Saint-Etienne: Publications de l'Université de Saint-Etienne, coll. «Travaux-CIEREC», 2005, pp. 203-204.

③ Echenoz, J., *Le Méridien de Greenwich*, Paris: Editions de Minuit, 1979, p. 230. 下画标记为笔者所加。

J'étais insoucieux de tous les équipages,

Porteur de blés flamands ou de cotons anglais.

Quand avec mes haleurs ont fini ces tapages

Les Fleuves m'ont laissé descendre où je voulais. ①

沿着沉沉的河水顺流而下，

我感觉已没有纤夫引航：

咿咿呀呀的红种人已把他们当成活靶，

赤条条钉在彩色的旗杆上。

我已抛开所有的船队，

它们载着弗拉芒小麦或英吉利棉花。

当喧闹声和我的纤夫们一同破碎，

河水便托着我漂流天涯。②

　　耶卢萨兰指出，这段文字里的零星词语勾画出《醉舟》的模糊轮廓：
"clouer""criards""insoucieux""cibles""guidés""tapage"等。这首诗仿佛在
经历了一次"爆炸"后，以碎片的形式散落在艾什诺兹的小说文本中。这些
词语并非以相同的顺序出现，动词时态也不完全一致。小说中用海替代了
诗中的河，"haleur"和"lueur"也发音相似。小说中的这段文字亦具有诗学
效果，因为作家在其中引入了亚历山大体的诗句(直线下画线部分)和亚历
山大体的半句诗句(波浪线下画线部分)，以及词语的押韵(tueur/lueur;
tapage/rivage)。我们由上述种种迹象可以在小说中窥见《醉舟》若隐若现的
身影。

---

　　① Rimbaud, A., «Le Bateau Ivre», dans *Poésie Complète 1870-1872*, Paris：LGF,
1998, p. 203.

　　② ［法］兰波：《兰波作品全集》，王以培译，北京：东方出版社，2000 年，第
136 页。

再次，人物形象也存在跨文本指涉。《格林威治子午线》中，约瑟夫在孤岛上的举动让人联想到笛福笔下的鲁滨逊。和流落荒岛自力更生的鲁滨逊一样，约瑟夫也尝试在孤岛上种植蔬菜，不过浅尝辄止。他种植蔬菜并非出于生存需要，只是打发无聊时光的一项娱乐。他们在岛上的食物以罐头食品为主，如"酸菜罐头""牛肉罐头、啤酒罐头、菜豆罐头"等（《格林威治子午线》，第 106 页、第 209 页），享受着从文明世界带来的各种现代物品，无须为生存发愁。"即便在一个与世隔绝的孤岛上，这些后现代的鲁滨逊们也不再是生产者，而是成为了消费者。"①与此同时，由于所处空间的特殊性，他们的生活又不完全是现代都市生活的副本，保罗可以随手从树上摘下两根香蕉来食用。这是一种介于荒蛮和现代之间的独特生活。

我们在艾什诺兹的小说中也发现了福楼拜另一部小说人物的身影。《一年》的女主人公薇克图娃在流浪生活中曾和流浪汉卡斯特尔和布森共同生活过一段时间。二人曾在同一家电子零件公司任职，被解雇后便决定一起退隐乡间。这两个人物身上有着《布瓦尔和佩库歇》中两个主人公的影子。相交莫逆的布瓦尔和佩库歇均从事公文誊写员的工作，在布瓦尔继承一大笔遗产后，二人便辞去工作，到乡间买了一座农庄一同过上了惬意的生活。卡斯特尔和布森则没有这么幸运，被公司解雇后不得已来到乡间生活。他们没有大笔的遗产去购置农庄，只能找一处废弃的破屋勉强栖身。我们可以看出福楼拜的小说对艾什诺兹的影响。不过，卡斯特尔和布森身上带有明显的艾什诺兹人物的典型标记：沉默寡言，生活处处不如意。

艾什诺兹从体裁要素、语言文字和人物形象三方面入手，在小说中巧妙地融入前人文本，信手拈来，不留一丝雕琢的痕迹。作家在小说文本内部、不同小说之间、小说与前人小说之间借助多种连接手段编织纵横交织的内在关联，使得小说呈现出表面碎片化、内在高度严密的有机整体。

---

① Jérusalem, C., *Jean Echenoz: Géographies du Vide*, Saint-Etienne: Publications de l'Université de Saint-Etienne, coll. «Travaux-CIEREC», 2005, p. 27.

第三节　虚实结合的张力场

艾什诺兹用碎片化的方式呈现我们再熟悉不过的现代都市空间，讲述这个时代。作家如摄影师一般向我们展示日常生活的熟稔画面，却又无意让我们觉得那是真实的世界，在真实中融入各种虚幻的元素，设法不让真实的幻象产生，试图拉开距离，让人们重新审视自以为了解的世界，思考人与世界的关系，在虚与实结合的世界中，创造了文学的张力场，我们在虚幻的最深处窥见真实。"一些不可能的人物的不可能的故事，但是在这些人物身上我们重新找到了自己。"①

一、《高大的金发女郎》中的恶魔性因素

在《高大的金发女郎》中，有一个特殊的角色设置。在格卢瓦尔消失于公众视野的这段时间内，身边时常会出现一个名叫贝里阿尔的侏儒，他来无影去无踪，不是肉眼凡胎可以看见的。他存在于精神出现状况的女主人公的幻觉里，是作家为其塑造的一个守护神，或者更确切地说是一个恶魔形象，是格卢瓦尔内心邪念的来源。

贝里阿尔只有在格卢瓦尔独处时才会现身，在小说中第一次出场是在格卢瓦尔将卡斯特内推下悬崖后的第二天早晨，他出现在格卢瓦尔的肩膀上。"贝里阿尔是一个瘦黑的矮个子，三十来公分高，开始秃顶，头发一边倒，上嘴唇和双眼睑向下耷拉，面色混浊。"(《高大的金发女郎》，第452-453页。)身材矮小，其貌不扬。作家直接言明其身份："充其量，贝里阿尔不过是一个幻像。能耐再大也不过是精神失常的年轻女子虚构的幻觉。再微不足道，他也算是一位守护神……但他生得又丑又矮，宗教善会忌讳他的影视形象而没正式接纳他……由于受到同伴们的冷落，被排斥在

---

① ［法]让-克洛德·勒布伦：《让·艾什诺兹》，邹琰译，长沙：湖南美术出版社，2004年，第92页。

天使品级之外，甚至陷入停职的困境，他不得不从事自由职业，只身在外，凡事总得好自为之。"(《高大的金发女郎》，第 453 页。)贝里阿尔被赋予了堕落天使的形象。

贝里阿尔(Béliard)这个名字让人联想到贝利亚(Bélial)，又译作彼列，最早是巴勒斯坦地区犹太教传说中的地狱之王，在《圣经·旧约》中意为"毫无价值、不值一提"，在《圣经·新约》中以"黑暗之子"的身份出现，与耶稣基督对立，是"恶"的存在。贝利亚是所有堕落天使中最危险、最凶恶的一名。与贝利亚名字相近的贝里阿尔也同样是格卢瓦尔幻觉中拥有恶念的守护神。格卢瓦尔与贝里阿尔之间的关系呼应了雅里的愚比系列剧作。[1] "就像愚比爸有他的良知相伴，格卢瓦尔·阿布格拉尔的身边也有她的意识相随，它在小说中表现为幻想中的侏儒贝里阿尔这个人物。"[2]愚比爸在作出决定前常会征求良知的意见，但并不听从其劝告，总是一意孤行。而贝里阿尔就如同心中的恶魔，当格卢瓦尔的心头涌出难以遏制的将人推向空际的冲动时，贝里阿尔并不加以劝阻，而是在一旁煽风点火，一次次地怂恿格卢瓦尔犯下过错。格卢瓦尔将卡斯特内推下悬崖后，贝里阿尔次日现身表明自己的立场："我并非不赞成……别人不同意，可我不。你有权这么做，格卢瓦尔，你见得太多了。你也让大伙儿看够了热闹……

---

[1]　阿尔弗雷德·雅里的代表作愚比系列三部曲剧作分别是《愚比王》《愚比龟》和《愚比囚》。主人公愚比爸暴虐粗鄙，胡作非为。《愚比王》讲述了愚比爸在愚比妈的怂恿下，篡夺了波兰国王温塞丝拉斯的王位，在登上王位后杀人如麻，征收苛捐杂税，波兰人民不堪重负，奋起反抗，愚比爸最终坐船逃离。《愚比龟》中，愚比爸强占了阿可哈斯的住宅，并做出了一系列荒诞不经的举动。门侬让愚比爸戴了绿帽子，愚比爸却误认为是雷邦提耶，叫侍卫将其痛打一顿。在《愚比囚》中，愚比爸决定去当奴隶，却获得了最大的自由。他找不到主人，在认定自己的畸肚脐比整个宇宙还要大时，遂决定从此服务于他的畸肚脐。最后，愚比爸的亲兄弟索里曼苏丹不肯与他相认，并把他赶出了土耳其。愚比系列剧作打破了传统戏剧的模式，吹响了颠覆性的现代主义戏剧的号角。

[2]　Loubry-Carette S. (études réunies par), *Jean Echenoz, Les Grandes Blondes, Un An et Je M'en Vais*, Lille: Roman 20-50, revue d'étude du roman du XX° siècle n° 38, décembre 2004, p. 75.

现在，你爱干啥干啥。"(《高大的金发女郎》，第 452 页。)贝里阿尔认同其行为的合理性，怂恿格卢瓦尔采取过激行为，一次次将认为可能对自己构成危险的人从高处推下，甚至询问她将卡斯特内推下去时，和另几次相比，感觉有何不同。

格卢瓦尔身上的恶魔性通过贝里阿尔毋庸置疑地体现出来。"恶魔性"这一概念起源于古希腊，柏拉图的《申辩篇》里将其解释为与诸神相对立的一种神灵，以某种神秘的方式接近人，指示人的行为，通常以疾病、犯罪、癫狂为表征，又被称为"恶魔附体"。美国存在主义心理学家罗洛·梅①将"恶魔性"定义为"能够使个人完全置于其力量控制之下的自然功能。性与爱、愤怒与激昂、对强力的渴望等便是例证。它既可以是创造性的，也可以是毁灭性的，而在正常状态下，它同时包括两方面的内容"②。

格卢瓦尔的身上具有典型的神经质人格，表现为情绪的不稳定、基本安全感的缺乏和过度的内省力。格卢瓦尔的情绪极不稳定，阴晴不定。在和阿兰相处时，起初还神经兮兮地傻笑，瞬间情绪急转直下，变成一发不可收拾的抽噎。阿兰目睹后流露出困惑的神色，不知所措、满心疑惑地离开。情绪起伏剧烈，不易受控制，这也使得人物容易产生过激行为。

格卢瓦尔缺乏最基本的安全感，注意力过度集中于外部环境中的人或事，一旦接收到危险信号，精神上就会出现强烈的不安，将危险信号无限放大，并极力试图摆脱潜在危险，消除内心的不适感。而由于注意力过度集中于内心的不安上，危险信号带来的这种不适感会越发明显，使人更加痛苦。这种安全感的缺乏源自格卢瓦尔先前的经历。在短暂的走红后，格卢瓦尔就被卷入一桩命案，打官司、蹲监狱，从此从公众视线中消失。几年后获释，格卢瓦尔一直避开公众视线，改容易貌、隐姓埋名地生活。神经质的人偏好体验消极事件，格卢瓦尔依靠妆容掩盖自己的真实样貌，对

---

① 罗洛·梅(Rollo May, 1909—1994)：美国存在心理学之父，美国人本主义心理学的代表人物，著有《焦虑的意义》《爱与意志》《自由与命运》《祈望神话》等。

② [美]罗洛·梅：《爱与意志》，冯川译，北京：国际文化出版公司，1987 年，第 126-127 页。

丑化自己乐在其中："当她对镜细看自己那张被涂抹得一塌糊涂的脸直至恶心得要吐时，她会喜从中来，兴奋不已，开怀大笑，龇牙咧嘴，当她在超高音域听见自己的猥辞秽语时，她会痛快十倍。"（《高大的金发女郎》，第 465 页。）丑陋妆容和污言秽语令她兴奋不已。

对于缺乏安全感的格卢瓦尔来说，物体的坠落能够提供一种特殊的心理慰藉。正因如此，格卢瓦尔每每面对可能出现的危险时，就会抑制不住将人推向空际的念头。并且在这种情境下，人物身上的恶魔性因素会显现出来，瞬间被赋予无限强大的力量。恶魔性"是介乎人神之间的中间力量。它神通广大，常常在人们理性比较薄弱的时候推波助澜，构成对社会某种文明秩序或正常权威的颠覆，其颠覆对象包括社会意识形态的正统性，社会伦理道德的制约性，以及对自然界规律的神圣性"①。格卢瓦尔从酒吧出来，独自一人走在夜深人静的悉尼街头。当她走上皮尔蒙特桥时，被一个人高马大的男人纠缠，在她惊恐绝望、无力反抗、快要体力不支时，贝里阿尔现身了。他站在女子的肩头，横眉怒目地吼叫咒骂着，教她如何反抗。"贝里阿尔就有这个能耐，他能使细胞更新，体能倍增"（《高大的金发女郎》，第 508 页），转瞬之间，男人就遭到了出其不意的反击，面对这个力量翻了十番的女人，男人流露出惊恐的神色，随即败下阵来。格卢瓦尔没有就此停手，贝里阿尔不停狂呼着让这个混蛋粉身碎骨。在耳边这个声音的不断刺激下，格卢瓦尔用力擒住这个男人，将他从栏杆上掀下，注视着他被二十米之下的悉尼海湾吞没。在面对危险、无力反抗时，格卢瓦尔身上的恶魔性瞬间显现，力量成倍增长，在耳边那个神秘声音的指引下将男人推向空际，不受任何文明秩序和伦理道德的约束，只期望彻底解除自己的危机。经受刺激陷入狂怒的格卢瓦尔无法控制自己的行为，瞬间拥有超出常规认知的非自然力量，一如袭击博卡拉时的模样，"手中提着斧子，蛇发女怪般的面孔，在黑暗中她仿佛从蛮族万神庙，从象征派油画上或从

---

① 陈思和：《欲望：时代与人性的另一面——试论张炜小说中的恶魔性因素》，载《文学评论》2002 年第 6 期，第 63 页。

恐怖片中突然走出"(《高大的金发女郎》, 第 479 页), 令人始料不及, 疯癫形象跃然纸上。

在从极度紧张愤怒的失控状态中脱身、松懈下来后, 格卢瓦尔眨眼间又会情绪急转直下, 痛哭流涕, 对自己一再失控的行为深感绝望。每当此时, 贝里阿尔都会在身边加以安抚, 助其平复情绪。格卢瓦尔对贝里阿尔的感情其实颇为矛盾复杂。一方面, 格卢瓦尔在心理上极度依赖贝里阿尔, 贝里阿尔是她陷入深渊时唯一可以抓住的救命稻草, 总是在她孤立无援时适时出现, 果断出手帮助她摆脱麻烦和纠缠, 在孤独感袭来时, 格卢瓦尔也会因贝里阿尔的不在场而心生牵挂; 另一方面, 贝里阿尔的存在也让格卢瓦尔感受到压抑, 每每在他的怂恿下失控犯下过错时, 格卢瓦尔都会因悔恨、自责和害怕而备受煎熬, 对他心存怨恨和抗拒, 因而他的暂时缺场也会让格卢瓦尔有得以喘息、如释重负的轻松感: "由于贝里阿尔一整天没露面, 格卢瓦尔感到自在多了。"(《高大的金发女郎》, 第 491 页。)

当贝里阿尔无意间吐露别人可以解雇他时, 格卢瓦尔满心讶异随即表示如果可以如此, 那便求之不得。虽然格卢瓦尔在贝里阿尔错愕目光的注视下很快放弃了这一想法, 但透露了其内心深处渴望摆脱贝里阿尔的模糊念头, 同时也预示了不久之后贝里阿尔在格卢瓦尔生命中的退场。格卢瓦尔长久以来的藏身匿迹只是为了免遭追寻、侵犯和伤害, 出于自我保护而做出过激的举动。贝里阿尔只怂恿格卢瓦尔惩罚对自己构成威胁、造成危险的人, 因此会在关键时刻救下佩尔索内塔兹, 中止格卢瓦尔的癫狂行为, 并认为她是时候应该约束行为、重新回归社会了。格卢瓦尔回归正常生活后, 萨尔瓦多尔担负起照顾她的责任, 她不再是孤身一人, 情感有了寄托和依赖, 贝里阿尔就渐渐从她的生活中消失了。萨尔瓦多尔的恐高甚至激起了格卢瓦尔心底的保护欲, 她在内心完成了由被保护者到保护者的自我设定转换, 也不再有将人推向空际的念头。

先前经历在格卢瓦尔身上唤起的恶魔性并没有完全掩盖人性, 而仅仅是人物自我保护、对抗伤害的应激反应, 理性的复归宣告了恶魔性的消弭, 精神支柱的再度构筑使得格卢瓦尔崩塌的世界得以重建。人物破碎生活的重铸如同在绝望的深渊让人窥见希望的亮光，在艾什诺兹小说中少有的圆满结局也毫不掩饰地表露出作家对于这一人物的偏爱。

二、《弹钢琴》中的彼世描绘

自古以来，人们对死后世界的构建想象无外乎两种：或上天，或入地。西方的彼世描绘便有天堂和地狱之分，中国亦然。按照中国古来有之的彼世观念，人在死后会埋入地下，在地下生活，名曰黄泉或地府。若能行善积德，或有机会得到某种神秘力量的指引升入天界。生死轮回，道德审判，在道家和佛教的影响下，彼世作为人间道德裁判所的观念长久以来根深蒂固。而中国古代文人在思索中逐渐修正这一观念，在文学作品中出现了对待死亡的另一种态度。以庄子为例，"庄子梦蝶、梦骷髅及妻死鼓盆而歌的故事暗示，人的生与死不知道哪一个是真哪一个是假，哪一个是好哪一个是坏，所以不必为生而喜为死而悲"①。生死存亡本为一体，并无差别，这样就不会有关乎生死的喜或悲，近似于道家所说的"空"，达到"凡所有相，皆是虚妄"的无相境界。庄子的生死观念也体现了中国古代文人的一种达观态度。

艾什诺兹在小说《弹钢琴》中，既有传统彼世形象的沿用，又似乎只取其外壳，抛弃了内里，想象构建出不一样的彼世图景，在那里，生死同样无甚差别。在《弹钢琴》中，人在死后会去往两个目的地：城区地段或公园。城区地段既指此处的城市空间，也是小说空间中指称地狱的一种方式，"看起来似乎窒息在从颜色发褐的、如同羊皮袋那般鼓胀的、污染严重的云团中落下的一阵黑色的合成雨底下"（《弹钢琴》，第92页），那里"浑浊、压抑，几近于昏暗"（《弹钢琴》，第92页）。那是一座酷似巴黎的姐妹城市，巴黎的复制品，有着埃菲尔铁塔、蒙帕纳斯塔、大教堂等巴黎的经典地标和纪念性建筑，不过，这一切都是马克斯透过"中心"的窗户

---

① 葛兆光：《死后世界——中国古代宗教与文学的一个共同主题》，载《扬州师院学报（社会科学版）》1994年第3期，第42页。

"从高空远远地俯瞰"(《弹钢琴》，第92页)而见到的景象，这一俯视角点明了城区地段的地狱意象。

而在另一边，却是"温柔、亲切、明亮"的一个巨大的公园(《弹钢琴》，第92页)，一大片辽阔的深浅不一的绿色向远处延伸，无边无际。这个伊甸园般的世界有点人类博物馆的样子，这里永远风和日丽，生活安宁，气候理想，没有季节划分，瓜果不断生长。这不免让人联想到奥林匹斯山的众神宫殿，那里永远沐浴着阳光，从不会刮风下雨，既没有寒冷，也没有炎热，与公园一样碧空万里，温暖宜人。

城区地段(section urbaine)这一名称中的section一词包含的断裂、分割的意味，酷似巴黎，却又有别于人物生前生活的巴黎城市空间。在城区地段有必须遵守的三大规则：第一，禁止接触生前认识的人，禁止被人认出来，禁止建立种种联系；第二，必须改变身份；第三，禁止重操旧业。通过秩序的重建，将彼世与此世分割开来。钢琴家马克斯·戴尔马克(后简称马克斯)去往城区后以萨尔瓦多·保尔的身份开启新生活，被安排在一家旅馆的酒吧从事夜间酒保工作。为了避免被人认出，马克斯在"中心"接受了一次整容外科手术，医生对其面部进行了一些细微的调整，任何器官都没有变，只是其结构和相互之间的关系不知不觉地发生了改变，这些变化连马克斯自己都无法言明，但毋庸置疑的是，他已经不再是原来的模样了。然而，对于真正关注和了解他的人而言，这些变化并不能阻碍其辨认。当之前时刻陪伴左右的助手贝尔尼偶遇马克斯时，他毫不费劲地认出了马克斯。马克斯的内心受到触动，不禁感慨，毕竟是真朋友。同样，对马克斯而言，他苦寻三十年的罗丝的模样也刻进了其心里。当在城区再次遇到罗丝时，即便她也在"中心"接受了完美的整容外科手术，马克斯依然在第一时间认出了她。由此可见，城区的禁令只能阻断流于表面的社会关联，揭开一切虚假的人际关系，让人感受到最真实的亲疏区别。当然，除了城区地段的三大禁令，人物身上的其他变化也显示出生前和死后的生活断裂。过去的马克斯对酒精无比依赖，每次演出前都要依靠酒精消除紧张和恐惧。然而现在，酒精的味道对他而言犹如催吐药一般污秽，让人无法接受。从事酒保工作的他与酒精之间的连接发生了改变，酒精成为彼世工作的内容。过去的马克斯在异性面前不善言辞，错过了自己爱慕的罗丝，此后开始了三十年的追寻。而在死后，无论是与在"中心"工作的桃乐丝·黛，还是和城区地段的菲丽西爱娜，他们的关系都进展迅速，马克斯与从前面对罗丝踟蹰不前的他判若两人。

在前往城区地段或公园之前，有一个作为过渡的中间地带——"中心"。作为此世通往彼世的中转站，其整体描述介于天堂和地狱之间。这里环境安静，有着与现实世界一样的文学作品和音乐，房间有专人打扫，确保相当于星级宾馆等级的舒适。不过，作家仍然在描写中适当地融入了虚幻元素，避免此处与现实世界影像的完全重叠。在"中心"，一个熟悉的名字再次出现——贝里阿尔。与《高大的金发女郎》中矮小、丑陋、邪恶的模样不同，"中心"的贝里阿尔衣冠楚楚，举止优雅，不过他向马克斯坦言，自己不太喜欢高大的金发女郎这一类姑娘，而后也曾吐露，他在实习期间曾负责照顾一个有困难的年轻女子，被迫变成小人、丑人和恶人。而在《高大的金发女郎》结尾，当贝里阿尔从格卢瓦尔的生活中消失后，她曾隐约看见一个西装革履、行色匆匆的人在等火车，却没有认出这正是贝里阿尔。这一场景暗示了贝里阿尔改头换面，即将奔赴下一份工作。所有这些信息似乎都表明这两个贝里阿尔的重合，也为小说增添了一抹神秘色彩。

在处处都如同现实世界的宾馆般的"中心"，餐厅展现出不同于别处的地狱景象。当然，不是传统构想中充满酷刑与受难画面的可怖场景，艾什诺兹的描述显然更冷静、温和、轻描淡写。与死寂的房间、走廊和大厅相比，唯有餐厅能够感受到一丝生气。"而在这些人当中，有相当一大部分是事故受伤者、遭谋害者和自杀者，他们绝大多数都会展览自己重伤的明证——白刀尖刃的穿孔，枪弹的洞痕，勒绞的痕迹，还有脑壳的裂纹……而人们会依照每个伤口的特殊模样尝试着猜测曾经发生过的事故，那可真是一种游戏。无论如何，这段往昔似乎都不会坏了无论谁的胃口。"（《弹钢琴》，第121-122页。）来到"中心"的人整日独自待在房内，唯有餐厅是他们共同的社交场所。而此处的交际活动充满了奇幻想象，展示了小说中为数不多的不同于日常都市空间的特殊空间活动。餐厅的服务人员，上至餐厅主管、主管助理，下至领班、酒水师，都是清一色的黑色着装，黑色的礼服、黑色的蝴蝶结、黑背心、黑裤子、黑袜子、黑皮鞋、黑色的粗布围裙……在"中心"唯一热闹的场所，服务人员的黑色着装也从视觉上给人压迫和窒息感，这是一个让人试图逃离的地方。

马克斯也确实采取了行动。他走出了"中心"，但很快被"中心"的工作人员迪诺接回。马克斯并没有受到预想中的处罚，相反，他被告知，所有人都尝试过这种逃逸。既为尝试，言下之意，他们的出逃行动无一例外都以失败告终。在"中心"，表面上看来去自由，实则行动受限。"中心"的房间门并未上锁，可以自行打开，大厅内没有任何值班者，没有任何保安，也没有任何摄像头，大厅的转门也可以轻易推开。这很容易给人一种错觉：人们可以随意进出。不过贝里阿尔表示，"中心"的原则是自觉遵守纪律，监视工作是极其有限的。人们被要求待在房间内，房间打扫过后桌上摆放了热带水果，但马克斯被告知在手术前禁止进食。人们需要在"中心"待满一星期后，等待通知去往下一站。如果有人自行走出"中心"，工作人员很快就会从不知什么地方出现，将其带回。监视极其有限，但绝对有效。和"中心"相比，公园的氛围相对更为宽松。人们过着平静的生活，不时地组织一些演出，但没有人会被迫去参加，每个人都可以做自己想做的。但这种自由局限于公园内，隐性的束缚依然存在，生活在这里的人无法踏出公园。小说结尾，从公园出走来到城区地段的罗丝被贝里阿尔带回了公园。而在城区地段，人们受到的束缚更加明显，也更加严苛，有各种禁令约束行为。由此可以看出，从公园到"中心"再到城区地段，人们受到的束缚存在由隐到显、由宽松到严格的过渡。无论是此世还是彼世，是天堂抑或地狱，束缚始终存在。

此世普遍存在的厌倦情绪一直绵延至彼世。"中心"的周日比平时更加空荡荡，让马克斯联想起假日期间荒芜的学生宿舍，感受到一种令人无法忍受的寂静。行走在荒凉无人的"中心"内，他的脑中不由得生出逃离的念头。在城区地段，这种厌倦更为强烈。在伊基托斯和巴黎，马克斯快速适应了陌生的环境和全新的生活，随之而来的是，时间很快就变得越来越漫长，孤独厌倦和沉重的腻烦不断增长。那么在天堂般的公园，人们能否成功抵御厌倦的侵袭？答案是否定的。贝里阿尔证实了马克斯的担忧，在公园，唯一的问题就是厌烦，而这显然是个大问题。公园里四季如春，宁静安逸，人们可以自行选择建筑风格建造房屋，从茅草屋到蒙古包，从小木屋到茶亭，各种不同文化起源、不同材质的房屋应有尽有。听上去令人愉悦的生活模式却承受不住近乎静止同时又无限延伸的时间的侵蚀。马克斯从贝里阿尔处得知，地理上的移动性是公园居民的生活方式。公园的房屋有两大特性：体积小，可快速拼装。为庇护一个人、最多两个人而设计的小体积房屋暗示了公园生活以独居模式为主。几乎所有房屋都可以在短时间内快速拆除和搭建，也为迁居提供了可能和便利。与此世的都市空间内如出一辙，地理上的移动成为公园居民摆脱厌倦的尝试。

彼世的生活同样不尽如人意，"中心"的主任洛佩兹先生的办公室的装饰风格透露着过度的阴郁和忧伤，而在其中办公的主任衣着寒酸，脸色蜡黄，"他显示出一种被克扣了工钱的公证人文书的忧虑神态，意气消沉，更是沮丧而非不满，似乎已经习惯于屈服这一忧虑了"（《弹钢琴》，第106页）。面对马克斯，他表现得畏惧怯懦，似乎应付不了诸种事务，丝毫没有掌握中心所有来客今后命运的统治者该有的威严模样，而是和艾什诺兹笔下的一众人物一样，在工作和生活长期的不如意中沮丧消沉。

人物在死后依旧会遭遇失望挫折，无法左右自己的命运。人们在死后会在"中心"逗留一周时间，而后等待安排去往下一站，无法按自己的意愿选择公园或是城区地段。在等待判决的那天早上，马克斯总结了自己的一生，犹如一场地狱审判的自我演练："我从来没有杀过任何人，也从来没有偷过任何东西，能记起来没有做任何伪证，我也很少骂人……"（《弹钢琴》，第134页。）对内心进行了一番透彻的审视过后，马克斯相当满意，自信可以前往公园，而紧接着却被告知裁决结果：他将被带去城区地段。马克斯随即表示抗议，质疑这一裁决的公正性，并试图申诉。在贝里阿尔的劝说下，他又很快妥协并接受了这一结果。

在对彼世的传统构建中，死后的世界公正无私，人世间的一切善恶在死后世界皆有报。宗教便由此劝诫世人循规蹈矩，对生活心生敬畏。而在《弹钢琴》的彼世空间中，人世间的非正义和不公平皆能觅得踪影。餐厅的职员构成有着明确的职业分工和严格的阶层高低，等级分明。餐厅主管负责监视全面服务，他手下有一些主管助理，这些人又分别带领一队领班，再往下是时刻关注着用餐者杯中酒量的酒水师。伙计属于更低等的阶层，确保领班负责的餐位与后堂服务之间的联络。而后堂在厨师长的领导下，活跃着一支服务大军，"管咖啡的、管传菜的、管洗涤的、管刀叉的、管碟盘的、管酒杯的、管找酒的、管杂物的、管水果的"（《弹钢琴》，第123页），小说中将其喻为一座"金字塔"，而位于金字塔顶端的则是在餐桌周边巡视的餐厅经理。仅此一处便能显示出彼世仍旧存在的阶层差异。在"中心"，特权现象同样存在。人死后只能在"中心"短暂停留，之后必须前往公园或城区地段，但贝里阿尔直言："制度也是有欠缺的，有时候，也会有通融，到处都一样。"（《弹钢琴》，第93页。）破例的情况总有发生。桃乐丝·黛和迪恩·马丁都留在了"中心"工作，究竟是依靠何人享受到此种优待，我们无从知晓。死后的世界也存在着不法行为。在《高大的金发女郎》中的现实世界里，格卢瓦尔通过押送体内藏毒的马匹从孟买回到巴黎，而《弹钢琴》中，马克斯同样通过偷运违禁品以换取报酬，从伊基托斯来到酷似巴黎的城区地段。彼世空间与此世的都市空间高度近似，以至于让人难辨真假，此世与彼世的界限模糊。作家借这部小说的彼世描绘，实现了生与死的二元融合。在二元对立关系的融合中，彼世空间的描述也和艾什诺兹笔下的整体都市空间书写融为一体。

三、传记体小说：游走于真实与虚构之间

在创作了9部小说后，艾什诺兹或许和他笔下的人物一样，对纯粹的文学虚构产生了些许厌倦情绪。他开始转而探索其他领域，接连发表了《拉威尔》《跑》和《电光》3部作品，将传记与小说相结合，进行新的文学

尝试。

什么是传记? 传记是依循真实性原则,根据各种书面的或口述的回忆、调查等相关资料,进行有选择的编排组织,形象地记述人物的生平事迹的一种叙事性文体。"传记是某一个人物的生平的记录;从其文类考察,传记同历史学和文学都有相通之处,但又各有原则的区别;从其属性考察,传记是一种文化形态的体现;从其发生考察,传记是对一个人的纪念。"①

同样以人物作为叙述对象,传记与小说之间存在着差异性。传记由传记作者特定的视角出发,用特定的叙事手法和叙事风格组织编排素材,描绘传主的人物肖像,这使得传记不可回避地具有或多或少的虚构性。不过,传记的虚构局限于修辞和叙事范畴,必须根植于历史事实之上,坚持真实性原则,在历史和文学之间寻求平衡。与传记相比,小说的虚构创作更为自由。小说追求的不是某一人物本身及其经历的真实,而是一种更为普遍的艺术真实,充分运用其对世界、对社会的或直接或间接的认知和体验,展开丰富的想象,进行某种艺术处理和变形,在虚构的文学世界中加以呈现。"小说做的是无米之炊,而传记则必须量体裁衣。因为前者可以张冠李戴、子虚乌有,而后者就不能丁卯不分、鱼龙混杂。"②

在谈及自己的传记体作品创作时,艾什诺兹认为:"资料准备工作是传记作品的基石。对我来说,我搜集所有关于人物的资料,即使我写的是号称虚构的传记作品。另一个原因,是我的个人爱好和好奇心促使我搜集完整的资料,因为我时常觉得他的生平比我写的内容更有意思。我尝试从多个角度观察人物,并且保留我创作的自由。从某种意义上说,传记是人物生平的想象性重建。马塞尔·普鲁斯特在《追忆似水年华》的序言中就宣称这是非传记性质的,然而他也搜集资料,从回忆中抽取故事,事实上,

---

① 杨正润:《现代传记学》,南京:南京大学出版社,2009 年,第 19 页。
② 赵白生:《传记里的故事——试论传记的虚构性》,载《国外文学》1997 年第 2 期,第 48 页。

这是建构在真实生活上的虚构叙事。"①艾什诺兹所说的"虚构的传记作品"即他在传记和小说的边界探索的新文体：传记体小说。艾什诺兹尽可能完整地搜集人物的相关资料，以真实史料为基底，同时保留充分的创作自由，在真实性基底上进行人物生平的想象性重塑，是围绕人物真实生活进行的虚构叙事。作家倾向于选择被历史几近遗忘的人物，或是历史人物被遗忘的某段生活经历，从而有更多的自由进行写作和杜撰，并且使其走出被遗忘的境地，走出被隐匿的人生经历，将其解放出来并赋予其话语权。

作为传记体小说，艾什诺兹创作的这三部小说首先具有无可置疑的真实性，均立足于真实人物，叙述其生平或是某个生命阶段，且三位主人公在专业领域都曾各有建树。《拉威尔》呈现了法国著名作曲家莫里斯·拉威尔最后十年的生命历程，叙述主体线索由美国的巡回演出、与指挥家的意见分歧、遭遇车祸、脑部疾病等真实事件编织起来。《跑》叙述了捷克斯洛伐克著名的长跑运动员艾米尔·扎托佩克的传奇一生，作家将其数次奥运经历与苏联入侵捷克斯洛伐克的历史大背景相融合，叙述了艾米尔跌宕起伏的运动生涯。《电光》以塞尔维亚裔美籍天才发明家、物理学家尼古拉·特斯拉为原型，叙述了主人公格雷高尔的发明生涯。特斯拉曾就职于爱迪生的公司，被盗取专利并遭到打压。从那里离开后，他成立了自己的电气公司。爱迪生设计并实现了电椅在历史上的首次使用，意在证明特斯拉发明的交流电是有害的，从而维护直流电的利益垄断。特斯拉的发明更关注对人类社会的价值，而非追寻财富。他建塔试验电力的无线输送，通过实验实现了人造地震、人造闪电，在实验中造成了周边地区的大面积停电。他提出地热蒸汽利用和海水发电。特斯拉一生致力于科学研究和发明创造，取得近千项发明专利，却并未凭借如此丰硕的成果获取巨额财富。他不看重金钱，晚年穷困潦倒，在旅馆房间内孤独地离世。特斯拉的所有这些经历都被融入了主人公格雷高尔的一生。

---

①　《Compte-rendu de la Conférence Littéraire de Jean Echenoz》，https://www.douban.com/group/topic/16440939/，2022-11-23.

以真实经历架构起人物后，艾什诺兹又以文学处理和虚构手法为小说注入灵魂。三部小说都运用预述提前透露人物的未来。《拉威尔》第1章的结尾，主人公余下的生命以明确的时间单位被提前设定："从今天算起，不多不少，他还有整整十年的日子要过。"（《拉威尔》，第16页。）在《跑》中，面对艾米尔在竞赛场上的一次次胜利，叙述者表明了自己的厌倦，并预告了主人公运动生涯中即将到来的转折："面对这些功劳，这些记录，这些胜利，这些战利品，我不知道您怎么样，但是我本人已经开始有点厌倦。太巧了，艾米尔马上就要开始输了。"（《跑》，第98页。）格雷高尔出生时，叙述者便预述了他今后辉煌的发明事业："在那个时代人们只能这样照明，靠蜡烛和油灯，人们还不了解电流。而电流，就像我们今天能享用它那样，还远远没有进入人们的生活习惯，但人们关注它却已为期不晚了。仿佛是为了了解另外一个私人事件，将由格雷高尔来负起这一责任，将由他到时候来付诸实现。"（《电光》，第7页。）与传统传记平铺直叙地按照时间顺序展现传主的生活历程和生命轨迹不同，艾什诺兹对叙述进行了文学处理，以预述的方式提前告知人物的生命走向，在人物自身的不知情与预知读者的担忧或期待之间，文学的张力得以产生。

艾什诺兹的传记体小说并非典型传记，在融入诸多虚构因素后，以小说这一虚构文本的形式呈现，并且将三位主人公塑造成了作家笔下的典型人物形象。拉威尔独自居住，大量的独处时间则是作家发挥想象重塑人物的场域。主人公常常感受到孤独，生出厌倦情绪，行事犹豫不决，与邻居兼好友佐盖伯一样，总是为如何选择衣服伤脑筋。这位佐盖伯确有其人，但除了名字以外，其他关于这一人物的一切皆是作家杜撰，艾什诺兹仅仅借用了这一真实姓名，塑造了一个完全虚构的小说人物。在和康拉德的交往中，拉威尔也为交流障碍所困扰。不善言辞的二人之间的谈话进行得枯燥乏味，绝大部分的时间被沉默填满，作家将其喻为"荒漠"，偶然冒出的只言片语就如同荒漠中的绿洲，却因交流的失败无法缓解长久的干涸："这一位颇为克制地说到了自己对那一位的文学的兴趣，而那一位则试图竭力掩盖自己对这一位的音乐的无知。"（《拉威尔》，第27页。）拉威尔也饱受失眠的困扰，先后尝试多种催眠技术，情况却日益严重，始终未能摆脱失眠的侵袭。

《跑》中有一个完全虚拟的人物，即假扮达纳闺蜜的女特务。当一名外国记者经过层层申报，终于获得许可得以上门采访艾米尔时，见到了艾米尔的妻子达纳和她的闺蜜。这一"闺蜜"表面的身份是一所家政学校的老师，实则是一名特务，前来监视达纳的一举一动以及她与外国记者之间的谈话。她"是个极为敏锐、和气、殷勤的人，而且和达纳寸步不离，哪怕是在准备茶水的时候都是如此"（《跑》，第71页）。当天晚上记者再次登门时，依旧没能见到艾米尔本人，接待他的还是达纳和这位闺蜜："那位快乐的教员给他开了门，而达纳却站在她身后的阴影里。"（《跑》，第73页。）待记者走后，她便卸下快乐的伪装，带着谈话录音的磁带冷漠地离开，返回安全部门的大楼。这一虚构人物的文学性描写增强了小说的可读性，渲染了当时捷克国内严峻紧张的政治氛围。在动乱的社会历史洪流中，个体如同孤立无援的一叶扁舟，身不由己地向前漂流。艾米尔意图改变不如意的现状，却无法掌控自己的未来。为了摆脱橡胶车间恶劣的工作环境，艾米尔拼命学习，憧憬着捷克化学家的职业前景。德国人入侵后，切断了实验室的研究经费，终止了实验室的一切工作，同时也摧毁了艾米尔的化学梦想。艾米尔也有着艾什诺兹小说人物身上都具备的优柔寡断。他待人友善，连说"不"的时候也是面带微笑。在同伴们劝说他参加长跑比赛时，尽管内心抗拒，他却还是妥协应允了。从来不懂得如何坚持拒绝是他的弱点，这也让他自己感到非常厌烦。在运动赛场成名后，艾米尔参加比赛也始终受到捷克当局的约束和控制，失去了对自己生活和道路的选择权。对艾米尔而言，运动场上一次次胜利的喜悦与面对时局大环境的无力感交织在一起，在数次见到虚幻的光明后，人物最终还是沉寂于阴影中。

《电光》一开头，格雷高尔出生的场景描写就极富戏剧性。将近午夜时分，屋外风雨交加，屋内一片混乱。在一片喧闹的黑暗中，一记巨大的闪电照亮了格雷高尔的出世，震耳欲聋的雷声覆盖了他的第一声啼哭。人物就这样伴随着电光出生了，而这电光今后也将成为他为之奉献一生的事业。这样的出场设置充满传奇色彩，更加能够激发读者的阅读兴趣，也预示了人物传奇的一生。格雷高尔喜欢独处，独自工作和生活："他更喜欢独自工作，不愿让任何人在场，除了他的会计……更喜欢一个人独处，独自生活，更喜欢一个人照镜子而不是去瞧别人。"（《电光》，第36页。）他有着令人无法接受的神经质性格，难以与他人相处：胆怯、高傲、脆弱、多疑。他对各种病菌极端关注，这迫使他不断清洗物品；他对计数极度狂热，楼梯的梯级、楼房的楼层、街上的行人、天上的云……任何事物都能激发他没完没了计数的狂热，只有钱是他不会特地数的。会计存在的必要和头脑中钱的缺失都证实了格雷高尔不看重金钱，也为人物晚年的穷困潦倒做好铺垫。格雷高尔有着过人的天赋，在制造机器之前，他就能以奇特的方式在头脑中完成构想，看到清晰影像，以三维形态呈现出所有细节和各种功能。格雷高尔抗拒肢体接触，对珠宝极度仇恨，对能被3整除的数有特殊偏爱，照顾鸽子时表现出令人难以置信的无微不至，这些细节都使得人物更加鲜活。《电光》中还有一个不可忽视的虚构人物：安格斯·奈培。安格斯·奈培是以慈善为职业的诺曼·阿克斯罗德的秘书，内心钟情于诺曼的妻子爱瑟尔，并尽心履行秘书的职责，好让自己能够进一步接近爱瑟尔。当他察觉到爱瑟尔对格雷高尔偷偷表现出的崇拜和兴趣时，对格雷高尔的仇恨便在心中生根发芽。安格斯·奈培将这份仇恨转化为行动，数次玩弄阴谋诡计给格雷高尔以沉重的打击，让其陷入困境，并致使其逐渐走向衰落。"这一虚构人物直接参与到主人公的人生轨迹中，与前几本小说里的虚构人物相比，显然扮演了更重要的角色。与此同时，这也使叙事更加扣人心弦。"①和前两部小说相比，《电光》的主人公经历富有更加强烈的虚构色彩，因而艾什诺兹没有直接采用尼古拉·特斯拉的名字，而是赋予其另一个名字格雷高尔，人物经历的小说性更加凸显。

　　艾什诺兹在叙述三位主人公的生平时，并未用过多笔墨着力描述人物

---

　　① 安蔚：《艾什诺兹小说写作与法国社会观察：法文》，长春：东北师范大学出版社，2015年，第176页。

的辉煌成就，而是将关注点放在他们作为普通人的另一面，诉说他们与寻常人同样的烦恼与忧愁，人物的塑造符合作家笔下人物的整体形象。作品的传记性和小说性在相互融合中形成叙事张力。在传记与小说之间，艾什诺兹探索出了一种新的写作形式的可能性。

"在文学叙述中存在着真实和想象的'孔隙度'（la porosité）。这个概念来自物理学，指'固体材料之间存在的气孔'，'孔隙度'被应用到学术上，主要用来形容同一范畴内的多个概念之间界限并不明显的差别。"①艾什诺兹的传记体小说游走于真实与虚构之间，同样存在着叙述的孔隙度，这种虚实结合的手法也在一定程度上营造出现实世界的陌生感。

第四节　叙事的电影化处理

现实世界的陌生感也通过电影化的叙事处理得以实现。艾什诺兹尝试将电影技术引入文学领域，"读他的书，人们肯定会想到电影每秒二十四个画面，因为不管是他写作的构思，还是表现手法，都让人想起那些固定的影像飞快地一个一个地冲击人的视网膜，给人以运动的假象……他的部分学问、他的很多感受、对话的简短、细节的放大、伴奏音乐、镜头的变化、摄影机特有的移动的手法、他的写作方式所占有的所有事物，都得归功于电影"②。

在艾什诺兹的小说中，玻璃、窗框等皆可作为电影银幕的载体。透过咖啡馆兼餐馆的落地玻璃，"你听不见他们，但能看到人们在那里欢笑，点菜，欢呼，就仿佛声音被切断了，或者，仿佛有一个三维的露天电影场正在为一排排空荡荡的运货车和盲目的载重卡车放映一部默片"（《湖》，第103页）。在格林威治子午线穿越的孤岛上，透过贴着半透明塑料纸的窗

---

① 王牧：《虚构的"真实"——论当代法国小说与传记创作的新潮流》，载《法语国家与地区研究》2017年第4期，第44页。

② ［法］让-克洛德·勒布伦：《让·艾什诺兹》，邹琰译，长沙：湖南美术出版社，2004年，第6-7页。

户，人物可以看到远处"大海那模糊的、被扭曲的形象，宛如出现在宽银幕电影屏幕上的海景"（《格林威治子午线》，第 35 页）。曙光初露时，"在一种灰色、蓝色不太能确定的电视的光亮下"，人们透过轮船上驾驶舱的窗玻璃注视海景，也如同在观赏"宽银幕电影"（《出征马来亚》，第 369 页）。而在《切罗基》中，乔治关注着对面窗内韦尔特曼的举动，当韦尔特曼突然消失时，"乔治呆立在空荡荡的窗框前，就像是面对着变成白色的银幕"（《切罗基》，第 81 页）。窗框内的人物突然消失，就如同电影播放突然中断，图像瞬间消失，只留下白色的银幕。

窗框也可以是展现家庭生活的屏幕，为窥视提供机会。《我们仨》中，工地上的吊车工在工作间歇最大的乐趣就是用高倍望远镜窥视附近塔楼中的景象："从它们的窗户中可以看到的一切，几十个小小的屏幕充满了家庭连续剧、社会纪录片、美食节目、情景喜剧、色情系列片，吊车工彼此间尤其会反复欣赏。他们有义务互通情报，4 号楼 12 层 6 号窗，如此有趣的性交花样，高倍望远镜立即发挥了它们的用途。"（《我们仨》，第 61 页。）望远镜很快就锁定了赤身裸体站在自家别墅平台上的妮可儿。这一情节再现了希区柯克式的电影镜头。在希区柯克的电影中，窥视是一个重要的主题。当人物在偷窥的时候，观众也和人物处于同样的偷窥视角，进行着窥视的行动。观众在观影时同样感受到窥视者的乐趣。"希区柯克电影的构建原则说到底是一个观众意图四处窥探，包括那些他无权去看的地方，而这部电影用视觉工具以纹心结构的方式将窥探一切的这种欲求具象化。"[①]希区柯克的电影并非肤浅地满足观众的窥视心理，而是有着更深层次的对人的病态心理的人文关怀。艾什诺兹透过吊车上的高倍望远镜呈现了希区柯克式的窥视镜头，读者在吊车工的偷窥视角中关注着妮可儿的一举一动。作家借此在文学作品中向电影大师希区柯克致敬。

艾什诺兹在小说中也会运用一些常用的电影拍摄技巧来呈现画面或实

---

① ［法］若埃尔·罗尔：《现代小说的视角与声音——叙事学入门：法文》，上海：上海译文出版社，2018 年 7 月，第 70-71 页。

现画面的切换。① 在《格林威治子午线》中，艾什诺兹借助阿博加斯特的"小型的八毫米摄影机"镜头对凯恩和薇拉进行跟踪移动拍摄和远镜头的全景拍摄："他调好镜头，对准这一对行人拍摄，慢慢地自我旋转，以便把凯恩和薇拉保留在摄影机的视野里。他逐渐地拉长镜头，全景式地拍摄，直至他们消失在下一个矿石堆的后面。"（《格林威治子午线》，第 209 页。）此处采用了水平拍摄时远镜头的拉长，而在小说结尾则运用了高空垂直拍摄："他们就这样待着，几乎不动。我们在升高。我们的眼睛没有离开他们——他们正在变小——我们在慢慢地升高，直至很快地看到了整个船只，并在我们的长方形视野里看到了船只周围的大海。人们可以为这种景象配上音乐。人们也可以保留海洋的自然声音，而它随着我们的升高而趋于宁静。他们的形象不动了。"（《格林威治子午线》，第 283 页。）随着镜头逐渐升高，大海的整体画面呈现出来，而人物的身影则越来越小、越渐模糊，直至缩小为一个黑点。这是电影的结束画面经常采用的拍摄手法，而为画面配音的提议进一步增强了画面的电影色彩。《我们仨》中，在地震的一片混乱中，我们看到的是"惊恐万状的人群的全景画面，辛蒂娅跑在人群中的中景……大海上的反打镜头在同一情况下则体现为庇护、安全"（《我们仨》，第 69 页）。作家通过镜头的频繁切换展现地震的混乱场景，山崩地裂的陆地景象与平静的大海形成鲜明对比，并为地震随后即将引发的海啸做好铺垫。

镜头的切换还可以通过另一种更为隐蔽的方式体现出来。在小说《一年》《弹钢琴》《拉威尔》和《跑》中，作家始终跟随着主人公的行动来展开故事情节。除了这四部小说，其他小说的叙述均没有依循单一的叙事线索，而是两条或多条叙事线索交叉进行，在不同的时间点、地理空间或不同人物之间来回跳跃。克里斯汀·耶卢萨兰归纳了艾什诺兹四部小说叙事线索

---

① 小说中运用的电影拍摄技巧这部分内容出自笔者发表的论文《让·艾什诺兹小说中的影像世界》，载《外国文学研究》2014 年第 1 期，第 109-111 页。

的二元交替①：《格林威治子午线》交替叙述了孤岛和巴黎的生活；《出征马来亚》的叙述同样在巴黎和马来亚这两个不同空间来回移动；《高大的金发女郎》将阴冷多雨的巴黎与炎热的澳大利亚和印度对立起来，交替叙述气候迥异的不同空间内人物的行动；《我走了》则同时运用了空间和时间的二元对立，小说前半部分是年初的巴黎和六个月后的北极这两个不同时空的交替，后半部分人物行动的时间维度重合，转变为分别追随费雷和本加特内尔这两个人物而带来的巴黎和法国西南部的空间交替。叙事线索的交替实现了不同时空画面的切换，这样的切换方式更加符合电影错综复杂的情节呈现。

　　艾什诺兹在小说中借助影像的播放速度来调整叙述的节奏，有时按下快进键，在短短几句话内就概括了数天、数月甚至数年的故事时间内的情节内容；有时则运用慢镜头，以极其缓慢的速度呈现某些小说场景。慢镜头的操作通过细致的描述得以实现。"作家在描述时总是十分详尽精确，减缓了叙事的节奏，即使悲惨的场面也不例外，结果通常悲惨的场面反而不再悲惨了。"②我们选取三个悲惨场景为例，即孤岛宫殿爆炸的情形、马克斯于深夜被歹徒袭击中刀身亡的过程以及纳尔逊被枪杀的场景，看看作家是如何通过精确细致的描写来减缓叙事节奏、削弱恐怖气氛的：

　　　　转瞬之间，地下室炸药库的爆炸，就把整个宫殿变成了一座火山。从喷发的阶段来看，首先是古特曼被掷向了天花板，在那里，他的巨大身躯被摔得扁平、粉碎，飞溅出大量解剖学方面的、均匀而粘稠的东西，覆盖了那个光滑天花板的整个表面。然后，就是正在火山化的天花板了。那些肥实的碎屑，随着天花板一起飞上了温暖的蓝色天空。在气浪的推力作用之下，巴克从门口飞出了三十公尺，他的尸

---

　　① 参见 Jérusalem C., *Jean Echenoz：Géographies du Vide*, Saint-Etienne：Publications de l'Université de Saint-Etienne, 2005, p.100.

　　② 由权：《艾什诺兹小说的不确定美学》，载《外国文学评论》2008年第3期，第123页。

体碎片点缀了四棵树的树枝。那些树距离较远，却被点缀得像吃人的巨妖和圣诞树一般。一些比较完整的雇佣兵们，犹如间歇喷泉喷出的圆环，被喷向了四面八方；他们当中，有的还握着自动武器，有的还握着吃饭的刀叉。整个宫殿被化为碎屑与灰尘，然后复又落下，发挥着它们的爆炸力学的破坏作用。发明家的碎屑，比其他的碎屑更细小、更轻盈，宛若细雨，落到了一大堆经最后修饰的、拟人化的东西上。(《格林威治子午线》，第250页。)

　　尖刀首先刺穿了马克斯的表皮，然后运动着穿过了气管干道和食道，顺道损伤了很粗的颈动脉和颈静脉，这之后，一路滑进了两根脊椎之间——第七根颈椎和第一根脊柱之间——它切断了马克斯的脊髓，而没有人在那里看到这一切。(《弹钢琴》，第79-80页。)

　　子弹从左肩射入上将的身体，打碎了他的肩峰以及第二节和第三节肋骨，打穿他的肺部，切断了一根肺部的动脉分支，最后打断了脊柱。(《王后的任性》，第6-7页。)

爆炸后的情形通过镜头的不断切换，以缓慢的进度呈现了不同人物被炸的过程。古特曼肥实的碎屑覆盖了整个天花板，作家以客观冷静的解说式话语将模糊的血肉称为"大量解剖学方面的、均匀而粘稠的东西"。描写还引入了丰富的联想，被巴克的尸体碎片点缀的树枝犹如吃人的巨妖和喜庆的圣诞树，肉体完整的雇佣兵们在气浪的推动下一起飞出宫殿，如同间歇喷泉喷出的圆环，而发明家凯恩的尸骨碎片则更为轻盈、宛若细雨。丰富的联想转移了读者的注意力，读者不再专注于现场血肉模糊的景象。而飞出宫殿的雇佣兵们"有的还握着吃饭的刀叉"，这一动画场景般的描写增添了一丝滑稽的喜剧意味。骇人的爆炸场景的恐怖气氛在作家的细致描写中荡然无存。马克斯被尖刀刺中颈部的瞬间动作也被分解为表皮—气管干道—食道—颈动脉—颈静脉—脊椎—脊髓这样一个复杂漫长的体内行程。纳尔逊被射杀时子弹进入身体的轨迹也同样经过了左肩—肋骨—肺部—脊柱的延时画面处理。读者关注的不再是行为本身的凶残，而是尖刀和子弹进入体内的运动行程。一连串生理学名词的罗列似乎将行凶的行动转变为一场外科手术，读者随着作家一起，以冷静的外科医生的眼光来看待整个过程。

当叙事节奏减缓到极致时，就出现了画面的定格。《高大的金发女郎》的结尾就定格在萨尔瓦多尔和格卢瓦尔拥吻的画面："悬在天地之间的萨尔瓦多尔和格卢瓦尔仍在亲吻。亲了又吻，吻了又亲。看这势头，他们是想没完没了地亲下去了……"（《高大的金发女郎》，第611页。）画面的定格意味着小说结尾叙事的休止，萨尔瓦多尔克服了恐高症，格卢瓦尔也不再有将人推入空际的念头，这是一个完美画面的定格，也是艾什诺兹小说作品中唯一一个圆满结局。

艾什诺兹有时会借助不同场景画面的相似性创造一种幽默的喜剧效果。贝内代蒂来到斯皮尔沃格博士的住所，看到"博士把鹦鹉抱在怀里，抚摸它珠灰色的头、铁灰色的胸、鼠灰色的翅膀和几乎是暗玫瑰色的尾羽，轻声对它说话，用自己呼出的气暖它"。随后他又来到雷蒙·德加所在的公司，看到"在这儿出现的场景和在博士家的几乎相同：雷蒙·德加把妻子抱在怀里，抚摸她那因搽粉而红润的脸颊和金发的白根"。（《切罗基》，第91页、第92页。）同样的动作，同样的纷繁色彩，同样的轻柔深情，读者似乎看到电影银幕一分为二，出现了两个相似度极高的并置场景，只不过被抚摸的对象有所区别：一个是失而复得的鹦鹉，一个是失而复得的妻子，如此相似的画面令人忍俊不禁。

作家的小说中会出现一些画面感极强的场景，如在《高大的金发女郎》中，当佩尔索内塔兹在勒让德尔桥上沿东北-西南轴行走时，桥下三十米处的铁路上开过一辆沿东南-西北轴行驶的列车，"这位男子和这列火车的走向交汇成直角，这位刚刚肩负起寻找使命的男子的身体和火车内那个女子的身体在百分之一秒的空间处于重叠状态"（《高大的金发女郎》，第486-487页）。刚刚接到寻人任务的佩尔索内塔兹和他将要费劲千方百计寻找的格卢瓦尔在一瞬间内交错而过，处于重叠的空间状态。如此的巧合和画面感极强的场景常常出现在电影作品中，艾什诺兹成功地借用了这一表现手法，增强了小说画面的戏剧感。

艾什诺兹大量借用了包括摄影技巧、画面的变速呈现、画面对比和空间交错的画面设置等在内的诸多手法，为读者展现了电影般的小说世界。在其中，我们发现，声音与影像的表现之间有时存在冲突，这种冲突会削弱故事情节的真实感，使得小说画面更像是一部电影，而非在小说世界内真实发生的事情。耶卢萨兰指出，《我们仨》中地震场面的描写就存在声音与影像的冲突。关于现场各种声响的细致描写，使得读者对声音的关注超过了灾难性的画面。与此同时，作家在描写中不断将地震声响与音乐联系起来，由此创造出的音乐协调性与灾难画面所展示的野蛮力量之间产生了断裂。声音描写中对音乐的频繁参照使得作品中呈现的自然灾害变得不真实了。①

艾什诺兹小说中的许多场景都与电影联系在一起，现实与模拟的界限变得模糊。在作家的笔下，激烈的枪战场景犹如电影情节："这种连发的射击，就像一部著名电影中一个著名镜头那样，以点和线的密集系列横扫门板，室内却无人来得及应对这种偶发的近战。"(《格林威治子午线》，第88页。)雇佣兵进攻宫殿的整个过程都被阿博加斯特的摄影机拍摄下来，作家将这些进攻的雇佣兵称作"演员"(《格林威治子午线》，第253页)。人物脑中不断浮现的回忆也犹如电影一般。阿尔班在射杀安热洛之后，不断回忆事件的每一个细节，"犹如不停地回忆同一部电影"(《格林威治子午线》，第85页)。

生活场景也同样以电影画面的方式呈现出来。在梅耶对他与薇克多丽娅之间的激情产生厌倦后，"在前置位的明星后面，出现了很多其他的金发女郎，一开始很难在背景中分辨清楚，她们悄悄地穿过场地，就仿佛世界想提醒人们，它本来就充满了这些哑角"(《我们仨》，第21页)。薇克多丽娅被设定为近景画面中的明星，在梅耶对这段激情厌倦后，开始留意其

---

① 参见 Jérusalem C., *Jean Echenoz*: *Géographies du Vide*, Saint-Etienne：Publications de l'Université de Saint-Etienne，2005，pp. 107-108.

他女孩，此时她们的模糊身影就在背景中逐渐显现。而在梅耶一次次的外遇中，不同的女主角依次从背景中走出，在正打镜头中经过。艾什诺兹将梅耶出轨的过程通过画面中不同人物的近景远景设置直观地加以呈现，使得情节更增添了一分电影画面的艺术效果。《高大的金发女郎》中，在跟踪格卢瓦尔时，多纳蒂安娜和佩尔索内塔兹坐在相邻的一个酒吧露天平台上，注视着格卢瓦尔的一举一动："他们摆出一副聊天的样子，就跟电影中的群众演员一样，出现在画面的背景中，看上去在说话，却听不见说什么……"（《高大的金发女郎》，第 588 页。）作家将监视格卢瓦尔的多纳蒂安娜和佩尔索内塔兹与电影画面中的群众演员联系起来，进一步增强了读者的错觉：我们似乎是坐在银幕前欣赏一部电影。小说人物本身也与读者一样，意识到人物生活与电影情节的相似性。梅耶将其与吕西的相识过程想象成一部电影："《地狱或天堂都没关系》，一种很昂贵的制作，二十五星期的拍摄，许多场景，许多群众演员，许多特技效果，立体声音响，由吕西·白朗什领衔主演梅赛德斯，男主角路·梅耶出演令人尴尬的证人角色。"（《我们仨》，第 178 页。）电影名称、拍摄细节、主角人选等要素一应俱全。拉丰被乱枪击毙后，阿尔班打开收音机，里面传出"徐缓，痛苦，庄重"的钢琴曲，犹如安魂曲一般："——当生活开始像电影的时候，阿尔班说，只要打开收音机，就有电影音乐了。"（《格林威治子午线》，第 89页、第 90 页。）生活如同电影般充满戏剧色彩，收音机为小说画面配乐，使其更加接近电影影像。

小说中某些情节展现犹如电影一般，然而与此同时，小说中真正的电影作品的呈现却让人误以为是小说世界中真实发生的事情。《格林威治子午线》的开头画面里出现了一男一女，作家用数页篇幅叙述了初冬时节的一天，两个人物在孤岛上的对话和行动。直到第一章最后，光亮耀眼的白色矩形显示在黑色背景上，作家才道出实情："所以这不是小说，这是一部电影。那胶片盘在轴上疯狂地转动着，片头猛烈地击打着空气。"（《格林威治子午线》，第 7 页。）真正的电影情节出现时，却又披上了小说的外衣。小说世界的真实场景和电影画面交错在一起，让人无法轻易地分辨出孰真孰假，真实影像与电影的模拟影像之间的界限逐渐模糊了。

艾什诺兹的小说在引入第七艺术的同时，也随之产生了间离效果。尽管这种艺术表现手段会让读者瞬间恍惚，产生错觉，不确定此情此景是小说世界的现实抑或电影场景。然而，恰恰是这种不确定性避免了读者对小说情节过分的情感投入，出人意料地达到间离的效果，为读者从小说世界的抽离提供契机，激发其以更加冷静、客观的态度对艾什诺兹小说作品呈现的现代西方都市空间进行反思。

艾什诺兹以多样化的视角和声音铺展叙述，借助多种连接手段编织表面碎片化、内在高度严密的小说文本，借用大量电影手法，记录了现代社会纷繁的影像世界。画面的镜头切换、变速呈现和戏剧化处理等电影摄影技巧的挪移展现了犹如电影般的小说世界，一个难以捉摸、飘忽不定的虚幻空间。电影元素与小说情节的巧妙结合创造了虚实交融、相映相生、亦真亦幻的独特文学意境。

结　语

　　曾经在一本书中读到，一位伟大的作家能够创造出自己专属的文学世界，那个世界中的色彩、声音和气味并不会随着阅读的结束而消失。艾什诺兹于笔者而言就是这样一位伟大的作家。每每掩卷，就仿佛从那个让人眼花缭乱、震耳欲聋的喧嚣世界中走出，衣袖上仍然残留着尘埃、废气等混合在一起的复杂气味。从中脱身，颇有大舒一口气的轻松感。然而，这般如释重负并未让笔者就此远离艾什诺兹。恰恰相反，艾什诺兹的小说拥有一种让人难以抗拒的诱惑力。他的冷静叙事，他的幽默言辞，他的丰富想象，他意欲呈现的一个个似曾相识的现实场景，他笔下那些令人心有戚戚焉的人物，所有这一切都吸引着笔者一再不由自主地投入他的小说世界，品味其独特的艺术魅力。这是艾什诺兹一人的专属世界，其中的一切事物都打上了深深的艾什诺兹的印记。每当看到一株枯萎的绿色植物，道路尽头的一片汽车尾气，抑或一排排废弃的破旧楼房，笔者便不禁联想，这不正是艾什诺兹小说中出现的景象吗？这就是作家的功力所在，读者即便阖上书本、回归现实，生活中司空见惯的寻常事物和景致也能让人浮想联翩，小说世界中的场景时常在不经意间浮现于脑海，叫人无法忘怀。

　　艾什诺兹笔下的小说人物始终无法在某地久留，一刻不停地处于位移当中，跑遍地球的各个角落，犹如随风飘起的轻柔羽毛，不知道下一时刻又会去往何方。作家正是巧妙地运用反衬的方式由轻逸之间现沉重。这种沉重的压迫感最直接的来源就是日常生活空间中物的膨胀样态。现代日常生活的细枝末节都被曝光呈现，尤以现代工具的倍速增长最为突出。都市个体借助现代工具驱散孤独愁绪的同时，又令自己进一步深陷于空洞中，社会心理空间受到挤压。这在人物身上具体表现为人际交往的缺失和社会连接的断裂，在叙述话语上体现为以人物行动为中心的叙述和极省的心理刻画。艾什诺兹小说中建构的文学都市空间时空体将时间与空间协调统一。时间的不确定性和交通工具带来的时间转瞬即逝的体验将时间转化为一种空间化的时间，它所带来的失重感加重了个体的内在焦虑。而有的时候，时间又表现为一种无限的绵延漫长，这种准静止的时间体验带来的黏着凝固感让人喘不过气。时间形态的一动一静间，都市空间的深度被抹去了，呈现出流动性和同质性特征。在多模态的知觉体验中，都市空间的文学形象逐渐成形。而生活于其间的现代个体呈现出病态的多样化表征，包括各种身体疾病和心理缺陷、人物的去个性化、主体身份的不确定性、人物生命机体的机械化倾向等。外在和内在的双向压力共同造成了现代都市个体的行动困境。在消费景观装点的异化都市空间中，现代个体步履维艰。在艾什诺兹小说文本的都市书写中，作家通过多样化的叙述视角和复调的叙述声音、表面断裂、内在严密连接的叙述呈现、真实与虚构相融合、电影技术的挪移等艺术处理方式，建构起比真实世界更加典型化的文学都市空间。

　　都市空间是都市文化形成的土壤，文学中的都市书写是文学研究的重要视角。文学中的都市空间是真实世界的镜像呈现，是想象、真实与叙述相结合的艺术体。在艾什诺兹笔下，充满超真实拟像的不断流动的文学都市空间让人不由自主失去自我定位的能力，产生一种空间迷失感和眩晕感。西方科学技术在高速发展的过程中，逐渐脱离了人类主体的意愿和初衷，反过来约束、限制和否定主体的存在，成为制约人类发展的一种异己力量。近代以来西方无限推崇科学技术，对外部世界的不断征服与持续关注让人忽略了内心的充盈，"但完整的、富有感性血肉的人远不是唯理主义的抽象化、概念化了的人所能穷尽的，而资本主义的工业文明又造成人的心灵的枯竭。心灵枯竭的人靠外在的物质虚饰自我的伟大，内心深处却因灵魂的缺席而饱尝孤独"①。人异化为物的附庸，失去了感受体悟和有效

---

① 刘春芳：《〈星期六〉中的当代都市文化逻辑》，载《外国文学》2016年第6期，第146页。

沟通的能力。尽管如此，这并不意味着应当否定和摒弃科学技术，而是应该思索发展和利用科学技术的正确方向。"中国哲学家梁漱溟'成物、成己'的哲学观点为修正过度'物化'的现代科技创新观朝着更人性化的方向发展提供了一个可能的方向。"①梁漱溟先生指出："任何一个创造，大概都是两面的：一面属于成己，一面属于成物"，"一切表现于外者，都属于成物。只有那自己生命上日进于开大通透，刚劲稳实，深细敏活，而映现无数无尽之理致者，为成己。——这些，是旁人从外面不易见出的。或者勉强说为：一是外面的创造，一是内里的创造。人类文化一天一天向上翻新进步无已，自然是靠外面的创造；然而为外面创造之根本的，却还是个体生命；那么，又是内里的创造要紧了。"②外在成物，内在成己，人类文明的进步发展依赖外在的成物，而成物的根本又在于内在的成己，二者相辅相成，一味地专注于成己或纯粹地追求成物皆不可取，唯有将二者结合起来，才能达到统筹兼顾的理想境界。

在物质文明高度发展的今天，如何实现人与自然的和谐发展，如何在享受科技进步成果的同时避免人类的退化，在运用现代科技提高生活质量和持续发挥人类的自主性与创造性之间寻求一个平衡点，创造适合现代都市环境的全新生活，这些都是人类需要进行思考和着手解决的问题。对于我国的社会发展而言，这也具有一定的启示意义和借鉴作用。科学发展观和"五位一体"总体布局将生态文明建设纳入中国特色社会主义各项建设事业的基础，生态观念的变化彰显了建设布局的变化，展现了人与社会共同进步、人与自然和谐共生的新发展模式。只有坚持以人为本，使人与自然、人与社会和谐发展，才能实现可持续发展。唯有如此，我们才能避开西方都市发展中科技异化的窘境，在可持续发展的健康道路上昂首阔步地走下去。这正是艾什诺兹小说作品的现实意义之所在。

---

① 魏巍、刘伟、张慧颖：《科技的生态化重塑与人性的归复——一种消解科技异化的新通路》，载《科技管理研究》2015 年第 11 期，第 249-250 页。

② 梁漱溟：《朝话》，合肥：安徽文艺出版社，1997 年，第 89 页。

参 考 文 献

一、让·艾什诺兹作品(按出版先后顺序排列)

(一)法文原著

1. Echenoz, J. *Le Méridien de Greenwich*[M]. Paris：Editions de Minuit, 1979.

2. Echenoz, J. *Cherokee*[M]. Paris：Editions de Minuit, 1983.

3. Echenoz, J. *L'Equipée Malaise*[M]. Paris：Editions de Minuit, 1986.

4. Echenoz, J. *L'Occupation des Sols*[M]. Paris：Editions de Minuit, 1988.

5. Echenoz, J. *Lac*[M]. Paris：Editions de Minuit, 1989.

6. Echenoz, J. *Nous Trois*[M]. Paris：Editions de Minuit, 1992.

7. Echenoz, J. *Les Grandes Blondes*[M]. Paris：Editions de Minuit, 1995.

8. Echenoz, J. *Un An*[M]. Paris：Editions de Minuit, 1997.

9. Echenoz, J. *Je M'en Vais*[M]. Paris：Editions de Minuit, 1999.

10. Echenoz, J. *Jérôme Lindon*[M]. Paris：Editions de Minuit, 2001.

11. Echenoz, J. *Au Piano*[M]. Paris：Editions de Minuit, 2003.

12. Echenoz, J. *Ravel*[M]. Paris：Editions de Minuit, 2006.

13. Echenoz, J. *Courir*[M]. Paris：Editions de Minuit, 2008.

14. Echenoz, J. *Des Eclairs*[M]. Paris：Editions de Minuit, 2010.

15. Echenoz, J. *14*[M]. Paris：Editions de Minuit, 2012.

16. Echenoz, J. *Caprice de la Reine*[M]. Paris：Editions de Minuit, 2014.

17. Echenoz, J. *Envoyée Spéciale*[M]. Paris：Editions de Minuit, 2016.

18. Echenoz, J. *Vie de Gérard Fulmard*［M］. Paris：Editions de Minuit, 2020.

（二）中文译著

1. 让·艾什诺兹. 高大的金发女郎：让·艾什诺兹作品选［M］. 车槿山, 赵家鹤, 安少康, 译. 长沙：湖南文艺出版社, 1999.

2. 让·艾什诺兹. 格林威治子午线［M］. 苏文平, 译. 长沙：湖南美术出版社, 2004.

3. 让·艾什诺兹. 14［M］. 余中先, 译. 长沙：湖南文艺出版社, 2017.

4. 让·艾什诺兹. 电光［M］. 余中先, 译. 长沙：湖南文艺出版社, 2017.

5. 让·艾什诺兹. 湖［M］. 余中先, 译. 长沙：湖南文艺出版社, 2017.

6. 让·艾什诺兹. 拉威尔［M］. 余中先, 译. 长沙：湖南文艺出版社, 2017.

7. 让·艾什诺兹. 跑［M］. 余中先, 译. 长沙：湖南文艺出版社, 2017.

8. 让·艾什诺兹. 热罗姆·兰东［M］. 陈莉, 杜莉, 译. 长沙：湖南文艺出版社, 2017.

9. 让·艾什诺兹. 弹钢琴［M］. 余中先, 译. 长沙：湖南文艺出版社, 2017.

10. 让·艾什诺兹. 王后的任性［M］. 孙圣英, 译. 长沙：湖南文艺出版社, 2017.

11. 让·艾什诺兹. 我们仨［M］. 余中先, 译. 长沙：湖南文艺出版社, 2017.

12. 让·艾什诺兹. 我走了［M］. 余中先, 译. 长沙：湖南文艺出版社, 2017.

13. 让·艾什诺兹. 一年［M］. 吕艳霞, 译. 长沙：湖南文艺出版社, 2017.

二、让·艾什诺兹研究相关著作

1. Bessard-Banquy, O. *Le Roman Ludique*：*Jean Echenoz, Jean-Philippe Toussaint, Eric Chevillard*［M］. Lille：Presses Universitaires du Septentrion, 2003.

2. Blanckeman, B. *Les Récits Indécidables*：*Jean Echenoz, Hervé Guibert, Pascal*

Quignard, Villeneuve d'Ascq [M]. Lille: Presses Universitaires du Septentrion, coll. «Perspective», 2008.

3. Brunel, P. *Transparences du Roman — Le Romancier et Ses Doubles au XXᵉ Siècle*[M]. Paris : José Corti, 1997.

4. Brunel, P. *Glissement du Roman Français au XXᵉ Siècle* [M]. Paris : Klincksieck, 2001.

5. Glaudes, P. & Meter, H.(éds). *Le Sens de l'Evénement dans la Littérature Française des XIXᵉ et XXᵉ Siècles* [M]. Bern: Editions scientifiques internationales, 2008.

6. Houppermans, S. *Jean Echenoz: Etude de l'Oeuvre* [M]. Paris: Editions Bordas, 2008.

7. Houppermans, S. *Lectures du Désir: de Madame de Lafayette à Régine Detambel et de Jean de La Fontaine à Jean Echenoz*[M]. Amsterdam-Atlanta: Rodopi, coll. «Faux titre», 1997.

8. Jérusalem, C. *Jean Echenoz* [M]. Paris: Ministère des Affaires étrangères-adpf, 2006.

9. Jérusalem, C. *Jean Echenoz: Géographies du Vide* [M]. Saint-Etienne: Publications de l'Université de Saint-Etienne, 2005.

10. Jérusalem, C. *Je M'en Vais de Jean Echenoz*[M]. Paris: Hatier, 2007.

11. Jérusalem, C. et Jean-Bernard Vray (sous la direction de). *Jean Echenoz: «une Tentative Modeste de Description du Monde »* [C]. Saint-Etienne: Publications de l'Université de Saint-Etienne, coll. «Lire au présent», 2006.

12. Lebrunm, J. -C. *Jean Echenoz*[M]. Paris: Editions du Rocher, 1992.

13. Loubry-Carette, S. (études réunies par). *Jean Echenoz, Les Grandes Blondes, Un An et Je M'en Vais*[C]. Lille: Roman 20-50, revue d'étude du roman du XXᵉ siècle n° 38, décembre 2004.

14. Schoots, F. *«Passer en Douce à la Douane»: L'Ecriture Minimaliste de Minuit: Deville, Echenoz, Redonnet et Toussaint* [M]. Amsterdam/Atlanta: Rodopi, 1997.

15. 安蔚. 艾什诺兹小说写作与法国社会观察：法文[M]. 长春：东北师范大学出版社，2015.

16. [法]让-克洛德·勒布伦. 让·艾什诺兹[M]. 邹琰，译. 长沙：湖南美术出版社，2004.

三、让·艾什诺兹研究相关文章

1. Alizadeh, M. *La Perception et la Représentation des Métropoles dans la Fiction Postmoderne：Paris, New York et Istanbul dans* Au piano *de Jean Echenoz,* Cité de verre *de Paul Auster et* Le livre noir *d'Orhan Pamuk*[D]. Université de Limoges, thèse de doctorat, 2017.

2. Alphant, M. Lord Echenoz[N]. *Libération*, 1987-01-08.

3. Amette, J.-P. Ravel-Echenoz, Portrait en Miroir[N]. *Le Point*, 2006-02-02.

4. Bourguignon, C. *La Stratégie Narrative dans les Romans Jacques le Fataliste et Son Maître de Denis Diderot et* Un An *de Jean Echenoz*[D]. M.A., Université Laval (Canada), 2001.

5. Casanova, P. Nous Trois et Quelques Autres：le Roman de la Fin[J]. *Art Press*, 1992.

6. Aquoibon. Compte-rendu de la Conférence Littéraire de Jean Echenoz[EB/OL].[2022-11-23]. https：//www.douban.com/group/topic/16440939/.

7. Deramond, S. Un An de Jean Echenoz：d'une Retraite Minimaliste vers un Espace Poétique[J]. *Interval(le)s*, 2004(1)：125-135.

8. Deramond S. Les Cercles Concentriques de l'Espace Décrit chez Jean Echenoz [EB/OL].[2021-08-09]. Sophie Deramond | Les cercles concentriques de l'espace décrit chez Jean (…) - remue.net.

9. Desplanques, E. Ces Ecrivains Qui Séduisent l'Université[J]. *Magazine Littéraire*, 2005(441)：8.

10. Dominique, J. Jean Echenoz[J]. *Yale French Studies*, 1988(75)：337-341.

11. Ezine, J.-L. Echenoz Prend la Mouche[N]. *Le Nouvel Observateur*, 1989-09-14.

12. Gaudemar, A. de. Jean Echenoz Fait Mouche[N]. *Libération*, 1989-09-14.

13. Gazier, M. Le Faucon Malais[N]. *Télérama*, 1987-01-14.

14. Gazier, M. Le Voyage Fantastique[N]. *Télérama*, 1992-08-26.

15. Grainville, P. L'Exotisme de la Banquise[N]. *Le Figaro*, 1999-09-24.

16. Grainville, P. Courir les Mains dans les Poches[N]. *Le Figaro*, 2008-10-09.

17. Harang, J.-B. Jean Echenoz, Arctique de Paris[N]. *Libération*, 1999-09-16.

18. Harang, J.-B. Echenoz, Blondes à Part[N]. *Libération*, 1995-09-28.

19. Harang, J.-B. Echenoz et Nous[N]. *Libération*, 1992-08-27.

20. Harang, J.-B. Echenoz, Goncourt Accéléré[N]. *Libération*, 1999-11-03.

21. Harang, J.-B. La Réalité en Fait Trop: Entretien avec Jean Echenoz[N]. *Libération*, 1999-09-16.

22. Horvath, K. Z. Le Personnage SDF comme Lieu d'Investissement Sociologique dans le Roman Français Contemporain[J]. *Neohelicon*, 2001, 28 (2): 251-268.

23. Huy, M. T. Echenoz sur les Talons de Zatopek [J]. *Magazine Littéraire*, 2008(479).

24. Huy, M. T. Entretien avec Jean Echenoz [J]. *Magazine Littéraire*, 2006 (459): 122-124.

25. Huy, M. T. Rencontre Entre Olivier Cadiot et Jean Echenoz: le Roman, Mode d'Emploi[J]. *Magazine Littéraire*, 2007(462).

26. Jérusalem, C. Des Particules Peu Elémentaires[J]. *Critique*, 2000(634): 179-190.

27. Jérusalem, C. Echenoz et l'Argent[EB/OL]. [2022-08-17]. www.remue.net.

28. Jérusalem, C. Géographies de Jean Echenoz [EB/OL]. [2021-01-03]. https://remue.net/Christine-Jerusalem%E2%8E%9C-Geographies-de-Jean-Echenoz.

29. Jérusalem, C. Sections Urbaines: l'Aller et le Retour, la Nostalgie dans *Au Piano* de Jean Echenoz[EB/OL]. [2022-01-26].www.remue.net.

30. Kechichian, P. Echenoz, Dense Avec Légèreté[N]. *Le Monde*, 2003-01-17.

31. Kechichian, P. Une Course Jubilatoire d'Echenoz [N]. *Le Monde*, 2008-10-10.

32. Kemp, S. Crime Fiction Pastiche in the Novels of Jean Echenoz[J]. *Romance Studies*, 2002, 20 (2): 179-189.

33. Landel, V. Attention, Ecrivain Méchant [J]. *Magazine Littéraire*, 1989 (271).

34. Langevin, F. *Lire la Connivence et l'Ironie: Savoirs du Narrateur et Personnalité Narrative chez Jean Echenoz*[D]. M. Sc., Université du Quebec à Rimouski (Canada), 2005.

35. Lebrun, J.-C. Jean Echenoz: l'Image du Roman Comme un Moteur de Fiction, Entretien avec Jean Echenoz[N]. *L'Humanité*, 1996-10-11.

36. Lepape, P. Du Côté de Queneau[N]. *Les Nouvelles*, 1983-09-07.

37. Lepape, P. La Subversion du Roman[N]. *Le Monde*, 1987-01-09.

38. Lepape, P. Pour Raconter Cette Epoque[N]. *Le Monde*, 1990-03-20.

39. Lepape, P. Une Esthétique du Malaise[N]. *Le Monde*, 1992-08-28.

40. Lepape, P. L'Irrégulier[N]. *Le Monde*, 1995-09-22.

41. Lepape, P. Petites Nouvelles du Coma[N]. *Le Monde*, 1999-09-17.

42. Lepape, P. Le Paysagiste Cartographe[N]. *Le Monde*, 1999-11-04.

43. Lepape, P. Le Nouveau Désordre Littéraire [J]. *Magazine Littéraire*, 2006 (459).

44. Matignon, R. Echenoz: des Mythologies en Baskets[N]. *Le Figaro*, 1997-03-20.

45. Montalbetti, C. Jean Echenoz[J]. *Magazine Littéraire*, 2008(476).

46. Morgan, A. *Etude de la Poétique Postmoderne dans le Roman* Le Méridien de Greenwich *de Jean Echenoz: les Faux Secrets des Sociétés Secrètes*[D]. M. A., Université Laval (Canada), 2001.

47. Nourissier, F. Echenoz: Libre et Intelligent[J]. *Le Figaro Magazine*, 1999-10-02.

48. Nuridsany, M. Un Suspense Allègre[N]. *Le Figaro*, 1983-09-02.

49. Poirot-Delpech, B. *Cherokee* Ou les Fenêtres Sur Cour de Jean Echenoz[N]. *Le Monde*, 1983-09-02.

50. Poirot-Delpech, B. Ellipses[N]. *Le Monde*, 1989-09-15.

51. Prévost, C. L'Espionnage Savamment Tenu à Distance. Sur un Coussin d'Air Poétique[N]. *L'Humanité*, 1989-09-20.

52. Reinhardt, E. Victoire Chez les SDF[N]. *Les Inrockuptibles*, 1997-05-05.

53. Rochlitz, R. Affres du coeur[J]. *Critique*, 2000(634): 191-201.

54. Rondeau, D. Le Chant des Départs[N]. *L'Express*, 1999-09-23.

55. Salvaing, F. En Quête de Gloire[N]. *L'Humanité Dimanche*, 1995-09-21.

56. Samoyault, T. La Libre Circulation des Valeurs Littéraires[N]. *La Quinzaine Littéraire*, 1999-09-16.

57. Savigneau, J. Les Silences d'Echenoz[N]. *Le Monde*, 1983-09-02.

58. Schulman, P. L. *The Sunday of Fiction*: *The Modern French Eccentric from Raymond Queneau to Jean Echenoz*[D]. Ph. D., Columbia University (US), 1997.

59. Tenaguillo y Cortázar, A. Dispositifs de Réflexions Postmodernes: l'Ecriture et le Visible Dans *Lac* de Jean Echenoz[J]. *Queste*, 2001(9): 91-106.

60. Vila-Matas E. De l'Imposture en Littérature, Dialogue avec Jean Echenoz[J]. *Meet*, 2008(0): 11-30.

61. 安蔚. 爵士乐与让·艾什诺兹的小说创作[J]. 欧美文学论丛, 2012 (00): 89-105.

62. 安蔚. 论法国当代作家艾什诺兹小说独特的地理叙事风格[J]. 齐齐哈尔大学学报(哲社版), 2012(4): 46-49.

63. 戴秋霞. 让·艾什诺兹小说中的都市群像与生存追问[J]. 法语国家与地区研究, 2021(1): 53-62.

64. 戴秋霞. 让·艾什诺兹小说中的影像世界[J]. 外国文学研究, 2014 (1): 105-112.

65. 戴秋霞, 张新木. 论《我走了》中的循环式主题结构[J]. 当代外国文学, 2009(1): 156-163.

66. 龚鸣. *Un Monde au Double Visage chez Jean Echenoz：Analyse sur les Paradoxes Existentiels de l'Etre Humain*［D］. 北京：北京外国语大学，2015.

67. 宋莹. 解读让·艾什诺兹的《我走了》［J］. 法国研究，2008(3)：1-8.

68. 孙圣英. 继承与创新之间的平衡美学——法国当代作家让·艾什诺兹作品研究［J］. 外国文学，2017(6)：13-22.

69. 由权. 艾什诺兹小说的不确定美学［J］. 外国文学评论，2008（3）：122-129.

70. 由权. 艾什诺兹作品中的时间［J］. 首都外语论坛，2014（00）：182-195.

71. 由权. 不仅仅是游戏：艾什诺兹与《弹钢琴》［J］. 外国文学，2008(5)：15-21.

72. 赵佳. 艾什诺兹"传记三部曲"中的机械和反机械原则［J］. 法国研究，2018(3)：79-91.

73. 赵佳. 从艾什诺兹和图森小说看当代主体的两面性［J］. 外国文学研究，2014(1)：96-104.

四、其他

1. Barthes, R. *Mythologies*［M］. Paris：Editions du Seuil, 1957.

2. Bauman, Z. *Le Coût Humain de la Mondialisation*［M］. Paris：Hachette Littératures, 2000.

3. Bergez, D. *Introduction Aux Méthodes Critiques Pour l'Analyse Littéraire*［M］. Paris：Bordas, 1990.

4. Brunel, P. *Glissement du Roman Français au XXe siècle*［M］. Paris：Klincksieck, 2001.

5. Del Lungo, A. *La Fenêtre：Sémiologie et Histoire de la Représentation Littéraire*［M］. Paris：Seuil, 2014.

6. Dubbelboer, M. «Un Univers Mécanique：la Machine chez Alfred Jarry»［J］. *French Studies*, 2004, 58 (4)：471-483.

7. Flaubert, G. *L'Education Sentimentale*：*Histoite d'un Jeune Homme*［M］. Paris：Charpentier, 1880.

8. Garcin, J.［dir.］. *Dictionnaire des Ecrivains Contemporains de Langue Française*［par eux-même］［Z］. Paris：Editions des Mille et une Nuits, 2004.

9. Hamon, P. *Du Descriptif*［M］. Paris：Hachette, 1993.

10. Jarry, A. *Ubu Roi*［M］. Paris：Edition de Mercvre de France, 1896.

11. Rimbaud, A. *Poésie Complète 1870-1872*［M］. Paris：LGF, 1998.

12. Voltaire, *Oeuvres Complètes de Voltaire*［M］. Paris：Garnier Frères, 1879.

13. ［法］阿尔弗雷德·雅里. 愚比王［M］. 周铭, 译. 北京：中国戏剧出版社, 2006.

14. ［法］阿兰·罗伯-格里耶. 为了一种新小说［M］. 余中先, 译. 长沙：湖南文艺出版社, 2011.

15. ［法］阿兰·罗伯-格里耶. 橡皮［M］. 林秀清, 译. 南京：译林出版社, 2007.

16. ［法］安托瓦尼·德·圣-埃克苏佩里. 小王子［M］. 王以培, 译. 北京：社会科学文献出版社, 2010.

17. ［法］巴尔扎克. 欧叶妮·格朗台　高老头［M］. 王振孙, 译. 上海：上海译文出版社, 2003.

18. ［苏］巴赫金. 巴赫金全集, 第3卷［M］. 钱中文, 主编. 石家庄：河北教育出版社, 1998.

19. "海湾战争"的词条［EB/OL］.［2022-08-15］. https：//baike. baidu. com/item/海湾战争/100393.

20. "世界环境日"的词条［EB/OL］.［2022-08-07］. http：//baike. baidu. com/view/22254. htm.

21. ［法］保罗·维利里奥. 视觉机器［M］. 张新木, 魏舒, 译. 南京：南京大学出版社, 2014.

22. ［法］保罗·维希留. 消失的美学［M］. 杨凯麟, 译. 台北：扬智文化事业股份有限公司, 2001.

23. 陈继会, 等. 新都市小说与都市文化精神［M］. 合肥：安徽教育出版社，2012.

24. 陈思和. 欲望：时代与人性的另一面——试论张炜小说中的恶魔性因素[J]. 文学评论，2002(6)：62-71.

25. 丁开杰. 西方社会排斥理论：四个基本问题[J]. 国外理论动态，2009(10)：36-41.

26. 董琦琦. 身体经验与城市印象的空间性研究[J]. 外国文学，2013(6)：118-124.

27. 杜莉. 后现代主义与新新小说[J]. 中山大学学报(社会科学版)，2001(2)：38-43.

28. 方英. 文学叙事中的空间[J]. 宁波大学学报(人文科学版)，2016(4)：42-48.

29. 方英. 西方空间意义的发展脉络[J]. 江西社会科学，2014(2)：32-38.

30. 方英，王春晖. 空间存在：20世纪西方文学理论的空间转向[J]. 江西社会科学，2016(12)：83-89.

31. [法]服尔德. 老实人[M]. 傅雷，译. 合肥：安徽文艺出版社，1992.

32. [法]福楼拜. 福楼拜小说全集(中卷)[M]. 王文融，刘方，译. 北京：人民文学出版社，2002.

33. 葛兆光. 死后世界——中国古代宗教与文学的一个共同主题[J]. 扬州师院学报(社会科学版)，1994(3)：38-44.

34. 龚觅. 佩雷克研究[M]. 上海：上海外语教育出版社，2008.

35. [美]赫伯特·马尔库塞. 单向度的人：发达工业社会意识形态研究[M]. 刘继，译. 上海：上海译文出版社，2008.

36. [法]吉尔·利波维茨基. 空虚时代——论当代个人主义[M]. 方仁杰，倪复生，译. 北京：中国人民大学出版社，2007.

37. [法]吉尔·利波维茨基，埃丽亚特·胡. 永恒的奢侈——从圣物岁月到品牌时代[M]. 谢强，译. 北京：中国人民大学出版社，2007.

38. [法]吉尔·利波维茨基，[加]塞巴斯蒂安·夏尔. 超级现代时间[M]. 谢强，译. 北京：中国人民大学出版社，2005.

39. [法]吉勒·利波维茨基. 轻文明[M]. 郁梦非，译. 北京：中信出版社，2017.

40. [法]加斯东·巴什拉. 空间的诗学[M]. 张逸婧，译. 上海：上海译文出版社，2013.

41. [法]居伊·德波. 景观社会[M]. 王昭凤，译. 南京：南京大学出版社，2007.

42. [法]居伊·德波. 景观社会评论[M]. 梁虹，译. 广西师范大学出版社，2007.

43. [英]克里斯·希林. 文化，技术与社会中的身体[M]. 李康，译. 北京：北京大学出版社，2011.

44. [法]兰波. 兰波作品全集[M]. 王以培，译. 北京：东方出版社，2000.

45. 李爵士. 爵士派[M]. 北京：中国人民大学出版社，2004.

46. 李秋零. 康德著作全集（第 9 卷）[M]. 北京：中国人民大学出版社，2003.

47. 梁明，李力. 电影色彩学[M]. 北京：北京大学出版社，2008.

48. 梁漱溟. 朝话[M]. 合肥：安徽文艺出版社，1997.

49. 刘春芳.《星期六》中的当代都市文化逻辑[J]. 外国文学，2016(6)：141-149.

50. 刘桂敏. 欧盟社会排斥理论的变迁研究[J]. 学理论，2015(8)：26-27.

51. 刘怀玉. 现代性的平庸与神奇——列斐伏尔日常生活批判哲学的文本学解读[M]. 北京：中央编译出版社，2006.

52. 刘扬. 视觉景观的形而上学批判——居伊·德波景观社会文化理论述评[J]. 社会科学家，2009(2)：21-25.

53. 刘英. 流动性研究：文学空间研究的新方向[J]. 外国文学研究，2020(2)：26-38.

54. [法]鲁尔·瓦纳格姆. 日常生活的革命[M]. 张新木，戴秋霞，王也频，译. 南京：南京大学出版社，2008.

55. [美]罗伯特·塔利. 文学空间研究：起源、发展和前景[J]. 方英，译. 复旦学报(社会科学版)，2020(6)：121-130.

56. 罗钢. 叙事学导论[M]. 昆明：云南人民出版社，1994.

57. [法]罗兰·巴特. 神话——大众文化诠释[M]. 许蔷蔷，许绮玲，译. 上海：上海人民出版社，1999.

58. [美]罗洛·梅. 爱与意志[M]. 冯川，译. 北京：国际文化出版公司，1987.

59. 梅新林，葛永海. 文学地理学原理[M]. 北京：中国社会科学出版社，2017.

60. [荷兰]米克·巴尔. 叙述学：叙事理论导论[M]. 谭君强，译. 北京：中国社会科学出版社，1995.

61. [法]米歇尔·德·塞托. 日常生活实践：1. 实践的艺术[M]. 方琳琳，黄春柳，译. 南京：南京大学出版社，2015.

62. [法]米歇尔·福柯. 性经验史[M]. 佘碧平，译. 上海：上海人民出版社，2005.

63. 钱锺书. 围城[M]. 北京：人民文学出版社，2021.

64. [法]让·鲍德里亚. 物体系[M]. 林志明，译. 上海：上海人民出版社，2019.

65. [法]让·波德里亚. 消费社会[M]. 刘成富，全志钢，译. 南京：南京大学出版社，2000.

66. [法]让-弗朗索瓦·利奥塔尔. 后现代状态：关于知识的报告[M]. 车槿山，译. 南京：南京大学出版社，2011.

67. [法]热拉尔·热奈特. 叙事话语 新叙事话语[M]. 王文融，译. 北京：中国社会科学出版社，1990.

68. [法]若埃尔·罗尔. 现代小说的视角与声音——叙事学入门：法文[M]. 上海：上海译文出版社，2018.

69. [爱尔兰]萨缪尔·贝克特. 莫菲[M]. 曹波，姚忠，译. 长沙：湖南文艺出版社，2016.

70. 申丹. 叙述学与小说文体学研究[M]. 北京：北京大学出版社，2001.

71. 史忠义，栾栋. 人文新视野（第 12 辑）[C]. 沈阳：辽宁人民出版社，2018.

72. [美]斯蒂芬·贝斯特，道格拉斯·科尔纳. 后现代转向[M]. 陈刚，等译. 南京：南京大学出版社，2002.

73. [奥]斯蒂芬·茨威格. 一个陌生女人的来信[M]. 高中甫，译. 北京：中央编译出版社，2010.

74. 孙逊，陈恒. 书写城市：文学与城市体验[M]. 上海：上海三联书店，2014.

75. 王洪岳. 审美的悖反——先锋文艺新论[M]. 北京：社会科学文献出版社，2005.

76. 王牧. 虚构的"真实"——论当代法国小说与传记创作的新潮流[J]. 法语国家与地区研究，2017(4)：40-47.

77. 魏巍，刘伟，张慧颖. 科技的生态化重塑与人性的归复———一种消解科技异化的新通路[J]. 科技管理研究，2015(11)：246-250.

78. 吴宁. 日常生活批判——列斐伏尔哲学思想研究[M]. 北京：人民出版社，2007.

79. 吴岳添. 法国小说发展史[M]. 杭州：浙江大学出版社，2004.

80. 薛亘华. 巴赫金时空体理论的内涵[J]. 俄罗斯文艺，2018(4)：36-41.

81. 颜红菲. 开辟文学理论研究的新空间——西方文学地理学研究述评[J]. 武汉大学学报(人文科学版)，2014(6)：112-117.

82. 杨国政，秦海鹰. 当代外国文学纪事(法国卷)[M]. 北京：北京大学出版社，2020.

83. 仰海峰. 走向后马克思：从生产之镜到符号之镜——早期鲍德里亚思想的文本学解读[M]. 北京：中央编译出版社，2004.

84. 杨正润. 现代传记学[M]. 南京：南京大学出版社，2009.

85. 尹星. 女性城市书写：20世纪英国女性小说中的现代性经验研究[M]. 北京：清华大学出版社，2015.

86. 曾群，魏雁滨. 失业与社会排斥：一个分析框架[J]. 社会学研究，2004(3)：11-20.

87. 张天勇. 社会符号化——马克思主义视阈中的鲍德里亚后期思想研究[M]. 北京：人民出版社，2008.

88. [美]詹姆斯·费伦，彼得·J. 拉比诺维茨. 当代叙事理论指南[M]. 申丹，等译. 北京：北京大学出版社，2007.

89. 赵白生. 传记里的故事——试论传记的虚构性[J]. 国外文学，1997 (2)：47-53.

90. 赵佳. 论法国"新新小说"不动声色的叙事策略[J]. 浙江大学学报(人文社会科学版)，2019(4)：172-183.

91. 赵佳. 文化批评视野下法国当代小说中的反讽叙事研究[M]. 杭州：浙江大学出版社，2019.

92. 郑克鲁. 法国文学史教程[M]. 北京：北京大学出版社，2008.

93. 周月亮，韩骏伟. 电影现象学[M]. 北京：北京广播学院出版社，2003.